而我的爱情也终将掩埋于那段流金年华之下，
止于唇齿，掩于岁月。

茉莉园

昨日无法重现，此后一生，
他再也没有如期归来。

久念

人生就是
说破，我
失了。

这么多年，他都无从知晓，他想要的那个开头，其实在很久很久以前，就已经种在她心里了。

——蓝桥

从此任凭世间风琳琅、雨琳琅，漫山遍野，唯有今朝。

——莉莉周

许多事，你不知，我不知，你不
说破，便跌跌撞撞地在黑夜里错

如果我们焚烧，把青春的烈
干枯的森林中，火焰燃到最大
一定是我遇见了你。

绿猫

这世上的人事瞬息万变，许多以
后根本无法预设。

蓝桥

她是城堡里的茉莉公主，而他是
城堡外风尘仆仆的普罗大众。

自抛掷到这
的那一刻，

我会一直记得，那个小时候的你。

港岛旧梦

Island Story

爱格 著

Aigirl

CNS PUBLISHING & MEDIA 中南出版传媒
湖南文艺出版社
HUNAN LITERATURE AND ART PUBLISHING HOUSE

港岛旧梦

Island Story

爱格经典短篇
小说集

目录

篇一：下世纪再嬉戏

篇二：玫瑰岁月

篇三：你没有如期归来

篇一：

下世纪再嬉戏

阮陈恩静

雨 落 大 海 ，

点 滴 至 天 明 。

文／吕亦涵

楔子

“我为他守身二十年，今有人爱我，诚心待我，就让我随他去吧。”

“所以，你确定要离婚？”

“是，离婚。”

1

恩静初遇阮东廷，是在七十年代末的厦门。那时曾厝垵还只是个落寞的小村庄，鼓浪屿也不过是个稍具“姿色”的小岛，它们之间隔着一片海。而恩静每日所做的，便是随船从海的这一边，唱到海的另一边。

是的，她是一名戏子，唱的是只有在闽南一带才听得到的“南音”。那夜某女留学生回乡结婚，她的港客[①]同学大手一挥，包下了一

① 港客：旧时闽南一带对香港人的称呼。

艘游轮，在雾蒙蒙的海面上举船狂欢。

恩静就在那艘游轮上，看着满船的人热闹欢喜。新娘很美，古典的面容配上被西化了的豪放气质，在船舱里摇曳生姿。而最长久凝视这份美的，不是她的新郎。恩静看到那包下船的男子在一旁啜着酒看着新娘，满船热闹，新娘脸上的笑也很热闹，而他的笑呢？仿佛也是热闹的。只是他笑着笑着，目光便无神地凝住，久久望着红衣红裙的她。

恩静默默看了那男子几秒，随后手指在琵琶上拂了两下，开始唱了起来。

很少人听得懂南音的歌词，但所有人都听得出这古乐哀凄悠长，所以很快就有人嚷："好端端的婚礼唱什么丧乐啊？扫不扫兴！"

他这一嚷，所有人都跟着喊起来，游轮管理员连忙训恩静："听到没？还不快下去？"

那一年她十四岁，刚辍学出来唱南音，哪见过这种景象？被人一训，恩静唯一的反应便是傻愣愣地僵在那儿。满船不友善的面孔全对着她，直到一道男性嗓音沉沉响起："我倒觉得唱得好。"

低沉的，不太流畅的普通话，却令满船抱怨的人都住了嘴。恩静闻声转过头，就对上一双冷然的眼睛——是那个包下这艘船的港客。

没想到港客对南音竟有点研究："唱的是《子夜歌》吧？挺不错的，再来一段。"

谁知却遭到新娘的强烈反对："不行！阮东廷，在我的婚礼上唱《子夜歌》，你疯了吗？"

"《子夜歌》怎么了？"叫"阮东廷"的港客懒懒地回应。

《子夜歌》怎么了？

很少人知道南音的《子夜歌》究竟在唱什么，可人人都读过陆龟蒙的那首《子夜变歌》——"人传欢负情，我自未尝见"。

呵！人传欢负情，这女人曾是他阮东廷的女朋友，可那次他不过是回了趟香港，再赴英时，她已同他的兄弟缠到了一起。

满船知情人纷纷变了脸，氛围瞬时变僵。就在所有人都以为阮东廷准备翻旧账时，这冷静的男子却薄唇一勾：“小姑娘，”他竟看向恩静——和这片战火全无关系的恩静，他微扬的嘴角配着一双冷而深的眼睛，“到我房间唱吧，小费双倍。”

多好的福利啊，小费双倍。

可进房后，他却又不说话了，颀长的身躯伫立在窗口，一直沉默着。恩静站在他身后，无数次想开口，却又不忍打破他的静。许久后，才听到他用生硬的普通话说：“马上要下雨了。”

话音刚落，甲板上就传来淅沥的雨声，窗外的月色更加朦胧。

“你是厦门人？”突然，他又开口问。

恩静轻声回答：“泉州人。”

“无妨，说的都是闽南话。”这下，颀长的身子终于转了过来，那一张冷峻的脸在空荡的房间里直直地对向她，“听说在你们闽南话里，‘美’和‘水’同音。”

不知为什么，恩静突然有点紧张，不过她还是点头：“是。”

“那‘你好美’怎么说？”

“是……‘里雅水’。”

呵，多奇怪的音！软软的，柔柔的，阮东廷学着她念了一遍，又念一遍，唇渐渐抿了起来：“没机会说给她听了。”

恩静不必猜也知道这个“她”是谁，可她只是静静地抓着带进房的那把琵琶。男人穿着一身笔挺的银灰色西装，深邃的五官看上去那么冷峻，以至于她不敢多直视，直到他说：“唱吧，随便唱点什么。”

恩静才拨起弦，凄婉的歌声绕着男子冷峻的脸，伴着雨。她悠悠地唱起：“悲欢离合总无情，一任阶前，点滴到天明。”①

---

① 引自《虞美人·听雨》。

天明时恩静再出阮东廷房间，旁人看她的眼神已经不同。那群狐朋狗友一见到他们便围上来，口吻暧昧："昨晚还尽兴吗？"

恩静有些慌，压根儿不明白这些人的意思。阮东廷也懒得理，扭头正要吩咐她离开时，视线一移，瞥到一抹越走越近的红衣身影。他突然换了声调换了表情，一只手伸出去握住恩静的手，薄唇移到她耳边："他们问我尽不尽兴呢，你说，我尽不尽兴？"

恩静怔住，被握住的皮肤整块灼热了起来，周遭狐朋狗友的起哄声更是让她满脸通红。她要挣脱，阮东廷却又更紧地握住。

"阮先生……"她急得低声叫了起来。

周围的起哄声越来越热闹，直到那抹红色的身影来到身边，略带鄙夷地瞥过恩静后，又看向阮东廷："你这是饥不择食吗？"

恩静挣扎的手一僵。

那时她瘦瘦的、小小的，没有丝毫修饰的素白面孔在漂亮的新娘子身旁，的确是不起眼。

可东廷只是冷冷勾了下唇："会吗？我倒是觉得她美极了，用你们闽南话怎么说？"恩静一怔，仓促地抬起头，就映入他那双深邃的眼睛里，"对，'里雅水'，我说得还算标准吗，秋霜？"

2

"秋霜"就是新娘的名字。阮东廷、何秋霜，曾几何时这两人在剑桥的华人圈里还被视为"郎才女貌"。可今日，貌女配给了别人，才郎牵着她的手，在众人面前赞："安静的美，就像'恩静'这个名。"

秋霜漂亮的面孔几乎变了形，完全没有"别人家太太"的自知："阮东廷，你这是在报复我吗？"

阮东廷却像是听到了笑话："陈太太，爱美之心，人皆有之。"

“人皆有之？呵，要真那么喜欢，你把她娶回去啊！”

“好啊！”这话一落下，所有人都愣住了，阮东廷转过头，看到的就是恩静呆住了的样子，“可惜太小了。这样吧，等你成年了，我再来娶你。”

没有人会信这种话的，富家子弟和卖唱女？呵！

可那时她十四岁，自知卑微却仍对这世界存有幻想。恩静睁大眼，瞪着这张本不应存在于她的世界的好看的脸，口吻那么小心：“真的吗？”

握住她的手一僵，可很快，又是他淡定的声音：“真的。”

恩静的心突如擂鼓般迅速地跳起来。

可最终的事实表明：不，不是真的——说完这句把何秋霜气回房的话后，他也回房了。随后轮船抵岸，游客离开。自此之后，恩静再也没见过阮东廷。

直到十八岁。

恩静十八岁这年，还是在船上唱南音。那时的她依然瘦瘦的，可人长高了，素白的面孔上五官逐渐长开。尤其是那双眼，乍看过去，干净水灵，盛满了不谙世事的静。

于是开始有醉酒的男客抓她的手。那天也是这样，一曲南音唱完，有只咸猪手突然摸上她的背。恩静大叫一声，可很快那种恶心的触觉莫名消失了，取而代之的是耳边响起的鬼哭狼嚎：“痛、痛……放开我！”

她奇怪地回过头，然后，怔住。

眼前男子有深而冷的眼，五官冷峻却又那么好看。他连看也没看那只咸猪手的主人一眼，薄唇轻掀：“滚。”

仅一个字，解了她的困，带来了她无数次午夜梦回皆思念的人。

已经是1983年，四年过后，他竟然真的出现了——阮东廷！是，那深邃的冷然的眼，除阮东廷之外还能有谁？

恩静惊喜地叫出声："阮先生！"

东廷却疑惑："你认识我？"

她愣住。很显然他已经忘记她了，贵人多忘事，不是吗？

可没想到的是，贵人这回竟还是要她跟他回房间。恩静以为是要让她去唱曲的，谁知进房后，阮东廷却将她的琵琶搁到一旁："你成年了吗？"

"啊？"恩静一愣，老半天才反应过来，"成、成年了……"

"把这套衣服换上吧。"他从行李箱里拿出一套小洋装，粉白色系和她白净温文的外形那么匹配，阮东廷说，"帮我个忙，给我当一晚女朋友，出场费随你开。"

场地是在另一艘游轮上。恩静一踏上船就知道为什么阮东廷方才要问她成年了没有——船上男女穿得太"清凉"了，举手投足间全是被西化了的开放气息。在那时的海上，这简直是场糜烂派对。

恩静挽进阮东廷臂弯的手下意识地紧了紧。

"怕？"低沉的嗓音在耳旁响起。

恩静连忙摇头，想说什么，一道娇俏的声音已经迎了上来："还真带了人来啦？"

浓烈的香气迎面扑来，恩静定睛一看，天哪，来人不正是四年前的新娘子吗？那个、那个叫"秋霜"的。

可她瘦了好多，妆化得极浓，却怎么也掩不住眼角的憔悴。阮东廷将恩静微拉向前："我女朋友Julia，"说罢又看向恩静："Julia，叫姐姐。"

恩静老半天才反应过来原来"Julia"指的就是她自己——什么时候有这个名的？

可没人理会她的错愕，秋霜已经笑开："阿东，你果然守承诺。"

"承诺？"被秋霜挽着的男人表示疑惑，"什么承诺？"

"他说过的啊，"何秋霜笑眯眯地对老公说，口吻似开玩笑，"说以后一定不会找比我漂亮的女朋友，果然哪！"

陈恩静的手一僵——是什么时候这女子也用类似的目光打量过她？

可的确，何秋霜即使又瘦又憔悴，可浓妆之下，仍是美得惊艳的。而她呢？一身素净的洋装，一张脂粉未施的脸，站在秋霜身旁简直就是块白布。

难怪阮东廷没有否定："好了，看到人你总放心了吧？下个月安心去做手术吧。"

手术？是，这晚回去后，恩静到阮东廷房里拿琵琶，临走前他突然解释："我朋友要去做一场成功率很低的手术，说无论如何都要先看看我的女朋友，所以，只好请你帮忙了。"

窗外的雨淅淅沥沥，点缀着他生硬普通话里的每一句忧郁的气息。

恩静其实一整晚都想问他：阮先生，你挑中我，就是因为我不够美的容貌能让她开心吗？

可她哪有立场开口？自始至终，他的心都不在这里，他只想着另一处的人，最后说："今晚的出场费，你开个价吧。"

3

这是他们的第二次相遇，总结成一句话就是：所有人都以为他"英雄救美"地救了她，可事实上，是她"美救英雄"地帮了他。

随后又是轮船抵岸，客人离开。自始至终，他也没有认出她。

恩静第三次见到阮东廷，又是四年后。

已值1987年的冬天，从七十年代末到八十年代末，恩静生活中最大的改变，就是越来越少的人愿意听南音。

她在船上的活儿越来越少，于是开始接船下的生意。

有一日管理员说曾厝垵那边有丧事，让她去唱一曲。恩静到了办丧事的地方，才发现逝者的家属有点眼熟，再仔细一看，不就是那个叫“秋霜”的女子吗？

一时间恩静的心跳如擂鼓，下意识想到的就是：何秋霜家办丧事，“他”应该会出现吧？

会吧？会吧？

会！他出现了！就在恩静的南音唱到尾端，夜很深很沉了，所有的宾客都散去之时，一道颀长的身影终于出现在灵堂，对着亡友鞠过躬后，说：“从今天开始，秋霜，我来照顾你。”口气还是像从前那样，冷，却不容置疑。

恩静的琴声断了一拍，却没有人在意。夜深知琴重，可在场的另两个人已将这琴声当成了背景音，恩静听到阮东廷说：“阿陈临终前我答应过他，一定会找最好的医生，永远照顾你。”

作为背景音的琴声又在恩静手指下重新响起，何秋霜的声音低得不像个活人的：“阿东，你妈不会同意的，而且我也不知自己还能活多久，你怎么可能一直陪我，陪到我死了再去解决终身大事呢？”

恩静的琴声悠悠，凄凄哀哀，如同背景音，她的整个人也只是背景，只用来衬托这场可歌可泣的爱情：八年前，何秋霜因查出身患尿毒症，被阮妈妈逼着离开他；八年后，她丧偶又病重，他还执着地想要她。

琴声如泣如诉，弹琴者只是看客，即使她也曾怀揣过八年的念想，可，那又怎样呢？

只是没想到，阮妈妈的出现，将她由路人转正了。

就像在演电视剧一样，第二天一早，雍容的贵妇突然出现在灵堂。

那时现场还是只有他们三人，恩静只听到贵妇对着阮东廷说：“阿东，你的相亲对象还在香港等着你，快回去吧。”

灵堂里有一瞬间的死寂，恩静的琴声低了下来。然后，所有人都听到他说：“妈，我已经有喜欢的人了。”

阮妈妈温和的表情骤变：“‘那个人’已经结过婚了，而且还身患——”

“妈，我说的不是秋霜。”

阮妈妈怔了一下，何秋霜怔了一下，恩静抚琴的手也一顿。巨大的不安和阮东廷的目光同时朝恩静扑来，恩静瞪大眼，就听到他冷淡却不容置疑地说：“是她。”

他走向她，握住那只弹琵琶的手。

“荒唐！”阮妈妈简直气疯了，“一个唱戏的……”

“她不是唱戏的，她是厦门大学的高才生，主修南音，所以秋霜才请她来帮忙。您不是爱听南音吗？正好，合您的意。”

4

原来命运的更换只在一瞬间。

阮妈妈离开后，恩静随着阮东廷到海边走了很久。细雨绵绵，他问过她的名字，沿着沙滩又沉默地走了一段后，才停下脚步：“陈小姐，我有个不情之请，你可不可以嫁给我？”

绵绵细雨温和得像他有礼而生疏的问话。可他的问话并不只是有礼，还有着他惯有的不容置疑。

恩静的脚步也停了下来，消瘦的面孔在雨中与他相对。

还是这双眼，冷而深的眼，仿佛不会对世间任何美好动心的眼，那个叫秋霜的女子是怎么走进去的呢？

从八年前到八年后，他对她说话的口吻始终没变：“嫁给我，你会有更好的生活。”

恩静的眼神突然涣散起来。

“如果你需要，多少礼金都不是问题。

“你的家人我也会打点好，生活费、房子、车，一样不少，一定会让他们满意。

“唯一不足的是，我已经有爱的人了，所以，我无法给你爱情。”

一阵风刮过，绵绵细雨的声势突然大了起来。恩静安安静静地等他说完，才开口：“我十四岁那年，曾幻想过一个浪漫的求婚仪式，因为那时有人和我说，等我成年了，就来娶我。”

风马牛不相及的话让阮东廷顿了一下：“后来呢？他来了吗？”

“没有，他没来。”

他没来，那一年说要来娶她的阮东廷，被十四岁的她误以为是认真的阮东廷，耗尽此生，也不会再来了。

恩静的眼泪突然涌出眼眶，止也止不住。她尴尬得连忙要用手揩去那些泪水，可阮东廷的手帕已经贴上她的脸颊。他什么也没说，只是默默地拭着那滚烫的液体。大半晌，沉沉嗓音才溢出喉：“别难过了，也许他还有什么重要的事。”

是啊，他还有更重要的事，他的人生里，始终都有更重要的事。

恩静的心渐渐沉了下来：“阮先生，我也有个不情之请。”

“说说看。”

“你能不能抱一抱我？”

替她拭着泪的大手一僵。

他怎么会知道这一抱之于陈恩静的意义？可恩静已经从这一僵里得到了答案。

她自嘲地笑笑，垂下头。可就在这时，对面的人突然抱了上来，不密切、不熟稔，却是十足的温暖。

恩静的眼泪又下来了，她说：“阮先生，我答应你。”

1988年春，陈恩静成了“阮陈恩静”。婚礼在九龙最大的酒店举办，很热闹。阮妈妈很开心，所有人看上去都很开心，除了那一帮和阮东廷一起留过洋的同学。

酒尽人散场，有一个女同学盯着恩静看了老半天，突然叫道：“天哪，这不就是在阿陈的丧礼上唱戏的那个歌女吗？”众人哗然，纷纷难以置信地看向阮东廷，再看向新娘——她惊慌地睁大眼，就像是秘密被戳穿般羞耻无措。她下意识地看向“丈夫”，见他原本还淡淡笑着的脸冷了冷：“歌女怎么了？”

承认得如此大方凛然——歌女怎么了？

“无论恩静以前是做什么的，现在她是阮太太。”说罢，温暖的大手牢牢地握上她的，在众目睽睽下，握得那么紧。

这晚回去时，按狐朋狗友们的安排，阮东廷与恩静乘船穿过一座桥，他们说这寓意为“船到桥头永远直”，是吉利的。在那座长长的桥下，阮东廷朝她伸出手。

其实是为了扶她上船，他先一步踏到船上，再将大手伸给她。可恩静打十四岁起便在游轮上混，哪需要他扶？

可阮东廷执意要她握住自己的手。雨开始下了起来，淅淅沥沥地落在小船上，恩静想起方才那些人眼中的不屑，便坐得端庄笔直，努力想配得上“阮太太”这个头衔。

谁知道阮东廷却将她拉到自己怀中。

“阮先生……”她困惑地皱起眉。

“下雨了，不这样你会感冒的。”

“可是、可是会让人笑……”

“恩静，”他像是看穿了她所有努力却不太成功的伪装，“你已经是我太太。”

瞬时恩静的挣扎全部停下——你已经是我太太，所以，不必努力地装成“阮太太”——你已经是。

雨淅淅沥沥落下，湿了他黑得发亮的西装。她的脸闷在他气息冷冽的怀中：“对不起。”

“嗯？”

“我的出身……害你被笑话了。”

“说什么傻话？”他冷冷的声音里没丝毫的安慰成分，过了许久，又说，“恩静，你是我太太。”

她沉默。

“我不爱你，并不代表我不会爱护你。”

5

是，他的确爱护她，阮氏夫妇举案齐眉、相敬如宾。初到香港，阮太太还不会讲粤语，人生地也不熟，于是每回出门，右手都被阮先生握在掌心里。

只是谁也不知，每年寒暑假——对，结婚后阮东廷便帮恩静办了入学手续，让她入学深造——每年寒暑假，阮东廷总和阮妈妈说“恩静想家了，陪她回去住一段时间”。

可厦门是她家吗？不，她的家在泉州。

厦门，是何秋霜的家。

医生说秋霜情况不太好，要换肾，可老是找不到合适的肾。医生说秋霜需要多走动，所以一回厦门，阮东廷就花大部分的时间陪她走动。

闽南人过的都是农历生日，恩静二十八岁这一年的生日，就很不巧地在寒假。按惯例，阮东廷是要去陪秋霜“走动走动”的，可这晚在她准备关门时，他颀长的身影却出现了。

他带来一个大蛋糕，冷冷的面孔里却有温和笑意。恩静错愕：“你……”

“生日快乐。”

“你、你不是在秋霜那边……”

“今天例外。”

夜幕降临了，别墅里只亮着一盏灯，照出恩静满脸的受宠若惊。他一回来，她便开心了起来，急忙到厨房张罗起晚餐。阮东廷说：“别那么麻烦，随便炒两个菜就好。”

恩静却很坚持：“不行！你难得回来吃一次饭，怎么能随便？”

话落下，两人都怔了怔。是啊，在香港，他是她的天，可一旦回到厦门，他却是别人的天。

是电话铃声打破了这种尴尬，阮东廷一接起，恩静便听到他用压低的嗓音说：“哪里不舒服？叫看护过来和我说……闹什么？今天恩静生日……”

她右手拿的刀突然割破了四根手指，仅一瞬，殷红的血触目惊心地淌出来。门外阮东廷已经挂断电话，声音渐至厨房：“秋霜那边出了点事，我……你的手！你的手怎么了？流那么多血……”

恩静二十八岁的生日最终是在医院过的。

何秋霜也在医院——东廷开车送恩静到医院时，打电话叫看护将秋霜也送过去。

可事实上，待恩静处理好伤口，走到秋霜的病房时，却看到她神采奕奕：“是，我没事，我骗你！可你那么早就回去给她过生日，我心里能痛快吗？她是谁啊？一个你花钱买来的妻子！不过是你为了不娶麻烦的千金小姐而拉来搪塞你妈的戏子，凭什么给她过生日啊？”

泼辣凶悍如同那年在船上吼“不行！阮东廷，在我的婚礼上唱《子夜歌》，你疯了吗”的女子，可饶是再泼辣，仍是他所爱。

恩静悄悄退出了病房。

这天他一直到凌晨四点多才回去，恩静还没睡，只是蜷在大厅的沙发上。满室寂静，蛋糕还搁在餐桌上。他一回来，她便从沙发上站起，到餐桌前切了一小块蛋糕，递给他：“吃一口吧，祝我生日快乐。”

虽然她的生日已经过去了，和二十八年的时光一同过去了。

阮东廷其实一点都不饿，可还是和她一起，坐在餐桌旁吃蛋糕。灯光昏暗，恍惚间还真是有举案齐眉的温馨样，她开口：“阮先生，有个问题我突然想问你。”

“什么问题？”

“这几年里，你究竟是怎么看我的呢？是否以为我嫁给你，就只是为了过上好日子，或者说……为了钱？”

第一次相遇，他说“到我房间唱吧，小费双倍”。

第二次相遇，他说“给我当一晚女朋友，出场费随你开”。

第三次相遇，他向她求婚，说“嫁给我，你会有更好的生活”。

他与她之间，处理一切的总是金钱。阮东廷愣了一下，没说话，可恩静已经得到了答案——是，他一直都是这么认为的，就和世上所有的路人一样：陈恩静，你嫁给阮东廷，你脱了胎换了骨，你麻雀变凤凰，陈恩静，命运已如此宽厚了，你还想怎样？

她笑了笑，抬头深深吸了口闽南冬天湿冷的空气：“告诉你一个秘密好吗？”她声音好轻，“其实那时候，我是希望你有一天能爱上我的。”

阮东廷的浓眉一皱，像是意识到她想说些什么，可他没给她机会说出口。那一刻，不过是电光石火的一个瞬间，他倏地站起，声音那么冷：“如果当时我知道你的想法，我们就不会有今天了。”

她一怔，巨大的惊慌迎面袭来——什么意思？他的意思是……

不！不！

“我要的只是一个妻子，”阮东廷已经离开了餐厅，背对着她，“也许秋霜说得对，我是对你太好了。”

6

不，不是这样的，她怎么会说出那种话，换来这样的结局？

第二天，阮东廷给她订了一张飞往香港的机票，说：“我要去上海出趟差，你自己先回去。”这句话落下，她只身一人回到香港，而他这趟“差”出了整整八个月才回去。

回去时恩静已经在一家学校里找到了工作。她变得更加安静，见他回来，却也是真真实实地欢喜，欢喜里又带着某种不自觉的小心翼翼。她带他去看自己工作的地方，那时内地的西餐极少见，她又约他出去吃牛排吃比萨，所有讨好性的做法似乎都在为八个月前的那句话道歉。

阮东廷终于心软，在尖沙咀街头熙攘的人群中，又牵住了她的手。

直到二十九岁生日那天，这和乐的氛围终于落幕——何秋霜来了，她提着行李出现了！

阮东廷看到她时还有些错愕：“怎么不打声招呼就来了？”

“想看看你惊喜的样子啊！快，好久没有吃到杨枝甘露了，快带我去吃！”这话说完，她又拉起行李。

何秋霜还是那个何秋霜，即使体力不支，还是兴致勃勃地拉着阮东廷到处游。年轻的时候，在剑桥初遇的时候，他就是因为这份活力爱上她的吧？所有人都怕他，只有她不怕，在他发怒的时候还敢不怕死地嘻嘻哈哈，就是因为这样特别，他才爱上她的吧？

可眼前又浮现出某张惊异的面孔，在尖沙咀街头被他握住手时，她惊喜得一直垂着头。待到他仔细去看，才知她已经泪流满面。

因为那一握，她惊喜得泪流满面。

这晚回家时，餐厅里已经只剩下恩静。阮东廷看到蛋糕才想起今天是她的生日，可不等他说任何与抱歉相关的话，恩静已经将汤放进微波炉里：“喝点热汤再切蛋糕吧。”

结婚那年，她过二十三岁的生日时，他说：“也许没办法常陪你，不过以后每一年的生日，我都会和你一起过。”她一直不舍得忘，记到了现在。

恩静的表情说不清是喜还是怒，反正是那种旧式女子最常见的隐忍矜持。不知怎的，看到这表情，阮东廷突然心一紧，伸出手，握住她的手：“恩静……”

“阮先生、阮先生，何小姐打电话来说她身体不舒服！”急匆匆的保姆打断了阮东廷，阮东廷刚握住她的手一僵。

恩静看着他，看他英挺的眉在听完保姆的话后倏然拧紧：“身体不舒服？不是才刚回酒店？”

“何小姐说，一回酒店就开始不舒服。”

恩静笑了。

去年同日，他刚回到家中就接到何秋霜的电话。今年同一时间，他前脚刚踏入家门，后脚又接到电话——何秋霜，同样的戏码你要演几遍？

可不管她演几遍，冷静清醒如阮东廷，却都是愿入戏的。他松开手：“恩静，我去看看她就回来。”

他扭头就要走，没想到这回恩静开口了：“先喝口热汤吧，外面好冷。”

微波炉“叮”的一声，汤热好了。恩静小心地端出来，却看到他已经穿上大衣：“我去看看她，看了就回来。”

阮东廷的决定永远无人能改变。语罢，他转身抬脚就要走，却突然，就是那么一个瞬间，身后突然有瓷器被重重地摔到木地板上——

哐！声响巨大，汤碗四分五裂。阮东廷震惊地回过头，就看到满地碎片和汤汁。

一地狼藉。

什么时候她已经流了一脸的泪，他竟没发现，也许就在她转身去端汤而他转身穿上大衣的那一刻。恩静的声音里有死死压制着的颤抖："阮东廷，一定要这么残忍吗？残忍到从来也没想过要掩饰一下自己的残忍！今天是我生日……我生日！"

可是，你生日又怎么样呢？你是谁啊？

去年生日，何秋霜说"她是谁啊？一个你花钱买来的妻子"，而他说"我要的只是一个妻子"，一个形式上的妻子。

她难堪地捂住脸，为自己可笑的奢求羞愧得抬不起头。从一开始，这难堪的局面就是她自己默许的啊，那年他说"我已经有爱的人了，所以，我无法给你爱情"。

是她自己默许的，是她自己答应的，是她自己蠢，蠢得竟以为日久天长后，他有可能会爱上自己。

窗外的雨没有停，一直落到天明。

阮东廷最终还是没有去酒店，可恩静已经没心情陪他喝汤了。

第二天何秋霜找上门来时，恩静正陪着阮妈妈在花园里喝下午茶。阳光暖暖，雨方歇，秋霜着一袭火红色裘衣，细细地化了妆，极其艳丽地出现在花园里。

来者是客，阮妈妈自然没理由给她坏脸色，再加上秋霜巧笑嫣然，又夸阮妈妈年轻又夸阮妈妈漂亮，只是在提到恩静时，淡淡地说："昨晚阿东本来是要带我去逛港大的，可恩静竟然不让他出门。"

阮妈妈是何等精明的人，能不知道昨晚两人发生了什么吗？

"那是因为太晚了，恩静担心你体力不支。"婆婆的手在茶桌下轻轻握了握恩静。

哪知秋霜一点也不想消停，她说："阿姨，还记得那年我初检查出尿毒症，您是怎么求我离开阿东的吗？您说，做过透析治疗就基本上不可能会有孩子了，可阿东是阮家长子，小弟俊宇又太年幼，所以您求我和他分手。而我呢？也真是傻，竟真的一时心软，跑去嫁给了别人！"

恩静握着茶杯的手突然一紧。

同时，秋霜的目光移向恩静："可现在呢？您的儿媳妇不也没有生育？这么多年了，阿东的心根本不在她身上，您说——"

"住嘴！"

"秋霜！"阮东廷不知什么时候已经回了家，就站在后花园出口。听到这席话，他的眉拧得很紧，不等阮妈妈和其他人开口，便吩咐："张嫂，让司机送何小姐回酒店。"

秋霜倒也听话——也是，阮东廷脸一黑，谁还敢在老虎嘴边拔毛？

唯有恩静，这个永远低眉顺眼的阮太太都没有看他一眼，径自回了房。

昨日她流泪的样子又浮现在阮东廷的脑海里，嫁进阮家这么多年，阮东廷看到的始终是她以温顺来粉饰太平的样子。想到这儿，他突然心一堵，快步跟了上去。

两人却是无言，在床前的沙发上坐着。没有晚餐也没有对话，就这样，一直到天亮。

几天后，恩静突然打破了沉寂，在上班时间打电话给东廷："晚上一起吃饭吧，就在结婚那年我们去过的闽南餐厅。"

餐厅挺考究，有老戏子悠悠抚着琵琶唱南音。恩静看了很久，才回头问："阮先生，你还记得我第一次给你唱戏是什么时候吗？"

东廷啜着酒，想也没想："1987年，我们第一次相遇，在阿陈的灵堂前，你唱了一个晚上。"

1987年，她笑了。呵，1987年！

她又替他倒了一杯酒，再替他夹了一块清蒸鱼："刚结婚那年，你问过我，为什么就是不肯改口叫你名字，阮先生，你知道为什么吗？"夹完鱼后，她自己也吃了一口菜，才含着笑静静地看他，"因为不这么叫你，我怕自己会忍不住陷入被爱的错觉里。"

她努力睁大眼，看着这个自己爱了近二十年的男子。新婚那夜在船上，他说："我不爱你，并不代表我不会爱护你。"

呵，他做得真好。只是世间情感不一定是投桃报李的，她与他之间，恒久上演的不过是，我赠你琼浆，你还我泪光。

所以她说："阮先生，我怕再这么下去，有一天我会恨你。"

阮东廷的手突然抖了抖，某种恐慌突然以灭顶的姿态重重击在他胸口。然后，他听到她的声音："阮先生，我们离婚吧。"

7

"去年我过生日，她装病让你走；今年我过生日，她装病不成，便跑来家里闹。为什么？就是想让我知道，即使她做了这么荒唐的事，你依旧会包容。

"看，你果然只是遣她回酒店，现在还是在酒店。

"可我到了这个年纪，竟还抱有不现实的幻想，是我太蠢钝了。

"所以，阮先生……再见吧。"

她拿起包，款款起身，背脊笔直得如同新婚那晚。可她的阮先生不会再抱住她，说"你是阮太太"了。

两人的离婚遭到了阮妈妈的强烈反对，老太太向来最疼恩静："人是你带来香港的，即使你要离婚去娶那个女人，我这当妈的也要把她留在家里，等着你被判重婚罪！"

恩静啼笑皆非，而阮东廷始终没有告诉阮妈妈，提出离婚的是恩静。

所以即使两人早已经找上了我——是，我是一名律师——可离婚手续还是在我手中拖了好几年，直到那一天——

大雨滂沱得仿佛想淹掉香港的那一天，我和恩静约在闽南餐厅里，听到她说："我为他守身二十年，今有人爱我，诚心待我，就让我随他去吧。"

这女子为了让阮妈妈点头，竟然说，她已经喜欢上别人了。

可几年接触下来，阮陈恩静是什么人我还会不知道吗？

"阮太太，真的是你先喜欢上别人的吗？"

她还是笑得那么沉静："这是我能为他做的最后一件事了。"

台上的人悠悠地抚着琵琶，开口唱道："而今听雨僧庐下，鬓已星星也。悲欢离合总无情……"[①]

哀婉的曲调如泣如诉，我走出餐厅。

没想到阮东廷已经等在外面。

他领我至马路对面，沉默良久后，说："刘律师，我想在协议书里添一条要求，我手头百分之六十的财产，在离婚后拨至我太太名下。"

"她不会同意的……"

"想办法让她同意，"他顿了下，大雨如注，泼在伞上，衬得他的声音那么寂寥，他说，"这是我能为她做的最后一件事了。"

原来，这对夫妇能为彼此做的最后一件事，竟是如此不同。世间情感那么多，可归根结底也不过是两种：一是你投我桃我报以李；二是你赠我琼浆，我还你泪光。[②]

雨还在下，身形颀长的男子怀揣着十二年的回忆。

"你还记得是什么时候认识恩静的吗？"他第一次来律师楼时，我

---

① 引自《虞美人·听雨》。

② 引自《我们都曾亏欠了爱情——词人林夕》。

问过他。

阮东廷说："记得，1987年，阿陈过世，她为了掩护我和秋霜，嫁给了我。"

我笑了，终于知道为什么恩静说"他一直都输给我"——是的，她认识他于1979年，而他认识她，于1987年。那漫长的八年时光，他从来都不知道，原来有一名女子，他曾说过要回来娶的女子，在天海之间日夜思念着他。

可我没有纠正阮东廷。雨还在下，从二十年前下到二十年后，还在下着。

人人都说，阮氏夫妇举案齐眉二十载，室内女子却说"阮先生，我为你守身二十年"——漫漫二十年人生，自始至终，原来，她只叫他"阮先生"。

这就是"阮陈恩静"的一生了。没有太多悲喜，只是沉静，温婉，默默守候，如餐厅里的南音绕入大雨中，如1979年那晚，如1983年那晚，如1987年那晚。

雨落大海，点滴至天明。

下世纪再嬉戏

这 一 生 太 漫 长 ，
她 等 不 及 。

文／妖

1

照片中的女人黛眉宽眼，过于白皙的肤色，暗色胭脂点缀在小巧的唇上，是那个年代标准的美人相。她照这张相片时不过十六岁，但眼波流转间却透着一股看尽人世的悲壮。

她叫叶瑛，她的曾爷爷于七十年前举家下南洋，用带来的瓷器、丝绸换来大量当地的货币，在海岛上建了座中式大宅，经营海盐与香料。

叶瑛的父亲扮演了豪门望族里败家子的角色，气死双亲，逼死妻子。他将富足的产业败完后，在一个阳光明媚的下午，投海自尽。那时叶瑛只有十三岁，她在仆人的簇拥下去认领父亲的尸体，冷静地办完手续，一滴泪也没有流。

回到叶家大宅，叶瑛大步走进自己的房间，关上房门，就冲到卫生间吐得翻天覆地，全身都在发抖。晚饭她没有去吃，乳娘张妈端着饭菜在门外叫了许久，她没有开门，因为她没有力气站起来。后来夜渐渐深了，她靠坐在卫生间冰凉的瓷砖上昏睡，听见雨水打在窗棂上的声音，越来越嘈杂。雷声中，父亲那张被海水泡得变形的脸不停在眼前闪烁，她害怕地蜷缩起身，眼睛上忽然传来一阵凉意，那是一只带着雨水味道的手，海岛的雨是咸的，顺着那只手流进她微张的嘴里。

“清让。”她在他掌心睁开眼，张清让像刚从海水里捞上来一样，全身湿漉漉的，从窗下到她面前的地板上，滴了一路小水洼。

“你在发烧。”张清让从门后拿了条浴巾，将她整个包起来，抱到了床上。他转身正欲离去，手腕却被紧紧抓住。

轰隆的雷鸣声中，叶瑛巴巴儿地望着他：“不要走。”

他俯下身将她的手放进被中，像哄小孩一样，柔声安抚她：“你乖，我去去就来。”

叶瑛于是听话地点点头，张清让出去没多久就端着一碗白粥回来了，一口一口喂进叶瑛嘴里。她的胃渐渐暖起来，方才冰凉的身上也冒出了汗。张清让将见底的碗放在床头柜上，轻轻拍着她的背，唱当地的民谣，其实他不太懂得民谣的意思，可是叶瑛喜欢。

那是叶瑛母亲留给她的，最后的声音。

张清让是张妈的孩子，他比叶瑛早出生五年，名字是叶瑛爷爷取的。张清让一岁时得了天花，叶老爷花了大笔的钱救活他，后来还出钱让他上学。

叶瑛来到人世间不过一个月，叶少奶奶就因丈夫寻花问柳于屋中悬梁自尽。那个午后，家里人都去参加孟家的宴会，张清让在楼下的小花园里打弹珠，住在阁楼里的少奶奶哼着一首民谣。不知过了多久，他忽然听见阁楼传来撕心裂肺的哭声，门从里面被反锁，他顺着庭院里的棕榈树爬上去，推开窗户跳了进去，将将站定，就被屋梁上悬挂着的人吓得踉跄摔倒在地。

摇篮里的小叶瑛哭声震天，张清让忍住害怕，爬了过去，将沾着泥土的手掌盖在叶瑛睁得大大的眼上，就算知道她听不懂，也还是喃喃地说：“不要看。”

等叶家人从宴会上回来发现不对劲，撞开阁楼的房门，张清让和小叶瑛已经同叶少奶奶的尸体度过了整整一夜。

也许是因为有了这一层缘分，叶瑛从婴孩时期就特别黏张清让。她哭的时候，只要张清让抱她，她立马就破涕为笑。大了点后，她任性的时候连叶老爷都束手无策，但只要张清让一皱眉，她就乖乖卸下所有任性，抓着他的手百般讨好。

对他来说，她是叶家大小姐，是他的责任和担当。

可于她而言，他却是她一生的信仰。

2

叶家的工厂被债主瓜分，叶瑛变卖了所剩无几的家产，给仆人们发放了丰厚的遣散金。整个叶家，自此就只剩她和张妈母子，仨人守着上千平方米的空旷大宅，却日日以清粥咸菜为食。

海岛的太阳像是永远不会坠落，日日散发着炙人的热浪。叶瑛生于十一月，五岁生辰时，她的爷爷告诉她，海那一边的家乡此刻正是冬季，银装素裹飞雪如絮，再没有比那更美的土地。也是在那年，爷爷替她定了门亲事，对方是海岛上另一华裔望族，孟氏。孟家的长孙叫孟时照，大叶瑛三岁，每半年，他都会在家人的安排下同叶瑛见面，小小年纪就恭敬有礼，浑身都散发着大户人家公子哥的贵气。

而这每年两次的会见，就在叶家败落那天猝尔停止。叶瑛十六岁生日那天清晨收到的生日礼物，是孟家取消婚约的纸书。

世态炎凉，人情淡薄，不过如此。父亲过世后的这三年，她已见过太多，如今也不觉着难过，反正她从来都没有想过要嫁入孟家，成为孟时照的妻子。

张清让为她抱不平："我去找他们理论！"

"清让，"她出声制止，满不在乎地抿起含笑的唇，细声道，"这是我收到的最好的生日礼物呢，还是，你希望我嫁去孟家？"

张清让没有答话，阳光被雕花的窗棂挡了大半，落在她身上的刚好是一朵牡丹的形状。她穿一件红色纱笼，衬着肤色雪白眼瞳极黑，他觉得她那样很美，没有人比她更适合红色。

下午的时候，叶家被世人遗忘的大宅，迎来它久违的客人。

孟时照端正地坐在庭前，看着一旁局促不安的张妈，还有安静做着针线活的叶瑛，她的十指还缠着白色纱布，他突然觉得很难过，口中泛着涩意。

叶瑛一直不说话，过去他们每次见面时，她也不大说话。他原先以为她是害羞，后来才想，她大约是对他和他们见面这件事不那么感兴趣。可他却觉得她很有趣，没有哪家望族小姐会像她那样，将所有性情显现于色。可他并不急着让她对他产生兴趣，反正她早晚会是他的妻子，他们还有一生的时间去慢慢熟悉。

这是他早就认定的事。只是他没有想到，他以为自己抓在手里的她的一生，竟会有从指缝里溜走的那一天。

孟时照灌了口茶，给了自己一点勇气，道出此番来访的意图："父母背信弃义的决定让我觉得寒心，也与我无关，我孟时照的妻子，只会有叶瑛小姐一人。"

张妈红着眼圈说："我知道孟少爷不会是那样的人，老爷选的，怎么会有错。"

叶瑛抬头时刚好看见孟时照腼腆的笑，他说："请耐心等待，再过几年，待我掌握了实权，便会风光地迎娶小姐。"

"几年，那是多少年？"她出声打断他。

他被问住，一时不知说些什么。

她的嘴角溢出一串银铃般的笑，歪着头，像不谙世事的少女，问得直接：“我为什么要用最好的年岁去等一个不确定的未来？”

这样的拒绝，令他哑口无言。

3

那日张清让从码头放工，没有直接回家，而是去了海岛上的照相馆。

从前叶家还风光的时候，每一年都会请相馆的师傅来家里照全家福。叶家败落后，家不成家，再没有照过一张相。

张清让找了许多家照相馆，老板听说要上门服务，讲出个行情价。张清让没有那么多钱，被冷嘲热讽地轰出大门。最后，张清让来到一处偏僻的照相馆，经营者是一位年过六十的老师傅，是见证了叶家最兴旺时期的那代人。他对叶家有着道不清的敬意，愿意免费上门，为叶氏遗孤照一张相。

已是傍晚，太阳掩去刺目的光芒，发出温润的橘红色光芒，一点点的海风，恰到好处。老师傅说这是最自然的光线，大自然给予的恩赐，最能留住最美的瞬间。

十六岁的叶瑛端坐在一张红木椅上，背后是院里开得正好的洋兰，嘴角微微挑起，眼里水光潋滟，像一眨眼就会流下两行泪来。那是世间所有落魄贵族小姐的模样，悲怆而倔强的美。

老师傅感叹着按下快门，让叶瑛换个姿势，叶瑛恭谦有礼地说：“请等一下。”然后冲站在老师傅后头的两人招了招手：“张妈、清让，过来。”

张妈随即摆手道：“这怎么行，我们只是下人啊。”

叶瑛走过去，挽住张妈的胳膊：“我们是家人。”她抬眼，与张清让的视线撞在一块，两人心照不宣地笑了笑。

张妈动容得说不出一句话，摇了摇头，又点了点头。

叶瑛嘴角带着笑意，拉着张妈在红木椅上坐下。她和张清让站在椅背之后，老师傅伸出一只手，说："准备了，一、二、三。"

快门按下那一刻，她垂在椅背后头的手牵住张清让的大手。他掌心的老茧一年比一年厚，她的手也再不是当年的肤若凝脂，岁月让他们靠近，也让他们远离。

相机定格下来的瞬间，她的嘴角是幸福满足的笑。张清让侧脸垂眸看着她，岁月静好这个词，大抵便是这么一个情形。

那是他们之间，唯一的合照。

叶瑛那张独照，后来被老师傅洗成海报，挂在照相馆门口。来往的人很多，无论男女老少，总会驻足看一眼海报上美得超脱岁月的姑娘，惊为天人。

有一回孟时照出席当地警司长官家的宴会，路过这里，不经意地一瞥，就看见照相馆门前高高立起的海报。他叫停司机，几乎是跑着过去，站在橱窗面前，似一尊雕像。

孟时照花大价钱买下海报和底片，挂到自己卧室名画的后面，闲下来时，就端着一盏茶望着叶瑛的海报出神。

他从小就是这样，自己喜爱的东西，总不愿叫别人也一睹芳华，怕别人同他争抢。可是他后来才晓得，没有人会同他抢叶瑛，因为他从开始到最后，都不曾拥有过她。

4

没了婚约，孟时照反而对叶家照顾良多，三天两头就差人送些吃穿之物。叶瑛自然是拒绝的，她对孟家的下人说："无功不受禄，叶、孟两家，早就是陌路人了。”

下人将话带给孟时照，他苦笑低语：“不领孟家的情，便不用还这个恩。叶瑛，你当真不愿给我这个机会。”但他仍旧风雨无阻地差人送物，虽然每次都是被拒绝。

又过了几年，叶瑛二十岁，那时侨胞归国之风兴起，祖国对归国侨胞有着一系列的福利政策，海岛上许多华人纷纷趁此机会回国团聚，一时间，回国的船票竟到了一票难求的地步。

叶瑛从小听爷爷说祖国的大好河山，爷爷告诉她，中国有句古话，叫衣锦还乡，叶家势必是要风风光光地回去的。可风光早已成烟云，陌生的祖国已经没有叶家人，她还回得去吗？

叶瑛知道，张清让想回去。侨胞归国众多福利中的一条，是可免试入大学。她从小没上过学，张清让一直念到高中，成绩很好却没能毕业。那时叶老爷过世多年，叶家的产业被叶大少败得所剩无几，他便处处克扣用度，换成一点赌资，最后轮到张清让的学费。

张清让退学后再也不提学校的事，在叶家香料厂做了一名制香工人。后来叶家败落，什么都没了，香料厂被债主收去改成了赌场，张清让在码头做苦工，用微薄的薪资养活他的家人。

可叶瑛知道，在张清让心里一直有个读书梦。她看到过他压在箱底的课本，书页早已被虫蛀烂，轻轻一碰就掉下一块角来。侨胞归国风盛行后，她看见他收集了许多相关的报纸，总是一个人看着出神。

她汉字识得不多，不知道上面写了什么，就拿着报纸去问米行的老板，老板告诉她，最后一班回国的轮渡将在年末开走，那是海岛上华人归国的最后一次机会。她又问了问船票的价格，老板说出的数字，是她无法想象的天价。老板说，船票只有几十张，如今大都已卖完，小小的一张船票，是千金也换不来的归乡之情。

回去的路上，她把报纸用力地攥在胸前，越握越紧，她想东西想得出神，甚至没有注意到孟时照与她并肩走了一路。

在离家还有一段距离时，她被脚下的石子绊了一下，幸得孟时照眼疾手快地扶住她。她惊了一身汗，以为是张清让，望过去时，看着孟时照温和的笑脸，着实愣住了。

“你怎么会在这里？”她不动声色地抽回自己的手，拉开两人的距离。

这个小动作做得如此明显，孟时照有些感伤，说：“我跟了你一路，我叫你了，你没有注意到。”

她“哦”了声，低下头，正要继续往前走，孟时照又叫住了她：“叶瑛，等一等。”

她回眸：“什么事？”

孟时照从怀里拿出什么，递到她面前：“你愿不愿，和我一起回国。”

长方形的黄色票券，那是回国的船票。

5

那天夜里，叶瑛屋里的灯一夜未熄。她站在窗前，手里摩挲着那张船票。她乱七八糟地想了很多，最后想到有一次她和张清让走在夜色笼罩的沙滩边，天空中的星子连成银河，潮汐拍打着沙滩。

她心血来潮地问张清让：“如果给你一次机会，你是要做沙滩上的一粒沙子，还是黑色天空中的一粒星子？”

张清让看看地，又看看天，笑着说：“我既不愿做沙子也不做星子，我要做决定沙子方向的大海，让星辰依附的天空。”

叶瑛一直记得他说这句话时脸上的神采，那是比数十亿星子组成的银河还要让人震撼的存在。

当第一丝橘红色的光芒出现在眼里时，叶瑛做了个决定。

她从台阶上飞奔下去时，同张清让撞了个满怀。她来不及站稳，就将船票举到了张清让眼前，她认真地说："清让，你回国，去圆你的读书梦。"

时间静止了很久，张清让把票从眼前推开："这里只有一张票，我回去了，那你呢？"

她闭了一会儿眼，再睁开："清让，我们不一样，在这里，你一辈子都是码头的搬运工。可我知道，那不是你该拥有的人生。"

晨光映在张清让眼里，泛着潋滟的光。

她紧紧抱住他，颤着声道："我在这里等你。"

她没读过书，知道的道理不多。但她知道有句话叫作天高任鸟飞，海阔任鱼跃。可被牵制住翅膀的鸟怎会飞得高，背负了重担的鱼又怎能跃得远。

1978年的最后一天，张清让吃了人生中最丰盛的一顿早餐，可后来他回忆起来，那一顿饭的味道，是咸中带着苦涩，眼泪的味道。

叶瑛没有告诉张清让船票的真实来由，她告诉他，那是她变卖了母亲留下的遗物换来的。

赶到码头时，天还未亮，叶瑛同张清让站在人群中，久久望着对方。

她慢慢地整理他被海风吹乱的衣领："你要好好照顾自己，我会照顾好张妈，你的母亲，就是我的母亲。"

他将她拥入怀里，下巴搁在她柔软的发上，她感觉到有温热的液体流进她盘起来的发里。张清让的声音沙哑得像潮汐拍打在礁石上的呜咽，他说："叶瑛，等我回来，我们就结婚。"

"嗯，我等你，"她吸了吸鼻子，嘴角绽放一贯温柔的笑，"这一次，我不看你走。"

她转身时，一直忍着的泪水夺眶而出。她也没有看到，身后的张清让张着嘴无声地痛哭，眼泪被海风吹得七零八落。

那日叶瑛离开码头，没有立刻回家，而是去了海岸边最高的礁石。她坐在上面，没有等到一场日出，却等到载着张清让的轮渡鸣着汽笛消失在地平线。到最后，她还是看着他离开了。

那天是海岛上难得的阴天，没多久，就下起淅淅沥沥的小雨。叶瑛在雨中走得很慢，很慢，雨水兜头淋下，她的眼前是一片看不清的雾气。推开家门时，她抬眼看见院前洋兰下负手而立的身影，一个激灵，一声“清让”已脱口而出。

洋兰下的人转过身，她提起的心一下落入谷底。

她愣愣地问：“你……没有走？”

孟时照撑着一把油纸伞，一步步走近她，在她头顶撑出一方天地，对她温柔地笑：“我没有看见你上船，就回来了。你要走，我陪你一起走；你留下，我也陪你一起留。”

叶瑛觉得喉咙里像含了一块烙铁，说不出一句话来。雨落在宽大的芭蕉叶上，都是梦碎的声音。

6

1979年的中国南方，对张清让来说，是一场噩梦。

他自小在四季炎热的海岛长大，没有遭遇过寒流，对于冬的概念，只停留于书本上。而当他真正遭遇到那刺骨的寒时，却差点死在那场风雪里。

几十年风云变幻，世事变迁，他的家乡早已没有他的亲人。而他漂洋过海带回去的钱，连同证明他侨胞身份的行李，都在出码头时被人骗走。他身上唯一一件属于海岛的东西，是他缝在里衣里叶瑛的那张独照。他在大雪里昏倒，被人送去医院时已严重冻伤，若不截肢，将危及生命。手术需要家人签字，他一直昏迷不醒，连自己的名字都无法告知他人。就在医院准备放弃他时，角落里的实习小护士站了出来，她说：“他是我丈夫，我来签。”

数十双眼睛望向她，她面不改色地在手术协议书上签下自己的名字和他的名字，第三天就送来了婚姻关系证明。小护士的父亲是有头有脸的人物，所以才能给张清让造一个身份，和结婚证。他本不愿将女儿的一生托付在一个不知身份注定残疾的人身上，可他经不住女儿在雪地里跪上一天一夜的举动。

张清让于一个月后醒来，可他宁愿自己永远没有醒过来。他不明白，为什么一朝梦醒，一切就都变了。他失去了右腿，多了一个素未谋面的妻子，还丢了自己的名字。他的名字是张清让，可所有人都叫他许冬笙。

海岛上的老人常说，没有了名字的人，就再也找不到回家的路了。

他再也回不去了。

他失去了笑容，总是望着窗外发呆，有时几天都不开口说一句话。小护士话很多，像只叽叽喳喳的麻雀同他说各种琐碎，他听进去的很少。更多时候，当他从那片碧海蓝天的回忆中回过神来时，听见小护士的声音，会觉得恍惚，脑子嗡嗡作响，像他离开海岛那天，呜咽的汽笛声。

他第一次同小护士说话，是在出院那天。小护士将他带到一处筒子楼，夜里他听见夜莺的声音，猛然惊醒，想要下床，却重重摔倒在地面。睡在隔壁床的小护士跑过来扶他，他推开她，固执地一点点爬到窗前，扶着墙站起来，推开窗。窗外梧桐树上的夜莺被惊得振翅飞走，他哭着回头问小护士：“我再也追不上叶瑛了对不对？”

小护士走过去，轻轻抱住他。她一下下拍着他的背，喃喃道：“没事了，没事了。”

天亮的时候，张清让对小护士说：“我们离婚吧，我不能娶你，我的妻子，只有叶瑛一个。”

他对小护士说了自己的过去，小护士也是那时才晓得，原来他说的叶瑛，不是夜莺，而是一个人名。

小护士忍住眼泪，正色道："你不能走，中国女人的名节比命还重要，我是你的妻子，你不要我，就等于杀了我。"

风从大敞的窗口吹进来，他右边的裤脚随风摇摆。张清让盯着空荡荡的裤脚看了一会儿，突然就笑了，他如今这副模样，又能走去哪儿？又如何能够回得去？

张清让最终留了下来，作为许冬笙而活。

十年，整整十年，小护士尽心做好一个妻子的角色，他却始终不愿为她打开心扉。他的两鬓已初见风霜，她的眼角也冒出细纹，她终于同他妥协："我困了你十年，只是因为我爱你，可我努力了十年也没能走进你的心中。已经十年了，你爱的那个人可能已经不再等你了，我们托人去那里找她，如果她还在，我亲自将你送还给她，可如果她不再等你，就给我一次走进你心里的机会，好不好？"

去海岛寻找叶瑛的人，统共用了半个月的时间，回来时，带来的却是"叶瑛同孟时照已于一月前离开海岛，不知去向"这样的消息。

张清让装着义肢的右腿微微颤抖，小护士紧紧挽住他的手，他才不至于倒下。他的脑中又出现那年的汽笛声，他恍恍惚惚地望着窗外白皑皑的世界，喃喃自语："是我迟了。"

从此以后，他就只有在梦里才能闻见海风的气息，听见少女银铃般的笑声。那个他爱的姑娘啊，他牵着她的手，沿着梦中的沙滩一直跑一直跑，像永远也不会停下。

7

这是关于张清让的故事，张清让是我的姑父，他对我说起这个故事，在他重病住院的弥留之际。

我是个作家，那时候我因灵感枯竭进入瓶颈期，得了焦虑症。我同他在同一家医院就医，自然而然在医院的草地上相遇。蓝天白云下，他对我说了这个故事。

这已是2013年秋，这里的城市四季分明，看不到海。我的姑父已经六十岁，时光将他的发色变得花白，语速也变得缓慢。他忘记了许多东西，可关于那片海岛的记忆却一天比一天还要清晰。

姑父回国后并没有完成自己的读书梦，他在爷爷的工厂上班，后来自己开了间制香的作坊。他手艺好，作坊做成了公司，他成为中国顶级的制香师。他制了一辈子的香，最广为人知的是“nightingale（夜莺）”，那是他一生最辉煌的成就。nightingale之后，他从制香界退休。如今我才晓得，这款香是为叶瑛而生。

是夜莺，也是叶瑛。

他这一生没有对她说过一句“我爱你”，可他将对她的爱变成人们最常用的香料，无数人按动喷头，全世界的天空下都是他对她的爱。

姑父于2013年的冬天去世，他没有子嗣，我按照他的遗愿送他的骨灰回海岛。我在海岛停留了半年，翻查了许多资料，访遍海岛每个角落，还找到了孟家最后一个仆人阿多，终于收集到姑父所不知道的另一半故事。那是关于叶瑛和孟时照的故事，也是关于他们仨人，完完整整的故事。

张清让离开海岛后，叶瑛的生活过得并不好。张清让是叶家的顶梁柱，他走后，这座摇摇欲坠的大宅，终于倒在了叶瑛背上。她踏出自己藏了二十多年的深闺，去绣厂里上班。生活的不易并不能打垮她，而真正让她感到心累的，是从未得到张清让一星半点的消息。

留在海岛的孟时照，和从前一样，明的暗的给她帮助，可依旧被她拒绝。她赶他走：“我这一生，只会是张清让的妻子。你的家人都离开了这里，你也应该同他们一起走，不该孤孤单单地留在这儿。”

他还是一贯温柔地笑，像从未听懂她那些拒绝：“这里有你，我怎会孤单？没有你的地方，才是我不敢踏足的永夜之地。”

说得多了，叶瑛便不再说。面对孟时照时，她就将自己变成一个聋子、瞎子和哑巴，沉默是最残忍的疏离。

每一天清晨，孟时照都会在叶家大宅门口等叶瑛，然后默默跟在叶瑛身后，看着她进了绣厂，自己就去岛上的茶馆里坐一天，或是去海边钓鱼。算着快到叶瑛放工的时间，他便早早候在绣厂门口，等叶瑛出来，再默默送她回家。叶瑛不上班的时候，他会去叶家大宅找她。叶瑛躲在阁楼不见他，他就坐在院里的洋兰下，喝张妈现炒的茶，同张妈话家常。

就这样日复一日，年复一年，漂洋过海的信件来了一船又一船，重游海岛的华人来了一拨又一拨，可张清让依旧没有半点消息。就连张妈都说：“清让不会回来了，他死也好活也罢，都不会再回来了。小姐，你的眼里就只有消失在前面的清让，可孟少爷呢，为什么，你不回头看看他？”

叶瑛低着头绣一件鸳鸯枕，阳光笼罩在她身上。她粗糙的手指摩挲着染血的鸳鸯，说：“就算有一天所有人都说他不会再回来了，我也要站在原地等下去，一直等一直等，等到我老，等到我死。”

“我会陪着你，也会等你，等到我老，等到我死。”孟时照从屏风后头绕过来，站在她面前，遮住了一方艳阳。她抬头看他，懵懂地看着他眼角眉梢的笑意，像是从未认识过他。

1989年，张妈去世。按照海岛的风俗，叶瑛站在往生礁上将张妈的骨灰撒到浩瀚的大海中。她从礁石上下来时，差点摔倒，被一直跟在身后的孟时照扶住。第一次，她没有推开他。十年了，她这一生爱与恨的力气，都被这十年的光阴消磨殆尽。她从那时变得爱哭，她在孟时照怀里哭得狼狈不堪，她问：“他为什么不来找我？他死了，对不对？”

孟时照疼惜地看着她，却回答不了这个问题。沉默良久，他说：“叶瑛，同我回国，我陪你去找他。不管是生是死，你总要亲眼看一看他。”

1989年，张清让离开海岛的第十年，叶瑛决定同孟时照回中国。

可她永远不知道，她同孟时照回国找张清让时，受张清让所托的友人也正乘着轮渡，去海岛寻她。

人生是一场遇见，也是一场错过。

回到中国的孟时照，动用了所有人脉去找张清让。可他又怎找得到他，如何找得到他。这世上已没有张清让了，只有一个找不到回家的路的许冬笙。

他们在中国待了三个月，直到有一次，在寻找张清让的途中，叶瑛同孟时照走失，她懂的汉字不多，也不会说普通话，她站在陌生的祖国大地之上，心想，确实如爷爷所说，再没有比这更壮丽的河山了。可这天广地阔，渺小的她却没有一席之地。

孟时照在半个小时后找到她，他把受惊的叶瑛带回住处，她蜷缩在大床的角落，不发一语，像被抽去了所有的灵魂。她在想，如果当年，她有多一张船票，她会不会跟张清让走。她深刻地知道，她不会，早在那个看不到日出的清晨，她望着浩渺碧波，就明白，海的那一头，是她再也回不去的家乡。就像如今，她亦知道，她再也不会遇见张清让了，无论是生还是死。

夜里她推开孟时照的门，哭得梨花带雨，像个孩童般无助，她对他说：“我好想回去。”

孟时照将她搂在怀里，捋开她泪湿的发说：“好，我们回去，我们回去。”

叶瑛推开他，说：“不，不是我们，是我，我回去，一个人。”

孟时照从来就不会乖乖听叶瑛的话，这一次也不例外，他带着她又回到海岛，再未离开过。

他们像从未离开过海岛，又回到当初的原点，叶瑛继续用沉默对他，只是不再拒绝他生活上的帮助，也不会在他坐到她对面时，捧着绣样走开。

她其实很怕孤单。

从中国回来后，叶瑛就不太去计算时间了。她不知道过去了多少天，也不知道过去了多少年，她好像一直都置身于梦中，直到有一日，她推开门，没有看见孟时照。

她的心中咯噔一下，脚步也滞了下。那一整天她都不在状态，好像少了什么。

夜里躺在床上，怎么也睡不着，她翻了许多次身，最后猛然坐起来，她终于明白这一日的不对劲都在哪儿了。

多少个日夜，无论刮风下雨，无论他生病与否，她只要一回头，一抬眼，总能看见他，这已是习惯。她知道若有一天看不见他了，一定是他再也无法站起来了。

叶瑛没有想过，她人生中第一次夜奔，是为了孟时照。

从叶家到孟家，她光着脚跑了一路，等赶到孟家时，看到的却是孟时照眉眼不安的睡脸。

他再也不会醒来。

孟时照几年前就得了癌症，那是不治之症，他从未对叶瑛提过，而是用最后的时间，替她打点好之后的一切。他的仆人阿多告诉她："少爷说他死后，就将他葬在叶家院前的洋兰下，他说过会陪着你一生，一分一秒不会少。"

她颤抖着手抚上孟时照苍白冰凉的脸，眼泪一滴滴砸下来。她问："他看起来这样不安，他走的时候，是不是很痛苦？"

仆人阿多哇的一声哭出来：“少爷放心不下小姐，他说他好怕，好怕他死后，再无人可以佑着小姐你。”

叶瑛看着孟时照，就那么愣住了。他的睫毛很长，眉飞入鬓，鼻梁直挺，唇宽而薄。她才发现，这几十年来，她的眼里只有张清让，她甚至没有好好看一眼孟时照，原来他有着这样好看的眉眼。

她一生从未遇见过冬天，可孟时照去世那天，是她生命中最寒冷的冬天，她的心里下了好大一场雪，终年未歇。

孟时照故于2000年，他爱了她整整半个世纪。

8

2014年的海岛，叶家的宅子已被当地政府回收，作为旅游景点对外开放。已是半百老人的阿多是叶家老宅的管理员，他请我喝了一杯茶，泪眼婆娑地和我说完这个故事的后半段。

阿多说：“少爷死后，我按照他的遗愿，去叶家照顾叶小姐。那一天，是少爷的忌日，小姐一早就站在洋兰的秋千边，后来我去叫她吃饭，看见她坐在秋千上，歪着头，已经去了。小姐的身体一直很好，走的时候也很安详，我一直想不通，那样一个好好的人，怎么说去，就去了。”

我望着牡丹雕花的窗外开得正好的洋兰，轻声道：“或许，是他不在了，她才死了。”

这一生太漫长，她等不及。

离开海岛的那天，我站在船头点燃了叶瑛的照片。我轻轻松开手，照片在海风中燃烧，黑色的纸屑盘旋而起，如同一只只蝶，在这一片碧海青天中，与爱共舞。

殊途

这么多年，他都无从知晓，
他想要的那个开头，
其实在很久很久以前，
就已经种在她心里了。

文／卞蓝桥

楔子

1949年后，香港居民人数暴涨，其中包括很大一部分移居香港的上海人。这之中有作家、商贾、艺术家，还有电影人。

“那是香港电影最好的年代，却也是最坏的年代。”许胤淞在接受采访时如是说。

棚内的光打在他已有岁月痕迹的面上，即便是知天命的年纪，他的儒雅风度仍能卓然于世，碾压一众当红小生。他这句突如其来的唏嘘，早就是一句在网络上说烂了的鸡汤，可主持人却微微愣住了。因为许胤淞的眼眶里莹然有泪。

“您是……想起了什么吗？”

许胤淞没有回答。他用力闭了一下眼睛，将那罕见的泪逼回眼眶。而眼皮覆盖住的这个世界，却并不是一片漆黑的。在各种光线的映照下，黑灰白红的颜色交错重影，一瞬间仿佛几十年前尘扑面，卷起了不堪就着宿醉回味的往事。

1

纽约四十二街永远那么繁华。海报上的人肌肉发达，摆出武打动作。有老外走进电影院，指着广告惊喜地喊：“Bruce Lee！”

许胤淞站在海报前，若有所思。

1973年，西方刮起名为“李小龙”的旋风。也是在这一年，许胤淞在美国学完电影，决定返回香港。他举家移民的时候才七岁，初回故里，却觉得陌生。老友肖梓良一直与他有联络，先带他吃遍大街小巷，再去旺角的繁华里消磨漫漫长夜。

五颜六色的广告牌迷了眼，许胤松半蹲在鱼蛋摊子前，和鱼蛋仔有一搭没一搭地闲聊。

肖梓良说自己遇上熟人，去了五分钟还没回来。他吃光鱼蛋，起身拍拍破洞的牛仔裤腿，过去找人。刚走到街角那个夜场门口，就被招徕的女郎一把抓住了小臂。

“靓仔，进来玩呀？”

他只穿着白T恤、蓝裤子，万人丛中仍是卓然玉立。偏他不自知，连婉拒都毫不吝惜笑容。女郎见惯了登徒浪子，难逢“青葱”少年，推拉间半个身子已经靠过去。许胤淞费力要抽出自己的手臂，忽地有人喊了一声：“阿淞！”

他偏头，视线越过身前的女郎，瞥见一行人从喧闹的夜场里头缓缓走出来。约莫六人，多是男性，当中只有一个胖胖的女孩。

肖梓良当先出来，要把他从女郎手里救出来。女郎不悦，偏头瞧见身后走出来的这一行人，却忽地脸色煞白，退到了一旁。

肖梓良拉着许胤淞过去，大大咧咧地介绍："阿淞，给你引荐一下，这几位可都是了不得的大人物。你不是要拍片吗？以后合作的机会多得是！"

彼时许胤淞不知这几人在港岛的地位，只当是结识新朋友，依次握手。到了那个女孩，他却仿佛有些迟疑。她的形象在他眼中实在是有些陌生。

她身形微胖，微卷的发散在圆乎乎的颊侧，却穿着一身精致礼裙，曲线毕露。若赞她美，显得虚伪，可那一身夺人的气势，却绝非寻常人能拥有。

在他开口前，女孩胖乎乎的手已经先将他的指梢握住，磊落大方，姿态款款。

"我是杜咏欣，你可以叫我六妹。"

此话一出，几位男士都知道她是刻意逗他，纷纷在后头私语低笑。后来他才知道，杜咏欣其实比他还要大五岁。

"我还以为她别号'六妹'。"

肖梓良揽着他的肩瞪大眼睛，一脸"你真是天真"的表情："想什么呢？他们几人拜了把子，肥欣排行第六，只有她五个了不得的大哥才能叫她六妹！"

许胤淞皱了一下眉："肥欣？"

"人人都这样叫她啦！"肖梓良满不在乎地说，"别看她肥，人家是无线电视台开台的功臣，十五岁就出来做事。你想要拍片，还不一定请得动她！"

肖梓良提到"拍片"，又将他一语惊醒。他返港想做电影，却没有想象中那样容易，他只得考进无线台做了编导，开始拍剧。

肖梓良说得不错，这些剧，没一个请得动杜咏欣。他偶尔去影院，看到她身为主角，在屏幕上画着夸张的妆容，讲着夸张的台词，不顾形象地搞笑。

有一次通话，他问肖梓良，杜咏欣怎么一直拍搞笑片呢？肖梓良笑了几声，那么肥，不拍搞笑片还能演什么？演嫦娥好不好？你去拍喽？

许胤淞静了良久，忽地丧气，一言不发地收线。

2

许胤淞跟无线电视台请辞那年，已经小有名气，嘉禾电影公司朝他递来橄榄枝，邀请他过来执导电影。

这两年他只见过杜咏欣两回，却都记忆深刻。

一次是在无线年末台庆时，杜咏欣做主持，在后台瞧见他说：“我记得你，你是阿淞。”

他手里拿着对讲机，要同时指挥几个编导控场，匆匆和她握了一下手，却觉得骨骼分明起来，脱口道：“你瘦了些。”

杜咏欣倦然道：“是呀。”说完就转身去补妆。

她的经纪人文森是个纤瘦的青年，在他耳边提醒：“欣姐最近不太好，最烦听人好心说她瘦。”

“她病了吗？什么病？”

文森叹了口气：“还能发什么病！失恋病呀！”

杜咏欣换男友的速度堪称一绝，历任男友都有名有姓，还个个风流倜傥。这两年，单是八卦头条上的男星她就谈了三个。肖梓良是做公关的，各行消息都很灵通，同他煞有介事地八卦杜咏欣的情史，末了还好心提醒他：“肥欣最爱小白脸，你可要小心些。”

他只当是个笑话，但没想到第二回见杜咏欣，倒真应了肖梓良的担忧。

那时他刚拍完台里一部武侠剧，收视一路飘红，身价地位也跟着水涨船高。剧目收官时他同各主创去夜场庆祝，仍是旺角那处老地方，又见到去年在门口揪着他不放的女郎。

两人在狭长的过道相视一笑，认出了彼此。

“是你呀。”那女郎上下打量他，说话收敛了许多，“看来混得很好哦。”

他见她只觉亲切，执手问她的姓名。女郎才答了“辛迪”两字，就突然像见了鬼一样，肃容收声。许胤淞跟着回头，竟是杜咏欣。

她衣着鲜亮，指间夹着一支雪茄，猩红的一点火光随着她的吐息倏地变亮了，又慢慢暗下去。她斜斜地靠在墙壁上，姿态和喜剧片里的搞笑肥妹判若两人。

他唤了一声“咏欣”，手便松开了。

杜咏欣顺手将半支雪茄递给他，拦在辛迪跟前，倾身凑到她耳际。

“我去年有没有提醒过你，不要朝他发浪？”

“有。”辛迪低垂着脸，说，“欣姐，是我冒失。”

杜咏欣缓缓直起身来，一扬下巴，示意她滚，然后才回身望他，努了努嘴。许胤淞迟疑片刻，将雪茄凑到她嘴边。她咬上去时，口红不小心蹭到他的手背上，立刻笑着说了声“抱歉”。

他目不转睛地望着她，本来最是善谈的一个人，却忽地不知该如何开口，怔了几秒才想起替辛迪平反：“刚刚是我拖着辛迪问她的名字。”

“我知道。”杜咏欣漫不经心地往外走，越走近欢场，震耳欲聋的乐声似要将他们淹没。忽地，她回头朝他一勾手指，待他凑近了，才高声在他耳边喊道：“跟她无关！”

“为什么？”

“因为我中意你咯！”

那晚，许胤淞回到卡座继续喝酒，却频频走神。

隔了几天，他接到杜咏欣的电话，约他去打高尔夫。他揣摩不到那头的杜咏欣究竟是怎样的表情，却分明知道，开了这个头，未来便无法掌控了。

他知杜咏欣背后是怎样庞大的人脉与资源。

但这个开头却不是他想要的。他坦诚地说："咏欣，我要离开无线去嘉禾做电影了。"

她亦静了良久，有一瞬间，他仿佛听到她几不可闻的笑声，又疑心只是错觉。

她说："好，我知道了。"便挂断电话。

3

许胤淞进嘉禾这年，以冯氏为中心的顶级电影公司大佬，说的还都是一口上海话。

初执导的是一部武侠片，从开头就千难万险。本子被打回来好几次，甚至有一次冯氏大佬还指着他的鼻子咆哮。许胤淞是喝洋墨水长大的，自然听不懂吴侬软语，却能觉出对方是在骂他。他丝毫没给面子，当众起身告辞。

小插曲不知如何传出，被媒体大肆渲染成"新人导演触怒冯生，险被封杀"的闹剧。许胤淞一时间被推到风口浪尖上，众人都等着看他的笑话。

公司另一个导演阿宇资历深，劝他找知名好友客串造势，他却只是笑："我只是个小人物，不认识什么天后巨星。"

阿宇一脸不信："怎么可能？肥欣好多次当着媒体的面说你们是好友，她看好你的前景！"

他彼时正帮着看一部片子的剪辑，手指无意识按错，险些删去一大段，吓得阿宇立刻把他从位子上拉开。

“喂！你不想用肥欣就不用啦！干吗拿我的片子出气？弄丢了可回不来的！”

许胤淞说：“不是不想。”

他只是……他抿住唇，只觉想起她来，心中莫名有些发涩。

后来他还是给杜咏欣去了个电话，问她肯不肯来客串。杜咏欣一口答应下来，等收到剧本，又匆匆打电话回复他：“你是不是搞错了？”

他答：“没有错。”

他知道杜咏欣的反应为什么会这样，因为他写给她的这个角色，从头到尾都不曾搞笑。

她沉默了好一会儿才说：“好，我尽力而为。”

杜咏欣进组那日，他是在监视器上先看到的她。红衣女侠手持峨眉刺，缓步走进画面，红叶纷飞间，她的眉眼煞是明艳动人。全场所有人都禁不住屏住呼吸——那素来以搞怪、滑稽示人的肥欣，居然也可以风情万种。

一场戏毕，天已经黑了，A组准备转场。许胤淞才要跟着走，就被文森一把扯住。

“欣姐有场戏想改，要问过你。”

许胤淞进去她的休息室，里头却是一片漆黑，只能瞧见猩红的一点火光。

他脱口问：“怎么又抽雪茄？”

“后生仔。”她轻轻笑起来，揶揄道，“轮得到你管我？”

他只说：“我可以开灯吗？”

话音刚落就被她阻止：“不可以。”

许胤淞回手关上门，瞧见她的轮廓动起来，伴随着火光忽高忽低，而后一股独特的、馨香的气息就到了面前。

“你想改哪场戏？”他垂眸，借着那点微光，看清她明亮的眼眸。

“你心里有过我吗？如果有，可不可以为我留下？”

空气仿佛凝滞，时间也仿佛停止，他反应了足足十秒，才意识到她念的是台词。

“我想改成这样。”

“你心里有我，我知，若我给你一点甜头，可以留住你吗？”

黑暗里，她沙哑的声音低低地环绕在耳际。她说完，指间的雪茄便掉落下去，火光一瞬间暗了。他垂落在身侧的手背与她的相碰，近似于汗毛与汗毛之间的厮磨，若即若离，几乎让他疑心只是有风吹过。

许胤淞始终注视着她，末了勾唇而笑，柔声道：“好，你可以这样试一试。”

杜咏欣愣怔了一下，他已经推门出去。

她独自在黑暗里，仍陷溺于方才他的温柔中不可自拔。

4

两日客串戏份拍完，杀青当日，许胤淞特意空出晚上的时间来答谢杜咏欣出面帮忙。

一行人聚在老地方喝酒，文森不知怎的提起先前的新闻来。许胤淞喝了一口红酒，只笑着说没关系，余光却见杜咏欣在讲电话，说的是上海话。

直到“冯先生”三个字灌进耳朵里，他才蓦地攥紧了酒杯。

十分钟后，有人推门进来。许胤淞抬头，愣了两秒，才要起身相迎，却被杜咏欣狠狠地勾住手。

冯先生是何等身份、地位，这些年来早练就了火眼金睛，一进门便瞧出了端倪。他和杜咏欣打过招呼，小酌了几杯，又接下许胤淞的敬酒，算是“一笑泯恩仇”。

走完过场，冯先生便告辞离开。而她凝望他，仿佛在等着看他如何致谢。

他胸口那点温热，随着冯先生的离开，慢慢地凉下去。他知道，这或许就是她许给他的一点甜头，步步为营引他入瓮。

他该说什么呢？他什么都不能说，亦不能指望她相信。

她见惯了太多的姻缘巴结、各有所谋，她在泥地里打着滚走到如今的地位，早把自己活成了铜皮铁骨，连“爱”字都用人脉与机会去交换和引诱。她深谙人性的贪婪和不堪，知道无论怎样，总是有人上钩的。

像文森有一次闲聊时说起的那样，她掏心掏肺为恋人铺好了扶摇直上的路，最终也只得在青春靓女面前败下阵来，看着个个男人稳固了地位，再将她一脚踢开。

她却习惯了这样送走一位，再迎来下一位。

港人当面尊称她一声“欣姐”，背后却骂她“集邮”，说她不知廉耻。而她连这些都已经习惯了，她将自己摆到了卑微至极的位置，奢望得到一点爱，哪怕是假的。

文森说，欣姐不是不想美，她是不能脱下这身“戏服”，这身令她常常在天堂与地狱之间挣扎的“丑角”的戏服。

大概是后来他的脸色实在太过沉冷，终于惹得杜咏欣郁闷不已，借着醉意，重重地将酒杯砸在桌面上，殷红的赤霞珠红酒飞溅出来，洇湿了他雪白的衬衫。

“许胤淞，你难道不满意我的这场安排？没一句谢谢也就算了，还摆什么脸色？”

她语气不见得有多重，轻描淡写说出来，却让四下霎时间安静了。

文森极有眼色地和其他人离场，带上了门。

看着她的脸，他不由得失笑：“咏欣，你知道我为什么要写那个角色给你吗？”

“咏欣”二字让她火气顿消，却不好轻易展颜，佯装皱眉道：“我知你是为了要我开心，我在银幕上没有扮过美……”

不是这样。他凝视她一双写满沧桑痕迹，却仍然难掩天真的眼睛，摇了摇头。

不是因为这样。

因为他不想她在人前笑了这些年，却仍要继续笑下去。因为他怕“肥欣”这个分明称不上雅号的标签生生世世困住她。因为他想告诉她：你很漂亮，不必在一段段敷衍的恋情里投入所有，又狼狈收场。因为那才是她在他眼里的模样。

许胤淞无奈地闭了一下眼睛。

“你信有一日我会成为香港最厉害的导演吗？”

杜咏欣试图微笑，眼神却闪烁起来。她直觉他是要开口说什么了不得的话，所以迟迟没有回答。

他声音里有不易察觉的颤抖，似是某种情绪到了极致，却也隐忍到了极致。

“你是我回港后认识的最够义气的女星，咏欣，我一个无名之辈的片子，你想都不想就应承下来，我无以为报。”他举杯向她敬去，郑重而又温柔，“我此生都会视你为挚友，珍重你的恩情。”

那一刹那，杜咏欣脸色煞白，几秒后，却仍是缓缓举起了酒杯。静默的夜里，唯有杯壁相撞发出“叮”的一声。

这年，许胤淞二十五岁，返港第三年。他不愿成为她“集邮册”里的其中一枚，亦没有能力让她相信自己的真心。所以他干脆逼自己立在悬崖绝壁，划下界限，好过再走一步便是粉身碎骨。可在她眼中，不过是他拒绝了她，再一次。

而这恐怕是最后一次了。她想。

他与她之间的所有，兜兜转转至今，离他们各自想要的开头始终天差地别。

5

许胤淞拿下金像奖最佳导演奖这年，日子过得算是波澜起伏。他拍这部获奖片时，新闻八卦频出，满足了大半个港岛人茶余饭后的聊闲。

八卦的主角以辛迪开始，以杜咏欣结尾。

他同编剧写本子时，觉得女二号像极了辛迪，便找了辛迪来演。辛迪亦悟性极高，许胤淞甚至起了野心，想将她培养成御用班底，以便自己日后自立门户。无名女郎一跃成为银幕女二号，这等鱼跃龙门的变化，自然惹得有心人曲解。许胤淞在很长一段时间里，都和辛迪这个名字绑在一起。

影片拍完，在当年大火，许胤淞拿了最佳导演奖，辛迪拿下新人奖，谁都以为她会签进许胤淞的工作室，以回报知遇之恩。可辛迪却令人大跌眼镜地签进了大公司新艺城。

他只当辛迪是“良禽择木而栖”，隔了几天还打电话去问候。没料到那头静了良久，却是哽咽不已。

“发生什么了？”

辛迪压低了声音，饮泣道：“救……救我，许导，求你救救我！”

她报了一个酒店地址，许胤淞赶过去，却在看见她的面容时吃了一惊。她双颊似被掌掴过，红肿不堪，再看手腕，也有绳索的勒痕，全然一副被凌虐过的模样。辛迪见了他如见救星，抓住他的双臂痛哭。

“我不敢回家，也不能回公司，新艺城签我，我是被逼的，你原谅我……我没得选！许导！我没得选！我以为可以飞上枝头，想不到反而跌得更惨！许导，你帮帮我好不好？”

许胤淞的耳朵里嗡嗡作响，忽地有一个荒谬的念头涌上来。新艺城……新艺城的老板是谁来着？他想起来了。高雄，杜咏欣的三哥。

门外响起“砰砰”的敲门声，他心一沉，辛迪死死地抓住他，惊恐至极。外头的人又敲了两下，就猛地将门踹开。几个穿着西装的男人冲了进来，却在见到许胤淞的同时站住不动了。

他们显然认识他。

“要么我跟她一起走。”许胤淞将辛迪护在身后，攥紧了拳头，“要么我将事情闹大，大家鱼死网破，你们看着办。”

双方对峙良久，西装男中似乎有谁开始打电话。许胤淞知道，这场对峙，他赢了。

6

杜咏欣赶到的时候，高雄神色安然地端坐，拿着茶盏啜饮，对面是许胤淞和辛迪。

冰冷的仓库中，女郎瑟缩地躲在青年身后。他回护的动作太过刺眼，令她推门到一半时，手便僵住了。

高雄招手唤她过来：“六妹，这对狗男女被我抓了个正着，算是替你出了这段时间的恶气，怎样处置都由你好不好？”

许胤淞闻言，震惊地偏头看她。

她在几步之外，浑身颤抖，满脸是不堪心事被人赤裸曝光的窘迫。

这几句无疑在昭告天下，她还念着他，对他不肯死心，哪怕一次次被婉言相拒，竟还是要累得兄长出面做主，用最为恶劣的手段来成全她那点卑微的私心。

“够了。”她极力镇定下来，对高雄说，“三哥，让他们走。”

高雄一脸的笑容僵住，诧异地看着杜咏欣。而她克制着喉头哽咽，上前半蹲在三哥膝旁，仰面恳求：“求你。”

自始至终她都不曾看向许胤淞，只怕他眼中生出的是恐惧，甚至是嫌恶。而她宁愿是恐惧，好过让她此刻才认清，他这些年来与她如何虚与委蛇，都只是因为不敢开罪，粉饰太平；好过她此刻才知道，他嫌恶这个体态不堪的肥欣，他电影中她所有的客串，都只是一个华丽而虚伪的梦。而她还日日夜夜发梦，以为他的温柔与邀请，或许有万分之一的可能是对她的一点点喜欢。可到头来，终究是不敌国色倾城。

高雄拉杜咏欣起来，挥手示意那二人快滚。辛迪像得了赦免一般，终于“哇”地哭出来。

等许胤淞扶着辛迪出了门，高雄才说：“他都没有回头看你一眼，这样的男人，不值得你伤心。”

杜咏欣摇摇头，不愿让三哥窥见自己的狼狈，转身往外走。

她想，高雄不会明白，那人疏离的温柔让她感觉到自己仿佛被珍视。这些年他邀她客串的每一部电影，写给她的每一个角色，或是明丽，或是沉静，或是纯真，却独独不像“肥欣”。她不至于要将自己当成他的缪斯，却愿意相信将肥欣拍出美人在骨的韵味来，定然是因为心中有情。

纵使世人拿她当一个笑话，她始终觉得他总是不同。当他一心扶辛迪上位，她看遍他们的桃色绯闻，才不得不承认，他和他们都一样，没有什么不同。

她推开仓库的门，刺眼的光令她有一瞬间紧闭眼睛，缓缓睁开时，眼前的人几乎令她周身战栗。

许胤淞没有走。他站在光明中，注视着她自黑暗里款款行来，而后单膝跪地，朝她伸出一只手。摊开的掌心纹路纷乱，指尖似乎还在微微颤抖。

她愣住了，退后半步才扶住门，凝视他的眼。

“我想是我错了。”他声音极轻地说，“我是导演，惯于设计人生，如同设计一部电影。我总想你一切都遵从我构想中的那个开始，那个开头里，你没有高高在上，没有先来靠近我，这样我就可以如救世主一般靠近你，告诉你，咏欣，我喜欢你，从来和利益无关。”

他心中却是铺天盖地的懊恼和绝望。他等了又等，小心翼翼地恪守这段距离，却还是一不小心亲自揭幕了这场避之不及的、错误的开头。

“那个开头永不可能重来了，咏欣。”他低声问她，“在这场错误里，你还肯牵住我的手吗？”

她低垂着头，沉默了很久。久到他伸出的手臂已经酸麻，久到他绝望地想要起身离开，“吧嗒”一声，却是她朝他走近了一步。

柔软的手搭在他的掌心。

而那一刻，他还并不知道，自己握住的，究竟是怎样的命运。

7

2007年。

演播厅的光十分刺眼。长久的静默后，主持人继续问下去。

“许导，有关您的一段婚姻，令人很遗憾。对你来说，杜咏欣是个怎样的存在呢？”

“她是我的挚友、我的恩人，却也是我想去保护的妻子。”他说这话的时候十分平静，“我只恨我没能够……”

没能够怎样呢？

保护她？劝告她？还是将她从那盘根错节的深渊里拉出来？

在那个年代，他没有能力，而今有了，她却已经不在了。

“欣姐的结拜哥哥都是身份非常特殊的人物，在过去的生活里，有没有困扰到您呢？”

这个问题太过敏感，导播及时阻断。许胤淞看向台下，他如今的经纪人，也是当年咏欣的经纪人，文森。

年逾五十的文森，眼中混沌，仿佛有泪。

杜咏欣和许胤淞隐婚两年才选择了公开。婚讯发出去没多久，香港最大的几家电影公司在临近千禧年之际接连出事。

要补办的公开婚礼筹备到一半，就不得不搁置下来。

警方一一传讯相关人员，尤其是杜咏欣。每一次他都陪在她身侧，她痛苦不堪地走出审讯室后，都会抓着他的手问他："你相信我吗？"

他当然相信她。即便她同那些人拜了把子，即便他见识过高雄如何行事，他也无论如何都不相信，这些事情会与她有半点关系。

他打点上下，辗转各方找人问事情究竟牵涉多大，所有人都告诉他，恐怕很难轻易收尾。肖梓良骂他傻："你脑子是不是秀逗了？肥欣在水边走了这么久，哪会不湿鞋？只有你还相信她'出淤泥而不染'！"

他与肖梓良不欢而散，心中的怀疑几度盘旋，却仍是放下了。

直到那日。

那日他陪杜咏欣接受问询，独自徘徊在警局的走廊上，却听见有人吵吵嚷嚷。一个长发女人被警察拖着踉跄着走进来，口中不知在乱喊些什么。经过他身侧时，他退开半步，却蓦地被这疯女人扯住了手。

"是你……是你！"

警察连忙去掰她的手，她却死命抓着他的小臂，直到乌黑的指甲抠破了皮肤，他在疼痛里忽地心有所思，抬手撩开她披面的长发。

是辛迪。消失已久的辛迪。

她满面灰尘，容颜枯槁，瘦得不成样子。与他对视的那一刻，豆大的泪珠簌簌滚落，喃喃念叨："许导，我知道我骗过你，我对不起你，求你帮帮我，我不想坐牢……"

一如几年前在电话里，她恐惧至极地恳求他。他却一时没反应过来她到底在说什么。

没来得及开口问，警察已将她拖走。她回眸，眼底是无尽的绝望。

他问警察她是因为什么事被捕的。警察急着去做事，被他拦住，漫不经心道："那女的是杜咏欣的人，还不是牵扯进了新艺城的案子！惨啦。"

有女警走过，猛地一拉同事，小声道："不要同他乱讲！他是杜咏欣的老公！"

留他在原地，如被雷击，半晌都缓不过神来。

高雄曾放辛迪离开，但原来辛迪并没有走。她一早就是高雄……或者是杜咏欣的人。

走廊尽头的审讯室的门开了，警察同杜咏欣一起走出来。隔着一段距离，他窥见她面上一片平静。从前他一直以为那是受尽惊吓后的失魂，而今看来，却更像是某种骄矜与不屑。

她对这个世界——这个称她"肥欣"，消费她、耻笑她的世界，是该充满不屑的。

只是他不知道，会是以这样的方式。

8

辛迪从警局出来后的第二天，从三十层高的天台上跳了下去。她在遗书中披露了这些年来，在杜咏欣兄妹的夜场及新艺城公司里见过的所有不堪的事迹。

她说杜咏欣的"集邮"更似威逼利诱，几任男友无名无势时，都曾受到胁迫为新艺城免费拍电影，或是公司通过他们的工作室避税，乃至洗钱。

没有人敢揭发。

杜咏欣曾有一名男友在分手后声称要去报案，当夜就在家中猝死。后来警方判定为自杀，事件不了了之。杜咏欣甚至还出席了他的葬礼。

辛迪的遗书在整个港岛掀起惊天巨浪，高雄被正式提起公诉。而杜咏欣，则因无确凿证据，依旧未能收监。

她将自己锁在房间里两天。第三天夜里，她终于推开门走了出来。

他彼时正在客厅的落地窗前出神，听闻身后窸窣的响声，蓦地回过头来，就与杜咏欣四目相对。

几夕之间，她却仿佛老了好多岁。

“我的哥哥们怎么样了？”她沙哑着声音问。

家中没有一张报纸，电视机亦从未打开过。他不能告诉她，几天前警方押送高雄时，遇到几人带着大批马仔袭击，双方激斗了一个小时，才被赶去支援的警察控制住局面。

她的五位哥哥皆涉案，无一生还。

许胤淞轻声说：“他们态度很好，认了罪，被判缓刑，都会出来的，你放心。”

她闻言，呆呆地站了一会儿，突然忍不住哽咽，猛地抬手遮住了眼睛。

她想起很多年前，入行时被人骂蠢猪，打翻盒饭没得吃，是高雄帮了她，带她去饮茶。他告诉她，小妹啊，做人呢，宁愿刎颈，不屑偷生，别人给你一寸，你要还他一尺。

她三哥是个反骨仔，宁愿刎颈，不屑偷生……不屑偷生。

过了好一会儿，她忍住了泪，抬起头，就听他平静地问道：“那些都是真的吗？”

杜咏欣嘴唇干涩，定定地看了他许久，又笑起来。

“你为什么……这么天真？许胤淞？

“事到如今你还不明白吗？这世上没有什么真的假的，无论谁想得到什么，都得付出相应的代价。是，我起初是想同你玩玩，知道你动摇，就设局逼你往前走一步，没料到你竟然要同我结婚。你是大导演，我当然不会吃亏！何况你的工作室摆在那里，不用白不用。我杜咏欣混了这么久，真的，头一回碰到像你这样天真得让我发笑的人！”

她字字句句都在向他捅刀子。

他以为自己会很痛，可是竟也没有。

他愣怔地看着她声色俱厉地说完这番话，下意识地抬手摸上胸口，却平静如一潭死水。有一股虚无感自脏腑蔓延开来，将他所有的知觉都蒙蔽住，令他生不出任何悲喜。

自辛迪死的那日起，他的痛便以倍数叠加，到了今日直面这场血淋淋的剧情，他却早已自暴自弃。

他没有再说一个字，只是走出去，打电话到公司，询问工作室的资金流动及账目，然后挂断电话，安静地独自走下楼去，驱车离开。

够了。他想。

这一切都够了。

9

警方这场浩浩荡荡的大清扫，一度震惊了业内。

所有影视从业者站出来，游行、抗议，希望不再有新艺城这样涉黑的公司压榨艺人，做些见不得光的勾当。

演员公会自此成立，他们将辛迪当前车之鉴，纪念她以死来揭露黑暗的勇气。

而杜咏欣，因为经纪人文森认下了所有的罪，才得以在这场浩劫中自保。可偌大的香港，却再也无法容下她了。

许胤淞与她签订了分居协议，三年后，期满离婚。

这些年他接手了不少重大项目，拍了许多经典的片子，也曾只身闯荡好莱坞，小有成绩。纽约四十二街上终于有了他的电影，李小龙也已经是过去的经典了。

他风光无限，走到了香港电影的顶端，以为前事已殁，直到接到一个陌生号码打来的电话。

“我明日出狱。”文森问，“你可以来接我吗？”

时隔五年，他亲自开车去接这位故人。

大门轰然打开，头发花白的中年人缓步走出来，早已不复当年风采。他脱口问的第一句话是：“你为什么要替咏欣顶罪？”

文森急不可耐地向他讨一支烟，深吸了一口，才如活过来一般诧异地看着他：“顶罪？我怎么为她顶罪了？她也是受害者。”

“她是真的很傻，几个哥哥给她一点恩情，她就记了这么多年，心甘情愿被他们利用。她从艺以来赚的钱一半进了哥哥们的腰包，连男朋友都要搭在里头，可她又有什么办法呢？她根本没话语权，什么都是哥哥做主啦。

“她呀，深陷人情世故里，总觉得欠人太多，恨不得什么都给，可人家还不领情。那个辛迪和她同样是庙街出身，后来一个天上一个地下，她给得再多，还不是得来了嫉妒和陷害？她这辈子已经不是她的了，要我是她，早恨透了这世上……”

文森一径说着，没留意到他的沉默，直到他哑声开口。

“她骗我。”

可话音才落，他又蓦地醒了过来。

她不过是……将他心中的所疑所想摊开给他看罢了。

她残忍地让他明白，他是怎样不堪地揣度她的过去。他与那些戏称她是肥欣的看客，说到底，并无不同。

“她是怎样骗过你的我不知道，我只知道，当年世人指认她的事情，她一样都没有做过。”停了一下，文森道，“还有，她是真的喜欢你。”

而这一句，来得太迟了。

尾声

体态丰腴的女人行走在繁华的纽约四十二街。她已经不年轻了，病痛几乎将她压垮，连走这几步都有些困难。

电影院门口是巨大的海报，导演和编剧一栏用英文写着“Johnson Xu”。她停驻在那海报前，出了神。

忽地周遭变幻，万事万物都镀上泛黄的色泽，玻璃窗前的她依稀是风华正茂，容色靓丽。

那年她二十五岁，在纽约度假，酒店坐落在四十二街最繁华处，推窗望去，车水马龙尽收眼底。那俊美青年在窗前出现了好几次，令她好奇他究竟要去哪里。探头望去，他却站在电影院的海报前，一动不动地发着呆。

“有病。”她笑着偷骂他，却忍不住趴在窗前，看了一眼又一眼。

她不知不觉双颊绯红，心“怦怦”跳快，缩回房间，过了一会儿又探身去看。

人来人往中，他却已消失不见。

一个月后，她返港与哥哥们喝酒，刚走出夜场大门，就愣住了。二哥看出端倪，问她：“中意呀？要不要阿哥帮你搞定？”

她心惊胆战，小声说：“你们不要再插手了！”

高雄笑着给他们使眼色：“走着瞧，这小子，她搞不定的，到时候还是要我出手。”

而青年已缓步朝她走来。

穿过喧闹的人流，一步一步，踏上她的心尖。

这么多年他都无从知晓，他想要的那个开头，其实在很久很久以前，就已经种在她心里了。

她杜咏欣，生于上海，长在香港，临终前，重返纽约四十二街。

为了最后看一眼，她与他本该发生的，那个故事的开头。

他比宇宙更漫长

若 是 你 在 明 日 能 得 一 见 ，
就 让 我 在 怀 内 重 得 温 暖 。

文／倾顾

1

1987年，张国荣的*Summer Romance'87*位于香港全年唱片销量榜首，《无心睡眠》红遍大街小巷。

同样也是在那一年，小警察费烈穿上制服，拿到了人生中的第一笔报酬。

他的第一项任务是要站在街头。旺角人来人往，挨挨挤挤，沸反盈天。他扶阿奶过马路，手中提着网兜，里面的鲜鱼还在活蹦乱跳。他长得好，眉眼都端正，一看就是温柔和善的大男孩，很讨师奶们的喜欢。

绿灯“叮叮咚咚”亮了，人流走过，却落下一个人。他看过去，那人穿一条海军蓝的校服裙，露出两条修长漂亮的腿。斑马线上，阳光蹦蹦跳跳，那人也蹦蹦跳跳，马尾一起一落，像是荡秋千。

阿奶还在一旁喋喋不休：“好靓仔，今年几多岁，有冇女友呀？”

他的脸被太阳晒得通红，招架不住，只好大步上前，敲了敲那人的肩膀说：“小姐，马上就要红灯了。”

那人闻声回头，是一张极其年轻的面孔。他瞧见她左边的耳朵上打了三个耳洞，另一只却完好无损。她一定很爱玩，他没来由地想，板着脸，努力假装严肃。可她笑了起来，饱满的卧蚕让她笑得好甜，说一口很标准的普通话：“小警察，现在几点钟啦？”

他看了一下表，时间刚好是正午十二点。她也看到了，喃喃自语说：“比预定时间晚了一分钟。”

“请不要站在马路中央，很危险。”

她听了，乖乖地跟着他走过斑马线。头顶的云彩散去，日光更烈。他看她站在马路边，犹豫了一下，还是说：“快回家去吧。”

“你呢？”

“我？”他笑了，“我还要工作。”

“我懂，你是警察嘛。”

她敬了个怪模怪样的礼，手插到口袋里哼着歌走了。那是1987年的街头，十九岁的汤扶烟同二十一岁的费烈第一次见面。五分钟后分开，半小时后汤扶烟又回来了。她手里提着冰丝袜奶茶，歪着头对费烈说：“阿sir，上班这么辛苦，我请你饮茶呀。”

她说粤语怪腔怪调的，有种小孩子学大人说话的可爱。费烈不晓得她怎么这样自来熟，有些不自在：“我还在工作，不能喝……”

“可你救了我呀。”她眨眨眼，“我想报答你也不可以吗？”

她说得楚楚可怜，可他啼笑皆非：“我几时救了你？”

“就刚刚。我迷路了，若是没有你，也许就要出车祸。如果我入了医院，却又无钱看病，不是好惨好惨？”

她说话语速快，可是不惹人讨厌。他听完，到底笑了：“我的职责所在而已。”

“阿sir，”她撒娇，“我提着这个好沉，你就当帮我喝了不行吗？”

他接过来，看她眉开眼笑，只是说："我帮你拎着。"

那杯奶茶他一直没喝，晒了一下午几乎变得温热。他上班时她就坐在一旁，手托着腮看他。她偶尔鼓着腮狠狠地吸奶茶中的小圆子，像是很不高兴他不肯喝。

六点时他下班，同人交接后问她："你不回家吗？"

"马上啦。"她站起身拍了拍屁股上的灰尘，"阿sir，你要走了吗？你家住哪边？"

"油麻地。"

"好巧呀，我也住那边。"

她笑眯眯地跟在他后面，两人一起搭车。她没带零钱，他便帮忙投了币。车上人多，他站她身后护着她。她半回过头，笑着看他说："阿sir，你真是个好人。"

常有人这样讲，说他是老实人、好人。下车时，她还是蹦蹦跳跳，牵着他问东问西。她问他见没见过张国荣，又讲王祖贤好美，不晓得何时会再来港内。他不追星，对流行的音乐、电影都没兴趣。可她说话时眼里亮闪闪的，他看得走神，手上却一空。是她将那杯奶茶拿了过去，亲自替他插上吸管又重新递过来："花钱买的，总要喝一口尝尝嘛。"

他到底喝了一口，温热，奶香很浓，甚至甜得有点儿发苦。她看了，心满意足："这是我第一次来港。"

"你一个人？"

"是呀。"她答，"来寻人，还要追星，我好忙的。"

小姑娘的话当不了真，说是忙，却还在他身边蹉跎了一下午。她缠着他问了名字，又随他走到楼下。他上楼前问她："你叫什么？"

"汤扶烟。"

"不回家吗？"

"这就回去啦。"她摆摆手，"阿sir再见呀。"

她像只莽撞的小鹿，在夕阳的光里走远。费烈觉得她很奇怪，却也有古怪的可爱。奶茶喝空了他还在想，不知几时能够再见。

2

汤扶烟睁开眼起身时，一旁的老师记录着她身体的波动状况，问她："感觉如何？"

她歪了歪头："奶茶喝多了，想上厕所。老师，原来穿梭时空时吃下的东西，还会带回来的呀？"

老师失笑："当然了。书本上是怎么讲的，穿梭时空时发生的一切都是真实的，所以一定……"

"一定要谨慎，不能改变历史。我晓得的。"她伸了个懒腰，"八十年代的香港可真热闹。"

她是导师手下最年轻的弟子，因为聪明，所以格外受宠，第一次时空穿梭实验就选择了她当体验者。导师不放心，追着她问发生了什么。她叼着面包，敲着键盘说："我认识了一个小警察，他很有意思。"

"不要和他交朋友，你们根本就不是一个时空的。"

"老师，你好啰嗦啊。"

话虽这样说，可她根本就没放在心上。第二次实验时，仍将投放地点定在了那条马路上。她刚落地时，会被一层五彩的膜包裹着，世界的速度都慢下来。她看到不远处，那个叫费烈的小警察朝着自己大步跑来，伸手想要抓住她。

他额头上有汗，眼睛睁大，漂亮的瞳孔是琥珀的颜色。汤扶烟饶有兴味地打量他，在他靠近时伸出手来，握住了他的手。下一刻，那层膜破裂，世界的声音灌入耳中。他的喘息声很大，将她一把拽了过去。

一辆车从他们身边掠过，司机停下，骂她是不是找死。她笑眯眯地看着费烈，他却很生气地问她："你站在路中间做什么？不知道红灯了吗！"

他好凶呀，她想，香港总是这样热，他的衬衫都被汗湿透了。

"阿sir，好久不见，你有没有想我？"

他一愣，被晒得发红的脸上看不出是否害羞："不要站在这儿聊天。"

她又被他牵着手领到了路边。仍旧是十二点，车流来去，她站在他面前，乖乖低着头。她的头顶有一个发旋，将乌黑的发分开。费烈看着她面颊上一滴汗慢慢往下落，忘了自己要说什么。她可怜兮兮问他："阿sir，批评完了吗？"

"你吃午饭了没有？"

她顿一下，旋即笑了："没有，好饿呢。"

正好是他的午休时间。费烈领着她去大排档，吃炸猪排饭。她一口气浇了好多辣酱，吃不惯辣却偏偏喜欢。他无奈，替她买了冻柠七，又折了餐纸替她擦嘴角的酱汁。她看着他笑，笑得他很不好意思："怎么了？"

"阿sir，你对每个女孩都这样体贴吗？"

"当然不是……"

"那你只对我这么好咯？"

他回答不上来，被她堵得连脖子都红了起来。她不忍心再逗他，转开话题："阿sir，你是香港本地人吗？"

"是呀。"

"那你帮我找个人好不好？"

她撒起娇来无人能敌，连铁面的导师都会心软，更何况是他？日后的费烈曾告诉汤扶烟，自己对她是一见钟情。因为她"很鲜艳"。她不晓得这是什么样的赞美，问他也不肯说。只是他纯情得要命，连接吻都要她来教。

所以现在的费烈也拒绝不了她，请了假蹬着自行车带着她四处乱晃。她说要找人，又说不清名字和住址，连长相都说得含糊，只说又高又瘦。

香港的山路曲曲折折的，太平山的林荫道上洒满了金色的光。她从路边捡了一枝树叶顶在头上，喋喋不休地问他："你叫费烈，你的父母一定爱吃费列罗对不对？你今年刚当上警察吗？薪资几多，够花吗？"

这些问题他都认真回答："不爱吃巧克力，烈这个字有刚正不阿的意思，我母亲希望我做一个好人。工资还好，我都交给我母亲存起来了。"

她咂舌："这么乖，那你怎么追女友？"

他没说话，微微侧了头。光影里，他侧脸的弧度好看到不可思议："我暂时没有这个打算。"

"为什么？"

"缘分没到。"

他母亲念佛，凡事讲究一个缘分。他耳濡目染，也有了几分出尘的气质。汤扶烟那个年代的人没有这样子的，大家都忙，朝秦暮楚，没空等着缘分来。她觉得奇妙，看他的衬衫被汗洇湿，心轻轻动了一下。

"阿sir，我往后叫你费列罗好不好？"

"你喜欢就好。"

"那你不准别人这样叫你，知道吗？"

女生的小心思他不懂，后来才知道，因为这是她独一无二的称呼。两个人蹬着车到达太平山顶时，太阳已经落山了。斜阳的余晖将城市涂抹得妩媚，不远处的缆车被夕阳漆成红色。她倚在栏杆上，用力往远方看。他怕她出意外，张着手护在她身后，有些像是鸡妈妈。

"费列罗呀，"她说，"如果我每次来都能看到你就好了。"

"你知道我住哪里，有需要就来找我。"

她就甜甜蜜蜜地笑起来，在草莓糖浆颜色的阳光里，懒洋洋地说：“那你一定要等着我，不然我会伤心的。”

3

“进展如何了？”

汤扶烟睁开眼，就听到老师问自己。她沉默了一下，无辜地说：“绕着香港转了一圈也没找到。老师，那个人真的住在太平山吗？”

“事故发生在太平山道上，都是豪车。太平山是富人区，根据推断，应当就住在太平山。”老师很无奈，“让你去不是去玩的，是要见证历史的真相。”

“一场车祸而已，有什么了不起嘛。”

“汤扶烟！”

老师瞪她，她吐吐舌头装乖巧。汤扶烟大学时选修新闻专业，在课本上曾经读到过，1996年香港太平山特大车祸。现场一片狼藉，数十辆豪车追尾。死亡人数高达七人。引发车祸的是一名横穿车道的男子，真实身份却一直未被查明。唯一的照片只有模糊的摄像头截图。

这是新闻史上有名的悬案，直到汤扶烟上大学时仍悬而未决。有人为实验室注入大笔资金，条件就是待时空穿梭技术成功时，去往那个时候的香港，弄清那一夜究竟发生了什么。

有钱的是大爷，为五斗米折腰并不丢人。汤扶烟在电脑里输入费烈的名字，出来的只有相关的“费列罗”。普通人在历史的洪流里留不下影子，唯独存活于亲朋好友的记忆里。待到三代人之后，基本算是烟消云散。

人生就是这么平淡与残酷，汤扶烟明白，仍忍不住想知晓更多关于费烈的事情。真是奇怪，他们明明只见过两面，相处两个午后。可人同人之间，本就有一见如故这样的关系。

按照规定，她短期内不该再进行时空穿梭。

前两次是为了实验，才会去到1987年。正式时间本该定在1996年。可她心里痒痒，翻来覆去睡不着。偷偷启动时空穿梭，将时间定在了1987年的冬日。

1987年的香港冬日，比往昔要酷寒得多。

十月的股灾令恒生指数暴跌超过四成，往日繁华的金融圈不时能看到抱着杂物被解雇的职员。小警察费烈被派去中环指挥交通时，为了劝架，被人一拳打中了眼角。他下班时已经超过晚上九点，电车停运了，只好借了自行车骑回家中。

楼下的路灯坏了一盏，仅存的一盏投下一点儿零星的光。他将车停在楼下，却忽地停下脚步。影子里坐着个人，把头埋在膝头，大概是冷，蜷成小小的一团。他轻轻碰了碰，她抬起头，看到是他，迷迷糊糊说："费列罗，你去哪儿了？"

"汤扶烟？！"他惊讶，"你怎么会在这里？"

风刮得她长长的头发也凌乱了，额角细碎的绒毛像是蒲公英。她刚刚大概睡着了，揉了揉眼睛："我在等你呀……我去你上班的路口，可是你不在，我又不知道去哪里找你……"

距上次见面已经过去数月。她还是老样子，不知从哪里找来的外套，皱巴巴地裹在身上。费烈觉得自己该生气，因为她总不出现。可他心里分明又窃喜，原来她并不是彻底消失。

到底还是把她扯了起来。她将手放在他的掌心，冻得冰凉，像是握住小小的一块冰。他怕她融化，却又怕她冷。左右为难下，最后提议："上楼吧，我给你泡杯热牛奶喝。"

说这话时他很忐忑，觉得夜深人静，像是图谋不轨。可她毫无警觉，高高兴兴地同他归家。他心情复杂，替她倒了牛奶，又去煮面。她坐在沙发上，问他：“你一个人住呀？”

“是啊。我毕业以后就从家里搬出来了。”

她很惊叹：“我还以为男孩的房间都是脏乱差，没想到你收拾得这样干净。”

他听了感到羞愧：“有人按时上门替我打扫。”

“女朋友？”

“哪里来的女朋友，你别瞎讲。”

还好面条出锅，阻止了她问东问西。单身男人的家里，连碗筷都只有一副。他用叉子，把整锅端上桌。碗给了她，自己就用锅盖。两人低着头，在小小的桌边，雪白的热气升腾上去，熏得人脸颊发烫。

“喂。”她突然叫他，“你谈过恋爱吗？”

他咬了舌头，“嘶”一声，慌张地回答：“没有。”

“想找个什么样子的？”

他小声说了什么，她没听清。只看到他面红耳赤，艰难地重复：“你这样子的……”

这场面说起来好笑。他叉子上还卷着面，摇摇晃晃的，像猫尾巴。而她像个土匪，蛮不讲理，将身子越过桌面，抓住他的领口扯住，再用力亲了上来。

他好傻，张着嘴反应不过来。两人的牙齿撞在一处，疼得眼泪都要出来。这是他们的第一个吻，“笨嘴拙舌”到极点。可是连空气都变得滚烫，沸反盈天吵得要命。良久，她松开他坐回去，夹了一筷子面塞到嘴里，含混不清地说：“那你现在谈过了。”

“汤扶烟……”他还没反应过来，一副目瞪口呆的样子，“你……你刚刚……”

“我夺走了你的初吻。”

他顿了半晌：“那你要负责。”

汤扶烟“扑哧”一声笑出来：“阿sir，我还以为你要把我抓进监狱呢。”

“我舍不得……”

这小警察，看着呆头呆脑的，可说出来的话比甜言蜜语更让人开心。汤扶烟高兴得要命，一人吃掉一大锅面条，胀得胃痛，还赖在那里同他一起看电影。

这一年《倩女幽魂》上映，王祖贤红遍东南亚。汤扶烟犯花痴，盯着屏幕目不转睛。他在一旁小声说：“我觉得你更好看。”

“鬼扯。”说完，她就笑了，“不过我爱听。”

电影看到一半，她倚在他的肩头睡着了。客厅的灯关了，屏幕幽蓝的光明明灭灭的。他侧眸看她，觉得人生真奇妙，有时白首如新，有时一眼万年。她睡得香甜，他不忍打扰，偷亲了一口，小声说：“别再消失了，好不好？”

4

那段时间汤扶烟很忙。

她抽空得回去应付老师，然后再赶回费烈身边，同他甜甜蜜蜜。他站岗时，她就在一旁看着。春日的香港渐渐花开，有空的时候，他就踩着自行车带她满街乱晃。她坐在车后座，吃着咖喱鱼蛋。他偶尔转过头来问她：“你当初说来香港找人，到底找谁？”

“找一个有钱人啊。”

“不能再具体一点吗？”

她晃着脚，无奈地说：“没有。连是不是有钱人都有待商榷，应当住在太平山一带。”

“可有钱人大多不止一处房产，全香港这么多人，你要找到什么时候？”

他一向如此，将她的事看得比什么都重。她心里甜蜜，搂着他的腰身说：“不是有你吗？阿sir，你愿不愿意陪我一起找下去呀？”

“我当然愿意……”

“要是我找到就会消失呢？像小美人鱼那样。”

他猛地刹住车，她一头栽在他的背上。他的长腿支在地上，转过头来严肃地望着她。她被看得心慌气短，问他：“怎么啦？”

“你不准消失。”

“我就是开玩笑……”

“开玩笑也不行。”他难得执拗，“如果你要走，一定要告诉我一声。如果你突然消失，我会伤心的。”

她面上的笑容渐渐落下，因为读懂了他话里真切的畏惧。也许相爱就是这样，会让人有所预感。她不属于这里，他哪怕不知道，也会下意识地阻止她的离去。

“是我不好。”她说，“我不会这样说了。”

他听了，揉了揉她的头发，从口袋里掏出一粒水果糖给她。那糖很甜，她含在舌根下，将真正要说的那句歉意咽了回去——

是她不好。一开始就不该招惹他的。老师千般叮嘱，她同这个世界没有任何交集。可她没放在心上，到了这个时刻才明白，她的一举一动都如同被绳索狠狠缠缚。这一点似乎无关紧要的任性，也许早晚会害了他们。

她这日后情绪就不大好。

他工作忙，为了哄她开心，请同事吃饭换班，空出周末带她去海洋公园玩。经济不景气，连公园都人烟稀少。他怕她冷，替她缠上厚厚的围巾。

汤扶烟的年代正值盛夏，来回的温差令她感冒了。两人坐在摩天轮里，她蔫蔫的，将手放在他的掌心说：“我听过一个传说，在摩天轮接吻的两个人不会分开……”

“你是在暗示我吻你？”

她捂住嘴巴：“不行，会把感冒传给你的。”

窗外星星点点的灯次第亮起，香港不会下雪，哪怕冬日仍是和煦的天气。他笑出声：“可我想吻你，怎么办？”

“你敢吻我，我就喊非礼。”她瞪他，没忍住也笑了，“哎呀，我们都感冒了，谁来做家务？”

他从不跟她争执，看她执着，只在她的额上轻轻落下一吻。这一吻像春风，吹得百年的时光都温情脉脉。她倚在他怀中，轻声说：“下一次，等下一次，我们一定要狠狠地亲。”

她说话没有大家闺秀的矜持，想要什么从不含糊。可他就喜欢她这样的性格，因为母亲从来都隐忍，一生都不幸福。

他没言语，替她将围巾掩得更紧。他带她去坐过山车同旋转木马，围栏一开，她就冲进去，抢到最大的那匹独角兽，扬扬得意地冲他招手说：“费列罗，记得将我拍下来！”

那年头的相机笨重极了，价格又贵，不晓得他从哪里借来的。她说了，他就认认真真当她的摄影师。透过镜头看她，她笑得十分开心，围巾垂下去了一点也不晓得，还在对着他挥手。

“扶烟！”他忽地大声说，“我喜欢你！”

她一定很惊讶，瞪大眼睛看着他。因为他一向内敛，最开始在一起是她提的。她是爱情里的领路人，牵着他的手一步一步往前走。如今他终于开了窍，用力向她告白。半晌，她笑起来：“我知道！”

旋转木马渐渐停下，她没等停稳就跳下来，大步向他跑来。人流熙熙攘攘的，她姜黄色的大衣是最明亮的。他张开手臂，可当人群散开时，她却也不见了踪影……

汤扶烟猛地坐起来，看到老师正面无表情地望着她。

她有点儿心虚，更多的却是害怕：她突然失踪，费烈一定吓坏了！

“扶烟。”老师叫她，她这才站起来：“您怎么突然来了？”

“我若是不来，怎么能发现你竟然偷偷进行时空穿梭？要不是我将你强行传送回来，你还准备在那里待多久？”

老师难得动怒，汤扶烟无法辩解，垂下头轻声说：“我知道我做错了……”

“错了就要改！”

“可是……”她嗫嚅着，“老师，你让我再回去一次吧！”

她哀求，却看到老师慌慌张张地过来扶住自己。她不知过了多久才反应过来，原来自己跌倒了，从鼻腔中滴下血来。她恍惚听到老师的声音：“无法经受多次的时空穿梭，身体内部损伤严重……”

费列罗……她在彻底晕倒前想，我会回去的，你等我……

5

汤扶烟住进了医院，检查结果不乐观。她全身大面积出血，大脑里甚至有血块堆积。若不是及时送诊抢救，也许就这么一命呜呼了。

老师勾销了她在实验室的权限，明令禁止她再次进行时空穿梭。她被困在病房里，出入都需要乘坐轮椅，就算想突出重围，也有心无力。

窗外的时间已经从盛夏进入深秋，叶子落了满地，汤扶烟每日都在焦虑中无法入眠。

时空穿梭并非没有限制，当一个人第一次进行穿梭时，就像是在时间里定下一枚楔子。往后的无数次都需要参考这个时间点，只能继续向后，却无法返回以前。

就算汤扶烟现在回去，费烈那边一定也已经过去了很久。

她将头埋在被子中，用牙齿啃着指尖。她一定要想出办法来。她的病在现代医疗的治疗下已经好了大半，至少不必依靠轮椅也能前行了。而她一直伪装其实就是想找机会逃出去。

老师来看她时，见她乖乖坐在那里玩电脑。屏幕上列出1996特大车祸的照片，一辆辆汽车像是钢铁做成的玩具，被随意地揉皱变形。事发路段只有一个由居民自行安装的摄像头，下了雨，让一切都更加昏暗。她用软件一遍遍分析那个引发车祸的人的模样，最终也只是白费工夫。

老师带她五年，早就明白她是个什么样的小姑娘，最任性执拗，太过聪明，也就会不知天高地厚。她是个孤儿，老师将她当自己的孩子看待，见她这样也是十分心疼："我早就说过要你不要交朋友，你倒好，直接谈了恋爱。"

她不说话，可怜巴巴地垂着眼。老师又唠叨："你们俩隔了快一个世纪，有共同语言吗？"

"有……"她没忍住，掉下眼泪，抓住自己的头发用力揉搓，"我就是喜欢他……"

"可你离开这么久，他还会喜欢你吗？"

"会的。"

"天真。"老师被她气死，却又心疼，"如果他变心了呢？"

"不可能！"

她说得干脆，是最最执迷不悟的样子。老师也头疼，不明白两个人究竟为何会爱成这样。可年轻时的爱本就这样轰轰烈烈，从来不是细水长流，是最无法无天的汹涌。

说到底，还是老师先妥协："你的权限我又给你恢复了，等你病好了，我让你再去看一眼好不好？"

她哭得伤心，没有说话。老师无奈，起身走了。良久，她掀开被子，利落地下了地，朝着实验室的方向赶去。

正是周末，实验室里空无一人。老师果然恢复了她的权限，她轻车熟路地进入，将仪器连接到自己身上。仪器慢慢被激活，她的心跳好快。不晓得是身体承受不了负荷，还是紧张于将要见到他。

她刚刚说了大话，在老师面前的坚信，其实背后是心虚的恐惧。

她离开这么久，又是不辞而别，他会不会生气？会不会变心？毕竟他们才相处短短几个月，分开的时间已经比在一起要久。

费烈垂着眼睛，身边的女人凑过来替他斟酒："怎么了？"

他没说话，将杯子里的酒喝净，望着窗外的大雨出神。

这是1994年的香港的深秋，大雨倾盆而下，掩过万丈红尘。兰桂坊永远没有夜晚，灯火辉煌下是无数金钱在流转。穿着暴露的女子被鬼佬抱着，嬉笑着离开。时任三合会老大的秋先生坐在他对面，看他兴致不高，笑道："不合口味？"

费烈也笑了一下："Abby还在家里等着我。"

Abby是秋先生的独女，开法拉利飙车时，被小警察费烈拦下开了罚单，却对他一见钟情。苦苦追求近一年后，两人才终于在一起了。

三合会那时在香港的权力还很大。说是黑社会，似乎更像个硕大的小社会，同总督共同管理着这片地方。

秋先生很欣赏他，要他辞去警察的职务，来三合会任职。他同Abby计划在年底完婚，婚纱已经选好，度蜜月打算去拉脱维亚的私人海岛。在外人看来，是小警察一步登天。可秋先生明白，一直是自己的女儿在强求。

他腰间别着的BP机震了震，拿起来一看，总算笑得更真诚一些："Abby说下雨了，来接我。"

"女生外向，她怎么不想着接一接她老爹？"

秋先生同他开玩笑，看着他走出去，眼神暗了下来。兰桂坊外的雨还在下，一辆劳斯莱斯幻影停在那里。侍者打开门，Abby打着伞，笑意盈盈地走下来投入他的怀抱。

“不是讲十点钟归家的，怎么这样晚？”

“同你父亲一起，你还有什么不放心的？”

她娇嗔：“就是同他一起我才担心。他总说女人如衣服，万一要你穿一件更漂亮的解闷怎么办？”

费烈被逗笑：“不会的。”

他从来不说甜言蜜语，有时觉得闷，可更多的是觉得安心。Abby踮起脚在他的唇上亲了一口，甜甜蜜蜜地说：“明日我们去海洋公园吧。”

他凝视着她，看到她鬓边的发有些乱了，毛茸茸的，像是蒲公英。红尘一粟，人间已过了这么久。他抬起手来，温柔地替她理了理头发：“好。”

她被看得脸红，揽着他的手臂往车上走。余光里，透过苍茫的雨幕，他看到一个身影，湿透了，站在那里瑟瑟发抖。

深秋的雨水真冷啊，也许是幻觉吧。他收回视线，可那个身影走近了，带着哭腔叫他：“费列罗……”

有多久没听到这个称呼了？像是一生的快乐都在那短短几个月燃烧殆尽。费烈站定，一时间动弹不得。他几乎在心底祈祷，祈祷是自己听错了。可是没有，汤扶烟从雨中走来，像当初她出现时那样突然而又理所当然。

她脸色苍白，只有唇是嫣红的，小心翼翼地看着他，好像要哭了。雨水顺着她的面颊流淌下来，蔓延过每一寸思念的土壤。他的手被Abby拉住，听到Abby警惕地问：“阿烈，这是谁？”

这是……他等了很久的人。

可他不能说，用尽力气假装若无其事：“大概是认错了。小姐，你是？”

这一句话说得好僵硬，却已经是他演技最高明的一次。因为她呆住了，看着他嘴唇发抖，委屈得要命。

她还想说什么，可他已经搂住Abby匆匆上了车。透过窗玻璃，她还站在原地，湿漉漉像是还魂归来。他强迫自己不再看，若无其事地说：“真是个奇怪的女人。”

Abby没说话，应当是有所怀疑。可他咬死了不认识，三合会也就不会去找汤扶烟的麻烦。

他一瞬间把方方面面都想好，只是心里有一处疼得难受。生不如死，又像是已经成了灰。

6

老师接到电话赶来时吓了一跳。

汤扶烟就像个女鬼，坐在电脑前盯着屏幕发呆。幽冷的光令她的面孔时明时暗，映得她干涸的眼底空荡荡的。地上散落着照片，是1996年特大车祸的现场。那场惨烈的灾难，以没顶的姿态凶猛地映入眼帘。

“这是怎么了？”

老师问她，她微微笑了一下说：“老师，我又回去了一趟……”

剩下的话她没说下去，因为已经足够别人猜到了。她站在那里，他不肯认，同别的女人扬长而去。

她好难过，恨不得自己已经死掉。回来时她吐了一大口血，像个为情所困的笨蛋。

老师犹豫着抱住她，她没哭，小声说：“那个女孩叫Abby……我听别人说是秋先生的女儿，说她是三合会的小公主……说他攀龙附凤……”

她说不下去了，用力吸了口气："他不是那样的人，他们不该这样说他！"

到了这样的境地，她居然还惦记着维护他，一定是爱惨了才会这样。老师心疼她，却还是硬着心肠说："那你还回去吗？三合会可不是好惹的，1996年车祸的时候，其中六人都是三合会成员，当时在香港引起了轩然大波……"

她的呼吸猛地停住，老师以为她是吓到了，连忙安慰她："现在是法治社会了，三合会已经不像过去了。"

可她从他怀里挣脱出来，赤足蹲在地上，将照片拾起来，一张一张看过去。不知发现了什么，她又冲回电脑前快速敲击键盘。老师看她这样，叹了口气，轻轻替她关上了门。

汤扶烟在实验室待了半个月，一日，送饭的推开门却吓了一跳——一直坐在电脑前的汤扶烟不见了踪影。唯有电脑屏幕上，通过软件分析出的照片显示，那名引发车祸的男子肩头有一枚警徽，编号是4578。汤扶烟记得，这是费烈的警号。

当年引发了1996太平山特大车祸的神秘人士，竟然就是费烈！

汤扶烟赶到太平山时，浑身都是冷汗。她费了太多时间打听费烈的住处，等她找到时，却只看到了正在哭泣的Abby。

这个女孩还很年轻，被保护得太好，大哭着告诉她："阿烈被发现……是警局的卧底，爸爸很生气，带人追杀他……"

汤扶烟没时间安慰她，要了车钥匙便开车离开。她在祈祷，祈祷自己可以改变这一切。可理智告诉她，一切都是注定的。历史不可更改，就像人生不能重来。她只是旁观者，根本无法参与。

这一夜有月亮，雪白的光洒下来，令一切宁静而祥和。可疾驰而来的一辆辆车打破了这片宁静。

弯道处，从前面的车上跳下来一个人，翻滚着跌入路边。

在一旁守候已久的汤扶烟立刻上前，小心翼翼地将他抱起，果然看到了一张熟悉的面孔。

是逃生至此的费烈！

她将他拖入草丛中，没有时间哭，把准备好的医疗包拆开，替他包扎止血。当他缓缓睁开眼，她含在眼底的泪终究落了下来。

“费列罗，你还记得我吗？”

他凝视着她，在她忐忑的视线里笑了一下：“我是在……做梦吗？扶烟，你是从哪里冒出来的？”

她终于放声大哭，怕到了极点，恨不能把心掏出来给他看。

他努力抬起手，替她把眼泪擦干：“嘘——别哭了，傻姑娘，哭什么呢？”

他们分开这么久，可他说话的语气还是这样熟悉。

她不敢说话，怕自己会哭得太凶。

他抱住她，亲吻她的额头：“这么久不见，你过得好吗？”

“不好……”她说，“我很想你。”

他笑了：“好巧，我也过得不好，因为想你。”

风吹过草地，将月光都吹散了。他身上有血的味道，可她紧紧抱着不肯松开。追捕他的人还没放弃，声音越来越近。他叹了口气，用力将她推开：“扶烟……”

“不！”

“你听我说。”他知道她猜到了，却还是温柔地说，“我要走了。”

“不可以！你会死的！”

“你怎么知道？”

她就是知道，历史就是这样，命运就是这样！他为了引开那些人，同他们同归于尽。而她，她这个时光的过客，只能旁观！

这是多么绝望的一件事啊！

他低下头来亲吻她的眼睛，又从脖子上拽下一枚戒指塞入她的掌心："这是我母亲给我的，要我送给我心爱的人。扶烟，我没有机会替你戴上了。可我希望，你能收下。"

她颤抖着，胡乱地往手指上戴戒指。她的指节被箍得通红，勉强笑道："我戴上了，费列罗。我嫁给你好不好？"

他望着她，一寸一寸掠过眉眼，就像这是一生中最重要的事。良久，他笑了："好啊，扶烟，等我回来，我们就结婚。"

他没有等她回答，一瘸一拐地站起来向外走去。他没有回头，也没有看她。

她站在那里凝视他，绝望到极点，却到底无力回天。

当惊天的爆炸声响起，汤扶烟的视线一片模糊。老师一定又在强行将她召回了……

月光揉碎了，落在地上。世界都安静了，全港亮如白昼。

她努力看向爆炸的方向，终于明白，自己已经彻底失去了费烈。

7

"你又回去了一趟？是为了什么？"

汤扶烟躺在病床上，身体再一次因为时光穿越而濒临崩溃。可她笑了一下，淡淡地说："我回到过去，找到了费烈的母亲。这个小骗子，他居然是个有钱人。我把一切都告诉了他的母亲，哀求她，让未来的子孙能够资助我们的研究。唯一的要求，就是追查出1996年太平山特大车祸的真相。"

"三合会将真相湮灭，费烈本来是英雄，却只能寂寂无声……"

"你疯了吗！你自己，一手铸就了你们俩的相逢？！"

老师责问她，她却无动于衷："历史无法更改，老师，这是你告诉我的。”

如果命运注定他们会相遇，谁推动了这一切，又有什么区别呢?

他们注定会在无数的时空相爱，然后分开。可是他们每一次相爱，都是快乐的。

她爱过，遇见过。

这一生比宇宙还漫长，可他亮起，再也没有熄灭。

隔岸的灯

天上的云，隔岸的灯，
世间最美好而长久、
永远不会变质的爱情。

文/沈鱼藻

楔子

她是隔岸的灯，是不能化成雨的云。

1

那一年，香港的夏天总是下雨。

新家的巷子尽头有一家书店，刷成粉蓝色的小屋子，像好莱坞文艺片里的道具，十分可爱。没事做时，姜安平总是去那里消磨时间。

书店里并不像一般报刊亭那样伧俗，被八卦小报、电影明星周刊和封面火辣的口袋书占据，而是陈列着装帧精美的文学名著和世界各地旅游指南。书虽高雅，但看店的伙计还是一样的伧俗。见人久翻不买，便故意走过来拿鸡毛掸子掸不存在的灰尘，把书架扫得当啷作响，不声不响地给蹭书看的顾客难堪。

姜安平就是这样一个客人。

他是穷学生，靠奖学金和周末打零工才勉强过活，小说对他而言是奢侈品。

渐渐地，他摸索出一个规律——店伙计的忍耐极限是一刻钟。

于是他每次便只看一刻钟的书，他读书的速度慢，一刻钟只能读不到一千字，有时候读一本小说就要耗掉他一整个月的时间。

第一次看到朵云的时候，他在读的是《了不起的盖茨比》。

这是一本作者以第一人称视角讲述的故事——“我”从老家来到纽约谋生，住在长岛的西卵区，邻居是一个叫盖茨比的神秘富商。有一天，“我”看到他望着对岸，黑暗中对岸有一点绿光在闪，或许那是一盏灯。对岸叫东卵，“我”有一个远房表妹和她的丈夫住在东卵，她的名字叫黛西……

那是个阴雨天，书店里只有姜安平一位顾客。他不知不觉看入了迷，越过了一刻钟的安全线，蜷在没开灯的书店角落，仿佛已经被吸进书里，置身于盖茨比那个光怪陆离的舞会……直到鸡毛掸子碰撞书架的声音传进耳朵里。

抬头就看见店伙计不耐烦的脸，姜安平抱歉地一笑，揉了揉僵硬的后脖颈，望向书店门外光明处。

然后，他看见了在屋檐下躲雨的朵云。

那女孩儿真瘦，如好莱坞明星奥黛丽·赫本那样瘦，小巧玲珑的骨架外罩着方领衬衫和A字长裙，穿着低跟的玛丽珍皮鞋，腰肢细细，足踝纤纤，有一种一折就断的柔弱感。

她站在屋檐下躲雨，可她明明带了伞。方格子的长柄伞，握在手里，无意识地去划街面上的水洼，划出一圈圈涟漪。

雨快停的时候，她撑起伞来，走了。

从那以后，姜安平来书店蹭书时，总是不自觉地几分钟抬一次头望向门外，希望能再见到那个女孩。

天遂人意。

他发现，朵云每周路过书店两次，周六早晨一次，周日黄昏一次。

于是每周的周六清晨和周日黄昏就成了姜安平的节日。他每周六早晨和周日黄昏早早地到书店报到，站在角落里，一边翻那本被自己翻了无数次的《了不起的盖茨比》，一边受着店伙计的白眼，等朵云出现——那时他还不知道她叫朵云。

心里有了一片倩影，看书的速度也更慢了。他在心里酝酿着，如果她进来躲雨，自己要怎么和她搭讪。

“你好，也进来躲雨吗？”

“你好，外面雨下得真大……”

但朵云始终没有进来躲雨。

姜安平真正和她搭上话，是在初见后的第三个月的一个晚上，因为一起抢劫事件。

被抢劫的人是朵云，那天黄昏她没有按时经过书店，姜安平厚着脸皮在书店赖到天黑，才终于等到了她。

这一带并不太平，月朗星稀的夜，朵云一个女孩儿独自经过，被附近的小混混盯上了。姜安平和店伙计冲出去的时候，朵云正在和小混混撕扯，手捂着脖子，努力想要保住胸前的挂坠。

见有人来，小混混落荒而逃，朵云的挂坠也应声落地。

挂坠是一个小小的黄铜椭圆形相片盒，落在地上弹开。姜安平捡起来，瞥见里面是一张照片，黑夜里看不太清楚，隐约是朵云的模样。

朵云惊魂未定，却还是礼貌地向两个人道了谢。姜安平提议送她回家，却被她更加礼貌地回绝了。

看着她袅袅婷婷离去的背影，店伙计撞了一下姜安平：“别看啦，她和你不是一类人。她身上有一种味道。”

姜安平蹙眉："什么味道？"

"形容不出来，但肯定和你的味道不一样。"

"我又是什么味道？"

店伙计冲他翻了一个大大的白眼："穷酸味。"

2

再见朵云，是在同学家的舞会上。

姜安平在香港中文大学读书，学校里不乏富家子弟。有一位聂姓女同学，据说家里做塑料生意的，身价不菲，住在九龙塘的一间大宅里。

她年纪小而生得美，天真娇憨，美丽明艳，靠父亲捐楼进了大学，也并不乐意花精力在读书上。她是学校里的交际女王，同学们都乐得与她交往，常常结伴去参加她在家举办的舞会。姜安平也曾受到邀请，却次次都以周末要兼职做家庭教师为借口拒绝了。

他不乐意涉足那样的浮华世界。

这一次，他终于接受了邀请，但也是因为受了《了不起的盖茨比》的影响。

他想见识一下，盖茨比书里描绘的那所谓上流社会的舞会，到底是如何盛大奢靡。

那是一个光怪陆离的世界，整间大宅，从大门到房子再到树木都被华灯装点。五颜六色的光，把大宅变成了浓妆艳抹的美女，让人看不清楚她的真面目。姜安平进门时，正有和他年龄相仿的年轻人开着豪车载着女伴进门。他们显然是喝醉了，醉醺醺的，女伴发出兴奋的尖叫声。

像走进了鬼狐精怪的聚会，姜安平暗想。

"盖茨比"的舞会里有的东西，这场舞会全有：一张张铺着细白布的自助餐桌，搭成塔状的香槟，五颜六色的蛋糕、火腿片拌蜜瓜的沙拉、烤乳猪、烤火鸡，以及三秒钟生产一杯果汁的榨汁机。

花园里塞满了人，有些穿着衬衫和牛仔裤，想必是中文大的同学们；也有穿闪光缎子礼服的，想必是那女同学富人圈子里的朋友……但每个人的脸上都带着几分醉醺醺的笑意，不成章法地扭来扭去，跳着流行的爵士舞。

姜安平不会跳舞，他端了一杯果汁，走到喷泉边坐下。

不远处坐着两个华服少女，跳舞跳累了，在聊天："卡珊德拉真是的，请这么多穷学生来舞会，也不知道他们会不会偷东西。"

姜安平如坐针毡，起身离开。

远远地看见树下站着两个牛仔裤青年，他刚想凑过去同人搭讪，就听到风送来他们的对话："有什么了不起，还不是仗着做投机生意。现在亚洲经济前景缥缈得很，搞不好哪天就破产了，全家去睡大马路！"

姜安平停下脚步。

他背向人群，朝着光线暗弱的地方悄然而去。

绕到大房子的背面，暖黄色的路灯下，他看见了坐在长椅上的朵云。

她以一种慵懒的姿态斜倚在长椅上，右手臂支起，撑着下巴，左手抚摸着趴在腿上的猫，仿佛在神游天外，而房子正面那些喧嚣与她全然无关。

见有人来，猫轻轻叫了一声，跳下她的膝盖，迅速消失不见。

朵云被打断神游，扭头望过来，看见姜安平，有些许诧异，但很快就了无踪迹。她冲姜安平点点头："你好。"

她还记得自己。

姜安平轻飘飘地走过去，在长椅的另一端坐下："你好，没想到会在这里遇见你，你也是中文大的学生吗？"

她虽然没有穿衬衫和牛仔裤，却也不是锦缎华服，比起社交名媛，更像一个文秀的学生。

朵云笑了笑："你为什么不在前面待着？那里热闹。"

姜安平没有注意到她在岔开话题，看着她时，他整个人都像悬浮在半空："前面太热闹了，像盖茨比的世界，我不习惯。"

"《了不起的盖茨比》？"

"对，你也看过这本书吗？我正在看，但还没看完。"

"你看到哪里了？"

"盖茨比问尼克，可不可以找个下午请黛西去尼克家里做客，然后让他过去坐坐。"

书里的"我"终于结识了神秘的邻居盖茨比，盖茨比富有、亲切、腼腆，对尼克大方友好。然而他对尼克提的第一个要求竟然如此古怪，书里是这样写的——他等了整整五年，买下那座华厦，把星光施舍给那些想来就来、想去就去的飞蛾——他费了这么多心血，只是为了能够在某天下午，到一个陌生人家里"坐坐"。

这实在太古怪了，姜安平本来想一口气看完剩下所有的，但赶上店伙计脾气尤其不好，直接对他下了逐客令，因此断在此处，让他抓心挠肺，辗转难眠。

听了他的话，朵云淡淡一笑："就停在这儿吧，不要继续往下看了。"

姜安平不解。

朵云静静地重复："就停在这儿吧，就结束在这儿。"

3

接下来的一个半月里，姜安平又跑了几次聂家的舞会。

同学里渐渐流传开来，姜安平迷上了卡珊德拉，迷上聂家那奢华的大宅了。咄，亏他以前还装正经人呢！

不不不，姜安平的目的只是再见一次朵云，再在人潮汹涌的舞会上，背过所有浮华喧闹，和朵云在寂静处聊一聊天罢了。

但几次跑下来，他都没有再在舞会上见到朵云。

失望了几次后，有一天，卡珊德拉来向他请教功课时，他假装不经意地问起："那次去你家参加舞会，不小心走到背面，看到一位瘦瘦的穿蓝格子裙的小姐，她帮了我一个忙，一直想着谢谢她，但后来都没见到她人，她是你的姐妹吗？"

卡珊德拉笑了："什么姐妹，她是我们家的家庭教师，叫朵云，教我们兄弟姐妹几个读唐诗的。"

原来她是家庭教师。

原来她每周六日从书店路过，正是去聂家上下班。

姜安平假装漫不经心地岔开话题："哦，是吗？对了，上次去你家，看到你家有网球场，你会打网球吗？我一直想学……"

他终于如愿在周六的白天来到聂家。

正是唐诗课时间，穿白衣黑裤梳长辫子的妈姐领着姜安平去书房找卡珊德拉。

聂家的书房真大，高高的天花板，光洁的橡木地板，三面书墙，一面玻璃窗，除了当中一张长长的桌子和几把椅子，整个书房里再无一件家具。

长桌中央放着一个玻璃花瓶，里面插着一朵绿茎长长的白玫瑰。天热，窗开一半，纯白的亚麻布窗帘在热风中缱绻。

朵云穿着短袖方领的白衬衫和黑色A字裙坐在长桌尽头，捧着一本唐诗领着卡珊德拉和她的兄弟姐妹们读：华轩绣毂皆销散，甲第朱门无一半。含元殿上狐兔行，花萼楼前荆棘满。昔时繁盛皆埋没，举目凄凉无故物。内库烧为锦绣灰，天街踏尽公卿骨……

是韦庄的《秦妇吟》，她的声音里有一种难以名状的悲伤。

见姜安平来，卡珊德拉直接从椅子上跳起来，向朵云撒娇："老师，我同学来了，今天我们不要读诗了吧，去打网球好不好？"

朵云会打网球，对此，姜安平毫不意外。

店伙计说得对，她身上有一种味道，那种味道形容不出来。但那是一种可以兼容一切所谓高雅趣味的味道。

那是一个热闹的午后，朵云、姜安平、卡珊德拉和她的兄弟姐妹们，大家在网球场上尽情挥霍青春时光。打球打累了，妈姐搬来浸在冰桶里的汽水，姜安平替朵云打开一瓶汽水，说："白天的大宅和晚上很不一样。"

晚上的大宅，是被浓妆艳抹掩盖了一切的。而白天，卸掉那些伪装的大宅，显露出它古旧憔悴的一面。原来它的墙体不是洁白的，已经被时光熏灰，还有一些细细的裂缝……最是人间留不住，朱颜辞镜花辞树，连天地都会渐渐变旧，何况一幢房子？

朵云轻声道："但是比起晚上，我更喜欢它白天的样子。"

卡珊德拉已经休息好了，站在远处举着球拍跳着喊朵云和姜安平："阿姜、老师，你们在说什么悄悄话，快来继续打球！"

她真快乐，连同她的兄弟姐妹们，个个都是一张快乐洋溢不染愁绪的脸。

姜安平衷心祝愿他们可以一直这样快乐。

4

聂家破产的消息，姜安平是从同学那里听说的。

其实早有迹象，一开始，是每周一次的舞会停办了。接下来，是卡珊德拉不再请姜安平去家里打网球。后来，卡珊德拉来上课时总是垂头丧气，眼眶红红的。再后来……卡珊德拉不再出现在校园里，同学们都说她退学了。

有男同学在课间高谈阔论："就知道这样的暴发户不可能富贵长久，我早看不惯卡珊德拉那趾高气扬的样子了……"

是姜安平初去聂家舞会时，在树下非议主人的那个男同学。

姜安平从他身边路过，猝不及防一拳打在他的脸上，沉默地离去。

男同学在背后叫骂："入赘豪门的梦破灭了吧，就知道你跟卡珊德拉走那么近没安什么好心思，伪君子！"

不，姜安平关心的不是卡珊德拉，而是她的家庭教师朵云。

聂家破产了，那么朵云会去哪里呢？她还会每日经过书店吗？他还能再看到她吗？

他没有想到，再见朵云，是在聂家大宅的拍卖会上。

聂家是破了产，所有不动产全部收归银行，连这幢大宅在内。银行拟将大宅转售，转售前举办了一场公开拍卖会，将大宅内所有的物品逐个拍卖。

那些华丽的水晶吊灯、贵重的中古家具，都将被廉价出售，飞出王谢宅，流落寻常百姓家。

姜安平对这幢大宅有特殊记忆，想着哪怕只买一样最便宜的东西也好。倘若从今往后再也见不到朵云，就把对她的记忆封藏其中，以慰藉余生。

天可怜见，在拍卖会的人头攒动中，他再次见到了朵云。

朵云怀里抱着那个曾放在书房长桌中央的花瓶，里面插着一朵绿茎长长的白玫瑰，站在人群里，微笑着看他。

背过人声扰攘的拍卖会，他们在园子里散步。

姜安平问朵云："你现在还在做家庭教师吗？"

朵云轻轻摇头："一时半刻找不到合适的。"

姜安平鼓起勇气："其实，我的邻居太太有个十岁的女儿，正在找家庭教师，如果你有兴趣……"

那天晚上，姜安平破天荒地去厨房和房东太太搭讪。

房东太太是个孀居的中年妇人，高颧骨、吊梢眼，样貌精明，嗓音尖锐。姜安平一向有些怕她，但为了朵云，他鼓起勇气游说，向房东太太力陈找家庭教师的好处。最后，房东太太终于被他说动了心。

朵云来上班的第一天，姜安平花了整整一个上午，把自己那逼仄的小房间打扫得一尘不染，还从路边剪了一束姜黄色的野花插在墨水瓶里，放在窗台上。

可当朵云那双穿着低跟玛丽珍鞋的纤足踏上木楼梯来到门前时，他还是感觉到一种深深的自惭形秽。

好在朵云并不在意这些，这逼仄的平民之家在她眼里好像和聂家的大宅毫无区别。她坐在厨房的餐桌前，耐心地教小朋友读诗："一去二三里，烟村四五家，亭台六七座，八九十枝花……"

房东太太被她身上那种难以名状的气场感染，也变得轻手轻脚、细声细气起来，端来一碗莲子绿豆百合汤："老师喝碗绿豆汤解解暑……"

……

朵云辞工的时候，房东太太诚惶诚恐，背地里问姜安平："是不是我有哪里做得不好，惹老师生气了？"

姜安平摇摇头："不是的，她说她找到了另外一份工作。"

5

朵云的新工作是什么？

起初姜安平也不知道。

只是每周六清晨和周末黄昏，她又开始路过书店。一个月后，店伙计见姜安平心神不宁，把一张旧报纸放到他面前："喏，聂家那座大宅卖出去了，一个月前，买主是搪瓷大王。"

姜安平蹙眉："你是说，她还在那间大宅做家庭教师？"

店伙计嗤笑："敢不敢跟我打赌？刚好，那间大宅的人在我这里买了一批书，你帮我送去，自然就知道我的猜想对不对了。"

姜安平送书回来时，整个人失魂落魄，店伙计便知道，自己的猜测无误。

姜安平在椅子上坐了半天才缓过神来，对店伙计说："你知道她为什么要去那里做家庭教师吗？"

塑料大王走了，搪瓷大王来了，但无碍，朵云永远是那间大宅的家庭教师。她像一只飞蛾，那间大宅就是她追逐的灯火……如此执迷，是因为，她原本是那间大宅的主人。

在那张舞会之夜同坐过的长椅上，朵云向姜安平讲述了自己的故事。

她本不是香港人，而是上海人。

她的名字叫朵云，是因为，在上海时，她的家就在河南路上那间知名的笺扇行朵云轩附近。

朵家是沪上名流，她母亲的祖上曾经做过清朝的大官，而父亲的祖上则世代经商。她的父亲，是二十世纪初最早留学海外的那一批摩登人之一，他是徐志摩的校友，说一口流利的英文，仗着富裕的家境，娶了门当户对的官宦之家千金，生了漂亮的女儿，一辈子研究清闲学问……直到一九三七年上海开战，他携妻女来香港避难。

刚到香港时，日子也和从前在上海时是一样的。他们在九龙塘买了一间大宅，延续着旧日在上海的奢靡。

直到父亲在朋友的半哄半骗下，投资败光了所有家产，他们搬出了大宅，无颜再回到故乡，从此耽搁在香港。

来香港时，朵云才两岁，她在香港度过了十八年岁月，本应更像个香港人，但她没有。

她的父母固执地让她继续做一个上海人。

她的母亲教她读那些中国的古文化，她的父亲教她那些早已远去的上海上流社会旧礼仪。朵家整个一个活在二十年前的标本，装在玻璃瓶里，泡在福尔马林中。

母亲无时无刻不在怀念上海，而父亲怀念的，除了上海，还有他年轻时读书的美国。

可是朵云呢？她没有去过美国，离开上海时也太小了，她已经想不出朵云轩的模样。

她所能想念的过往，唯有那间大宅。

听完朵云的故事，店伙计沉默半晌，问姜安平："你知道她为什么一定要做家庭教师吗？"

姜安平回答："为了回到那间旧宅子里，重温往日。"

店伙计冷笑："如果你看过《简·爱》或者电影《仙乐飘飘处处闻》，就该知道，家庭女教师是继母预备役。"

姜安平霍然起身："你在胡说八道些什么？"

店伙计慢条斯理地用鸡毛掸子去掸书架上的灰尘："一个落魄的贵族之家，想要重回往日荣耀，所有的资本，只是一个年轻漂亮的女儿。

有钱人家的儿子娶妻总是要讲门当户对事业互助的，只有那些已经功成名就的有钱人，才会想娶一个年轻的穷姑娘装点门面，点缀自己逐渐暗淡下去的余生……”

姜安平听得毛骨悚然。

6

朵云再路过书店时，姜安平放下手中的《了不起的盖茨比》，冲出去，拦住了她。

月光下，他的表情坚定：“朵云，我有事情同你说。”

“你固执地做那间大宅的家庭教师，无论住在里面的人是谁，是为了有朝一日以女主人的身份重回那儿吗？

“你愿意吗？为了一段已经逝去的岁月，牺牲漫长无尽，有无限可能的未来？或许从前的岁月并没有那么好，只是在记忆里一遍遍地被美化了。

“你甘心吗？为了你父母那渺茫的富贵梦，去做一位年长者的小妻子，面对着他日渐干涸的眼睛和干瘪的皮肤，听他一遍遍地絮叨从前，讲他在南洋打拼开水果栏的青年时期，和他少年时那曾经暗恋过却最终没有结果的小表姐，同时忍受他前妻和前妻所生的子女们那刻薄审视的目光？”

月光下，朵云别过头去，垂首望着地上蓝色的月光，用长柄伞的尖头在水洼里撩拨出一圈圈的涟漪。她低声说：“我没有太多别的选择。”

姜安平热切地说：“你有的，你年轻，又有学问，香港有无数的职业供你选择。你可以去当一个老师，也可以去做一个办公室职员，只要你愿意走出过去……你愿意吗？不要害怕，我会握着你的手。”

朵云没有看他的眼睛，她只是轻声说：“给我一点时间考虑。”

她的考虑在三天后有了结果。

三天后，她来到书店，手里拎着一个小小的藤箱，里面是她所有的行李。

对于朵云的归来，房东太太和她的女儿都异常兴奋。房东太太把一间空房收拾出来租给朵云，事出突然，这间空房显得有些简陋，姜安平让朵云暂时住在自己的房间里，自己睡那间空房。

第二天，他找了一个男同学帮忙，把那间空房重新粉刷，刷成淡淡的天蓝色。他又带着朵云去旧货市场，买了一些颇有品味的旧物做装饰……朵云离家时，带了那个从大宅拍卖来的玻璃花瓶。姜安平去学校时带了一把剪刀，偷偷剪下一枝开得正好的紫荆花，带回来插在灌满了清水的玻璃瓶里。

接下来，他还要帮朵云找工作。

她英文说得流利，中文功底又好，诚如姜安平所说，她有不小的择业空间……一个周末，姜安平陪她跑了写字楼应聘文员、学校应聘校长秘书……每一份工作的面试官对朵云印象都相当不错。

东奔西跑了一整天，回到家，朵云就累得睡着了。

外面不知什么时候下起了雨，姜安平这才想起来，气象台似乎挂了风球，一场台风即将侵袭这座都市。

窗户被狂风吹得呼呼作响，姜安平突然听到了敲门声。

他打开门，门外站着一个女人，穿着雨衣，头发被雨水浇透，黏在脸上。些许熟悉的眉眼，静静的神态——尽管从未见过面，但他认出了对方。

是朵云的母亲，一定是她的母亲。

7

姜安平最后一次走进那间大宅，是去参加朵云的婚礼。

她终于如父母所愿重新拥有了那间大宅，她和搪瓷大王的婚礼极尽奢华。据说她的婚纱是由知名设计师设计，三十几个工人花费了一个月时间纯手工制作而成；据说她头纱王冠上的珠宝，购买自世纪初流亡的俄国女伯爵，是一颗比猫眼睛还要绿的祖母绿……

猫眼睛，那个她抱着猫慵懒地靠在长椅上的夜晚，一去不复返。

朵云的母亲亲自来给姜安平送婚礼请柬，再次晋升上流社会的她，穿着杭绸苏绣的旗袍，头发梳得一丝不乱，与那个台风夜崴着脚上门寻找女儿的狼狈女人判若两人……更接近朵云胸前挂坠里的那张照片。

是的，那张照片里的人不是朵云，而是她的母亲。

那个台风夜，朵云的母亲打开坠子，借着闪电的光端详，对他说：“你以为照片里的人是她对不对？不，是我，是我离开上海来香港的那一年，在上海照相馆拍的。”

那一年她三十五岁……可是照片里的女人看上去多年轻啊，年轻得就像现在的朵云，一张没有被贫穷浸染，没被生活蒙上灰尘的脸。

她轻声说：“可是你看现在，我被贫穷和生活折磨成了什么模样？你忍心吗？”

你忍心吗？让她也变成这样？

让一朵云变成雨下落，和那些空气中的杂质搅和到一起，落在肮脏的地面上，被泥土吸没，和垃圾同流合污。

话点到即止，朵云的母亲没有再多说什么，她也没有去叫醒朵云，便向姜安平告辞了。

第三天，姜安平醒来时，朵云的房间已经空了。

那个小小的藤箱不见了，只余下淡蓝色的墙面，和窗台上那枝已经凋谢的紫荆花。

半年后，朵云套在那传说中价值万金的婚纱里，戴着那顶镶嵌着沙俄皇室珠宝的桂冠，与姜安平一起坐在长椅上，对他说："你应当祝福我，至少他只比我大十岁，正值青年，与前妻和平分手，并且没有孩子。"

一只猫慢慢地从灌木丛里踱步出来，走到长椅前，抬脚，跨过他的帆布鞋，又跨过她的缎面钉珍珠高跟婚鞋。

姜安平以为，那就是他和朵云的最后了。

8

又过了半年，姜安平在报纸上看到一则新闻：搪瓷大王将携全家移民美国。

美国，她父亲的梦想回溯之地。

这一家落魄贵族，最终还是如店伙计所说，靠着那仅剩的一点资本，年轻漂亮的女儿，回到了梦寐以求的往日岁月。

姜安平想尽办法打探到了他们离港的日期。

朵云和丈夫坐船离开香港那天，姜安平去码头悄悄送别她。

人声扰攘，汽笛长鸣，姜安平躲在人群里遥望甲板，隔着那样远的距离，他仍旧能认出甲板上的那个人。

她穿着无袖云肩的白色缎面连衣裙，手掌宽的黑色腰带，不规则的下摆，一色的高跟鞋，盛夏，戴着宽檐帽。她如今是富商的阔太太了，长途旅行，自有仆人打点行李，可以让她心无旁骛地站在甲板上，伤怀往事……或许她会想到那么一个人？一个曾不自量力想要解救她的人？

当她老了，对子孙后代们讲起年轻时候的事，会不会提到一句“当年，只差一点，就不会有你们了”？

她走下甲板，她走进船舱，她驶向美国，她离开他的世界。

从码头回到家，房东太太告诉姜安平，有一个他的包裹。打开来，厚厚的牛皮纸包裹着一本薄薄的书，是《了不起的盖茨比》。

上次他看到盖茨比请求“我”请黛西来家做客，在黛西来时，邀请他“过去坐坐”。读到此处时，他在舞会上遇到了朵云。朵云对他说，就停在这儿吧，不要继续往下看了，就把这当结局。

他听话地没有再看，而现在，有人给他寄来了这本书。

是谁呢？寄书的人会是她吗？

在逼仄的斗室里看了一天，终于看完这本书，抬起头来，外面天已经黑透，姜安平长长地叹了一口气。

9

后来，姜安平也来到了美国。

港中文大学毕业后，他靠着奖学金和导师的半资助，申请了美国的大学，成功地来到美国留学。

他是最标准不过的华人留学生，勤勉肯吃苦，受得了委屈。他顺利地拿到学位，找到一份工作，后来又顺利地申请到绿卡，留在美国。再后来，他顺利地找到一个相伴一生的伴侣。

伴侣叫嘉慧，最常见不过的华人名字，最务实不过的华人女孩。

嘉慧是第三代移民，清朝末年，祖父远渡重洋来到美国，靠开洗衣店为生，到第三代，终于培养出一个读书人。嘉慧是姜安平所在大学的本科生，他读工科，她读医学，都是很务实的专业。

嘉慧健壮，但自有她的魅力。她像一朵绿茎粗壮的向日葵，灿烂，生机勃勃。

三十岁那年，姜安平和嘉慧注册结婚。

他是安平，安稳平顺；她是嘉慧，美好聪慧，世间再无人比他们更相配。

注册结束，正式成为夫妻，两个人都有一天的假期，便到处闲逛。不知怎么的，竟然逛到一场拍卖会。

两个人坐在最末一排饶有兴味地观战。

一件新拍品被推上来，嘉慧轻轻地“哎呀”一声，说：“真美。”

是啊，真美啊，那是一盏蒂芙尼的古董灯，彩色玻璃拼接，灯亮后发出美丽的幽幽绿光。姜安平见嘉慧喜欢，问：“要不要拍下来？”

贵，很贵，但若吃半年三明治做午餐和不买新衫，大概也能拿下。

嘉慧摇头：“才不要，太美太易碎了，不是我们能消受的。”

是啊，太美太易碎，与他们那个几十平方米的小屋并不匹配，即使咬着牙买下来，放到家里也徒添累赘。

姜安平笑了笑。

有人举牌。

是坐在第一排的人，隔着一排又一排的人，姜安平望过去，看到了朵云。

她端坐在第一排，穿着旗袍，披着开司米披肩，梳发髻戴翡翠耳环，柔润端丽如珍珠。她依旧是那样静静的，美人如花隔云端。

嘉慧由衷地赞叹：“这才配套。”

10

她知道吗？这个和她喜欢却不敢染指的蒂芙尼古董灯配套的女人，

正是她丈夫心中的那一盏绿灯？

《了不起的盖茨比》里，盖茨比总喜欢夜里站在海边，隔着茫茫的海面，去遥望对岸的一盏绿灯——那是黛西家码头的灯。

他曾在年少时与她相爱，但她最终还是选择了有钱人。为着年少的不甘，盖茨比努力往上爬，终于成为富可敌国的富豪。他在她家对面的岛上买下一座豪宅，每天遥望她家码头的绿灯，日复一日。直到有一天，邻居家搬来了黛西的远方表哥，他对那个表哥说，希望他可以请表妹黛西来家里做客，等她来做客时，请他也“过去坐坐”。

多年前，朵云对姜安平说，不要继续往下看了，就把这当结局吧。

如果结局在此刻就好了。

可真正的结局是，黛西来做客了，盖茨比“过去坐坐”，和黛西重逢，将这多年的爱意向她倾吐。他们再次交往，疯狂地重温往日……然后，盖茨比因为黛西而死，而黛西将盖茨比当成一页书揭过，甚至都没有来参加他的葬礼。

在那本寄给姜安平的《了不起的盖茨比》末页，夹着这样一张字条。

娟秀的字迹写：盖茨比最大的错误，就是“过去坐坐”。

他应该永远站在对岸，遥望那盏绿灯。

天上的云，隔岸的灯，世间最美好而长久、永远不会变质的爱情。

海上众川归

文/莉莉周

从此任凭世间风琳琅，

雨琳琅，漫山遍野，唯有今朝。

1

故事的开始，是在七十年代的香港。

七十年代的香港，每天都会有货船载着内地偷渡客抵港。沈秋事登上葵涌港口的第一时间，睽违多日的日头照得她头晕目眩，一时辨不明身在何处。

她是在福建上的船。

家道中落，父母遣她来港投奔多年前远嫁的阿姊。她在货仓里担惊受怕地躲了十多天，身体底子薄，发了一场高烧，瘦脱了形。幸亏船上有位懂医术的好心人施以援手，才得以及时医治。

汽笛轰鸣，沈秋事倚在船舷旁静静地望着越来越近的码头，以为就此能一帆风顺。

下船后，人群四散，沈秋事突然被一个高瘦的人拥住，是一个男子。她睁大眼睛，下一刻两人已经隐匿在墙角，姿势暧昧。

“嘘，别出声。”他的手臂紧紧箍住她的腰，热度透过衣衫红了她的脸。

沈秋事蹙眉抬头，顺着男子的目光望去。码头上停着许多辆警车，差人挨个儿检查登岸的人。紧接着又有一辆黑车驶停，头顶一声淡淡的冷哼传来：“有意思，廉署的废物都出洞了。”

那人突然低头，清癯的面容显得很雅气，是船上医治她的好心人。

好心人看着一脸惊惶的沈秋事，压低声音道：“先前我帮了你，现在到你报恩，如此我们便扯平了。”

沈秋事的脑子里乱糟糟的，只晓得眨着大眼睛。眼前忽然暗下来，淡淡的陌生男子的气味迫近，一个轻吻落下，如火般点燃了葵涌港潮湿的空气。

恰好身后一队差人经过，见此尴尬情景，有人啐了一口，一大群人便离开了。恼羞成怒的沈秋事立即推开身前人，他似笑非笑：“年纪小小，脾气可够厉害。”

沈秋事出身书香门第，母亲常告诫她男女授受不亲。可如今她让人轻薄了去，能做的竟只是慌不择路地跑走。

那是十四岁的沈秋事初遇孟广棠，在那个鱼龙混杂肮脏的码头，一个拥抱还一份人情，利落又公平。可她和孟广棠之间的孽缘似乎比想象中要多得多。当她苦苦守在阿姊家那扇精致雕花的铁门前，为她打开那扇门的就是孟广棠。

管家见着孟广棠，脸上立刻换了一副神情，怒喝小厮开门。他那日着正装，下颚线条流畅漂亮，举手投足皆是世家公子的派头。沈秋事一时无法将他与货船上的偷渡客联系在一起。

沈秋事匆匆道过谢往里走，却被他拉住胳膊。孟广棠在她迷茫的注视下淡淡地开口：“你认得路？这里我比你要熟一些。”

沈秋事很快就见识到孟广棠口中的“熟”，她坐在那栋半山别墅的客厅里局促不安，孟广棠却闲适地坐在沙发上翻起当日的财经报来。不久后，有个五六岁的男童跑进来，扑到他的怀里，脆生生地喊他“小叔叔”。

自旋梯款款步下一位美艳佳人，正是沈秋事暌别多年的阿姊沈芸。她忙起身，对方抢先开了口，冲孟广棠说道：“听说你要来，这小祖宗一早就闹着要去沙田看赛马，都被你惯坏了。”

孟广棠捏捏小男孩的小胖脸：“是吗，我可没觉得。”

说完，他状似不经意地瞥了一眼被晾在一旁的沈秋事，恰好对上她的眼睛。她一惊，复又别过头，过后他收回视线，领着小男孩去前庭荡秋千。

沈秋事这才转回视线，乖巧地喊那美妇人“阿姊”。

沈芸坐到沙发上，随手点了一支烟，深吸一口又吐出来：“别叫我阿姊，我与沈家早已断绝瓜葛，我现在是孟夫人。”

2

早年沈秋事知道，阿姊是迫于无奈才来到香港的。因她性情刁钻，不甘愿屈服于旧式婚姻之下，结亲前夜乘船偷渡到港，从此成了父亲口中败坏门风的逆女。那时沈秋事尚小，并不懂那么多，如今沈家树倒猢狲散，母亲嘱咐她来投奔阿姊。面对阿姊积压多年的怨恨，她一时之间不知该如何应对，只好咬着唇一言不发。

一支烟燃尽，沈芸叫陈叔端来一个装着珠宝首饰的檀木盒，放在茶几上：“我已为人母，从前的恩怨不再提。这些东西值不少钱，你拿去典当了，也算我尽一点心意。在我先生回来之前，你速速离开吧。”

沈秋事讷讷了半晌，抬眼看着她薄情的面孔：“阿姊，我不是为了钱而来……”

沈芸骤然提高嗓门："那你为了什么来？你以为我住豪宅就发达了，供得起你一个闲人？我可没工夫管你死活！"

"你不管，便将她交给我好了。若她横尸香港街头，可就是孟家的罪过了。"

沈芸难以置信地望着站在沈秋事身后，高出她快两个头的清俊男子，言辞严肃："广棠，这是我的家事。"

沈秋事也转身紧张地盯着孟广棠的脸，那双极深的眼里看不出几分是真，几分是假。往后此去经年，沈秋事亦从未真正看透过。

沈秋事最终成了孟广棠和沈芸对峙的牺牲品，坐上孟广棠那辆醒目的奔驰古董车的那一刻，她小小地叹了口气，算是认命了。

孟广棠这人好命且懂得享受，住临海的大房子，屋外种满白色香花，时有海鸥盘旋屋顶，海潮一阵一阵拍打崖岸。

他跟她立下三条规矩——

其一，在家，两人互不干涉对方的生活。

其二，对外，宣称她是自家远亲小妹。

其三，他会照顾她的衣食起居，直至沈芸愿意接受她为止。

沈秋事对此完全没有异议。

孟广棠就职于养和医院，三班倒，生活作息十分不规律。夜半听得他在书房持续咳嗽，怎么也止不住，沈秋事念在他好歹给了自己一处容身之所，披上外衣，去厨房煮了一碗凤梨汤端去给他。

书房小灯发出昏黄柔和的光，沈秋事屈膝窝在长椅上，看孟广棠慢条斯理地一口一口将凤梨汤喝个精光，纤长的睫毛在白皙的面孔上落下一圈阴影。

她一瞬间冲动开口："你是否喜欢我阿姊？"

孟广棠顿了顿："何以见得？"

"直觉。"

孟广棠笑了：“十四岁女仔的直觉。”

孟广棠待沈秋事如同对待自己的孩子，他也不过二十四岁而已。

那年秋天，沙田马季开锣，孟广棠带她去中环置新衣。富丽堂皇的服装店里，店员偷偷看她的目光就像看一只意外闯入的丑小鸭，她羞赧地低下头。

孟广棠扳正沈秋事的脸，郑重地道：“阿事，待你长大，我让你成为全港最靓的女仔。”

沈秋事一怔，这个清风明月般的男子的承诺，对当时本埠诸多名媛来说堪比天方夜谭，可幸运女神却眷顾了她。自那时起，她将这个承诺久久存在心底。

那天孟广棠的兴致很好，沈秋事看中的五号闸的棕色骏马获得头筹，赢了大把钞票，人人都来贺喜。他静静地看着沈秋事，眼底含笑。

3

这样的日子，一过就是两年。

两年时间不长不短，她与孟广棠像朋友一样相处，日渐习惯喝西式红茶。孟广棠教她打高尔夫球，挥杆姿势练习得标准又优美，亦懂得休息日跟他盘腿坐在沙发上看新上映的港片，再偷偷抿一口他那杯白兰地加冰。

十六岁的沈秋事，有一张芙蓉面，放学路上常有隔壁男校的学生送情书堵她。后来孟广棠闻讯，便雇了专车接送她。若有空闲，他也会亲自跑一趟，因此上过多次八卦杂志的头版。

孟广棠不愿理睬，香港上流圈唏嘘，孟家老二终于有了位可人的小蜜糖相伴。

旧历新年那晚，孟广棠携沈秋事回埠内孟家老宅过除夕。阿姊依旧美艳照人，见到她时眼里闪过一丝惊异，转瞬又恢复冷淡。孟家人对沈家的家事有所耳闻，加之孟广棠庇护，待沈秋事还算亲和。

逢年过节应酬最少不了，沈秋事深感无趣，跟孟广棠知会一声便径自在花园里走动。不想遇到一位病弱的少年，眉眼和孟广棠相似。

他们之前打过照面，在沙田马场，他是孟广棠的胞弟，孟家三少爷，名唤嘉铭。孟嘉铭此时神色痛苦地趴在长椅上，秀气的眉头紧蹙。沈秋事走过去，焦急地问他："你还好吗？需不需要我帮你叫医生？"

孟嘉铭转头睨她，有片刻的呆滞："不必，劳烦你扶我回屋，可以吗？"

孟嘉铭体虚，走路十分吃力。沈秋事不知扶他回屋的途中，众人已聚在前庭发红包喝茶。孟广棠不动声色地远远看着他们，沈秋事的心忽地一紧，不自觉地松了手。

回程的路上，孟广棠倦怠地闭目养神。车子转弯时，他突然剧烈地咳嗽起来。入冬之后，他的咳疾越发严重，自己就是医生，可自己的身体却怎样都照顾不好，沈秋事脱口而出："你跟嘉铭都需要看医生。"

她伸手轻拍他瘦削的脊背，却被他以手隔开，出口的话如料峭的寒风："别用这种口吻跟我说话，阿事，我的事你还没有立场多嘴。"

除夕夜那场不甚愉快的对话变成矛盾的开始，沈秋事沉默地收回手，车内只剩细若游丝的呼吸声。

孟嘉铭出现在校门口时，她与孟广棠几乎一周未见了。那天司机迟到了，为感谢那日相帮，孟嘉铭邀沈秋事去弥敦道的雍唐吃饭。

孟嘉铭虽然常年患病在家，但学识广博，性格也谦和，一顿饭吃到八点多，两人颇有些相识恨晚的意思。

车子驶到门前，树下那道修长的身影令沈秋事愣在原地。

孟广棠穿得单薄，高瘦的身上罩一件驼色线衫，也不知在这儿站了多久。孟嘉铭和他略微打了个招呼，便和沈秋事道别。孟广棠率先往回走，她顾不上挥手，赶紧跟上。

他似乎饮了酒，身上有着淡淡的酒气，白皙的侧脸也隐隐泛着红。沈秋事十六岁了，正是情愫萌动的年纪。这个与她朝夕与共的男子足够优秀，也足够强大，且愿意耐心等待一个晚归的任性女孩回家。

这些天的郁结顷刻间烟消云散。

“等了很久吗？为什么不穿多一些？

“司机晚到了，恰好遇上嘉铭请吃饭，不好意思拒绝，不是有意让你担心……”

第三句话还在舌尖，沈秋事便发出小声的惊呼。人被孟广棠抵在门后，他盯着她水润的红唇，低喃道；“你搽何种口味的唇膏？草莓？”

沈秋事紧张到不敢呼吸，疯了，一定是疯了。她清楚地听见他说：“换一种，我青睐柠檬味。”

4

那晚少女辗转难眠，心里的雀跃像小鸟在她的头顶转来转去，蒙着被子都掩不住她的窃笑。就像乞讨的人以为只能得到一片面包，却意外收获了一顿丰盛的晚餐，孟广棠给了沈秋事太多超出意料的惊喜。

沈秋事生辰那天，清晨，孟广棠与她去黄大仙祠祈福。孟广棠赠她平安符，布袋上绣着岁岁平安。

“阿事，祝你岁岁平安。”

她小心妥善地收在怀中：“我安好，你不老，岁岁共今朝。”

他微讶，随即莞尔。

然后他们驱车回了养和医院，阿姊不久前刚刚生产，诞下一名女婴，碰巧孟嘉铭也在。

沈芸仍记得她的生辰，命人拿出一串珍珠项链赠她。沈秋事这些年习惯事事经过孟广棠，嘉铭忽然笑道：“怎么你阿姊送你礼物，却要问我二哥的意思？”

沈秋事脸一红，赶紧接过。

临近暑假，医院的工作越发繁忙，孟广棠时常几日都不见踪影。沈秋事在家闷得发慌，放学后就来养和医院探望孟广棠，顺道逗逗新生的小公主。护士小姐与她交好，每每向她透露孟医生今日又接待了哪些女病患，貌美与否，有无互留号码。有时见她面露忧色，孟广棠就摇头失笑：“放宽心，手和眼睛我都管得牢，不会逾矩。”

中七毕业的暑假，沈秋事用一个月的家务活换来孟广棠的三日短假。可临行前，孟广棠突然接到出差通知，在美国鹿特丹足足待了两个月。毕业典礼与毕业旅行统统转由孟嘉铭代劳了。回来时，孟广棠给沈秋事带了满满一箱子糖果，却换不来她的一个笑脸。

那天晚上，屋里循环播放着一首老粤曲。她佯装怒气未消，孟广棠低沉的声线比歌声更渺茫：“学校我已为你安排妥当，嘉诺撒圣心高科学校，全港最好的私立学校，你要用功。”

那所精英辈出的学校是无数港人梦想的殿堂，学风谨严，实行全封闭管理，离埠内有五个小时车程。全身的血液一股脑涌上头顶，沈秋事用力攥紧十指：“我早与你商量过，我想就近选一所中意的大学深造。”

“我是为你着想。”

她觉得好难过：“为何不问问我愿意与否？”

“阿事，你值得去过更好的生活。如若我现在就束缚着你，往后你只会怨恨我当初怎么不放你走。”

“可是我……”

“阿事，听话。”

沈秋事嗫嚅着，面对他极深的双眸，再说不出一个字。

这年沈秋事念了一所香港顶级的学校，人缘极好，学友出身非富即贵，半只脚已踏入上流社会。

孟广棠当年曾说，阿事，等你长大，我让你成为全港最靓的女仔。他没有失信，只要沈秋事按照他铺好的路一步一步走下去，他的承诺终有一日会实现。

学校离孟家老宅很近，沈芸来探望过她几回。时间蹉跎了锐气，她亦不再咄咄逼人，两人的关系越渐晴朗。有时放假，她索性就宿在老宅。

就这样拗着，孟广棠几次归家来吃饭，想与她言和，她都巧妙地避开，拉着嘉铭有说有笑，对他失意的模样置若罔闻。

其实之前沈秋事萎靡了好一阵子，四年朝暮，孟广棠早已是她生活中的一部分。直到同学拿着印着阿姊一家出游的报纸给她瞧，她才幡然醒悟。他收留她、对她好，原来是因为一副越来越像阿姊的皮囊罢了。

可惜她终究变不成阿姊，也成不了他心中那片明月光。她永远都忘不了开学注册那日，她拖着行李回头望向站在车边的孟广棠："那日你为何吻我？"

他怔住，眼波微动："酒精作祟，一时意乱情迷，抱歉。"

沈秋事笑笑，挺直脊背转身，头也不回地离开。

5

面对孟广棠，她维护自尊的方法唯有假装潇洒。

圣诞节那日，学校举行了盛大的化装舞会。余兴未消，众人簇拥着来到旺角嬉闹，高声欢呼。沈秋事不胜酒力，随他们一起喊，喊到最后眼泪都要流出来了。

醒时头痛欲裂，一干人横七竖八地倒在酒吧吧台上。行动电话响个不停，迷糊中有同学替她接起，大声询问对方是谁，她清楚地听见那头简洁明了地回了几个字——“我是孟广棠。”

习惯真是一个可怕的东西，沈秋事习惯搽柠檬味的唇膏，习惯在听到孟广棠这个名字后心控制不住地狂跳。她立刻夺过手机，抓起手袋跑出去。

旺角街头起了风，长发吹到了脸上，沈秋事靠着暗巷老墙缓缓蹲下身子，试图减弱胃部的烧灼感。很快，那辆奔驰古董车在街头飞仔（无所事事的流氓）的口哨声中停到酒吧门前。

灯红酒绿间，那个熟悉的身影不近喧嚣，沈秋事忽然悲从中来，用手掌捂住眼睛。

孟老爷子七十大寿，大宴商政界名仕，更有专轮从日本北海道运回一批新鲜的鳕场蟹，一时成为港人津津乐道的饭后谈资。沈秋事头一回参加这样的场合，阿姊有意帮她结识名流。她虽有些反感，却没办法拒绝。

她穿着水电蓝绲边旗袍，包裹着年轻女孩苗条的曲线，是阿姊离家时带出来的旧物，年代久远但精美犹存。红艳的唇色，时下女学生都以电影女星为美。目光触及孟广棠的那一刻，沈秋事惊觉，他又瘦了，面庞越发狭长，无精打采的，脸上泛着异样的绯红。

感受到她的注视，孟广棠偏头看过来，沈秋事紧张得呆住。嘉铭掩着唇凑到她跟前，挡住远远投来的视线：“阿事，这里气氛压抑，我胸口发闷，可愿陪我去露台透一会儿气？”

沈秋事恍然回神，抬眼对孟嘉铭笑笑，说好。

露台有海棠花枝延伸进来，粉色的小花蕾在月光的掩映下好似糕点，正应了那句话——喜欢一个人，拐几个弯都能想到他。

孟嘉铭低眉看着心不在焉的沈秋事，很快换上笑吟吟的神情：“阿事，你可还记得我们第一次见面是何场景？”

沈秋事抿唇想了片刻：“在沙田马场，我帮你二哥赢得头筹，好多人来向他道贺，你就在他们中间。因着你二人的相貌，我问了他才知道，原来你们是一家人。”

孟嘉铭失笑摇头：“不，不，我第一次见你，你像只可怜的小猫站在我家门口。管家恶声恶气的，你却不恼，只是傻等着。我在楼上窗口张望了你许久。”

沈秋事难以置信地睁大眼睛：“那真的是很久以前的事了……”

是啊，那真的是很久以前的事了。爱情是骄蛮的四月天，谁也不知道究竟谁会先遇到对方，风把沈秋事吹到孟嘉铭眼前，可护佑沈秋事的，却是孟广棠。

午夜时分，宴会结束已久，沈秋事梦醒，到厨房倒凉水喝，猝不及防撞见客厅那个颀长的身影猝然倒下。她惊得发抖，扶起孟广棠想要叫人，却被他制止：“别出声，不要惊动旁人……”

那晚，沈秋事在街口诊所外蹲了一夜。隔壁音像店的卷闸门关了一半，电台一遍遍地播放唱烂了的情歌，“给你一个热吻，感激你情深，今天两人多幸运，手牵手齐共哼……”

凌晨时分，孟广棠缓缓睁开眼睛，沈秋事急忙凑近，忍不住红了眼眶。他抬手轻抚她的眉：“对不起，让你担心了。”

沈秋事别过脸，使劲摇了摇头。

6

之后，孟广棠不顾老医师的建议坚持离开，面对沈秋事一而再再而三的追问，他惜字如金。

那天晚上的风有些凉，维多利亚港却热闹非凡。她一瞬间怅然，孟广棠的声音从身旁传来，他说：“你看，阿事，有烟花。”

炫目的烟花在黑夜簇簇绽放，寂静中有喧嚣。

“阿事。”已有多久不曾听他这样亲昵地唤这二字，沈秋事环住自己，却被他握住左手。

“阿事，我还记得你十四岁时莽撞地问我是否喜欢你的阿姊。是的，年少懵懂时，大哥带她回家来，我确实有过一刹那的心动。后来她与大哥喜结良缘，我那点微不足道的情意早就石沉大海，没想到会给你造成那样深的误会。”

如果那晚的一切都是幻觉，她宁可永不醒来。

他牵着她的手，目睹了一场海上烟花的落幕，直到天边泛起微光。以至于后来，沈秋事的左手总要比右手畏寒，因为它曾被人那样紧紧握住温暖过。

那晚以后，像是又回到多年前，沈秋事得空便会去养和医院找孟广棠，于是常常失约孟嘉铭。

孟广棠待她温柔如往昔，世上有那么多的善男信女，沈秋事想问问他们，为什么一个人不爱也能如此温柔，让她日日如履薄冰地煎熬着，却甘之如饴。

后来她也想通了，人活在世，永远不知下一刻会与何人相逢，所以有生之年，切记彼此珍重。

那日放学后，沈秋事与同学道别后在门口等司机来接。

一辆黑色车子在她身边停下，从车上下来几个黑衣肃穆的男子，向她出示证件：“沈小姐您好，我们是廉署一处的人，劳烦询问你几个问题可否？”

沈秋事心下一跳：“阿sir，恐怕我帮不上什么忙，我只是个普通学生。”

“孟广棠先生，您认识吧？”

那天沈秋事战战兢兢地应付过去，上了车便催促司机赶紧回了家。她意外地发现大家都坐在客厅里，甚至连孟老爷子都在。

沈芸笑着把她拉到身边坐下，对面坐着孟广棠。两人视线交汇时，他不自然地避开了。

“秋事，你回来得正好，我们几个长辈商量，你也到了该定亲的年纪，你觉得嘉铭如何？不必害羞，我已问过他的意见，他承认早对你有意了……”

沈秋事整个人愣在那里，周围人赞许的神色令她头晕目眩。她直直地看向对面英俊的男子，他回望她，眼里全是冷漠。

散席前，沈秋事用冷静的声音对沈芸说：“阿姊，我是不会和嘉铭订婚的，我并不喜欢他。”

沈芸瞪大眼睛：“你疯啦，连老爷子都看好这桩婚事，何况嘉铭也对你有意，你有什么理由不答应？”

沈秋事咬紧下唇：“我不想为了生活而出卖爱情，我已心有所属。”

“你现下吃喝不愁，不是亏了孟家难道是白捡来的？不要告诉我那人是广棠，我坦白告诉你，广棠对这桩婚事亦是百分百支持……”

沈秋事起身跑出去，径直拦住孟广棠的车。

孟广棠吓得猛踩刹车，眉间蹙起恼怒之意。

她的声音轻且坚决：“我是不会嫁给嘉铭的，以后不会，这辈子都不会。”

他沉默良久，最后缓缓道：“阿事，你终究要嫁人的。”

那日沈秋事反抗得异常激烈，沈芸声泪俱下地规劝，孟嘉铭在她泪光闪烁却决然的眼神中病发了，紧急送往医院。

病房外的长廊上，沈秋事口不择言：“让我嫁给一个病秧子，下半生侍奉他吃喝拉撒，你真的心安理得吗？”

疲惫不堪的孟广棠狠狠给了她一巴掌。

沈秋事没有注意到他苍白的脸色，甚至连指尖都在轻颤。这一巴掌将她从梦中打醒，对这场幻梦如醉如痴，一做就是整整六年。

7

沈秋事二十岁时，揣着一颗破败的心在大婚之夜逃离了香港，登上那艘曾经渡她来港的货船，返回福建，开始隐姓埋名的生活。

她在鼓浪屿一间小酒吧里谋生，闲时坐在海边，面对那片广袤的碧海蓝天出神。她也帮一户渔民出海捕鱼，皮肤黝黑的小朋友献宝似的赠她一颗塑料纸包装的廉价糖果，她兀自笑了。

那时候，任何甜味都是奢侈，可从前有人带满满一箱糖果来讨她的欢心，如今空余心中酸涩的甜蜜。

沈秋事以为海风能吹走过往的种种，可她到底高估了时间和内心。看到新闻播报的那一刻，她的胸腔丝毫不见回响，几乎欲死。孟广棠因涉嫌多起药品倒卖罪被香港廉政公署拘捕，审讯过程中突发旧疾，当晚送到养和医院抢救，一时间全港民众哗然。

时隔一年，沈秋事再度回到香港。她在养和医院等了三天，只来得及在医护人员簇拥着将躺在担架上的孟广棠转移时匆匆瞥见一眼，此后便是久别。

孟嘉铭含泪跟她道歉，于是她得知了很多事。

“我从小身体就不好，有一年二哥与我在加拿大魁北克度假，因为他的失误，我掉入了冰湖。虽然后来被他救起，可因为在湖里泡了很久，我的身体变得更差了，所以他一直对我心怀愧疚。那年我告诉他我喜欢你，他的脸色简直不知该怎样形容。为了我，他甚至连自己的幸福都可以放弃。”

沈秋事大婚之夜逃跑，于是孟嘉铭起了恨意恶意检举他。后来他才知道，孟广棠这些年一直在香港与内地两头奔波，不过是为了寻一方能根治他的病的良药。只是没想到他自己也已病入膏肓，不敢轻易言爱。

嘉铭还告诉她，她走后，孟广棠苦苦找了她很久。

爱意姗姗来迟，故事的主人公们一错再错。待一切平复后，那个伤得最深的人早已人间蒸发，从此杳无音信。

偌大的香港，偌大的世界，沈秋事突觉心灰意冷，不禁掩面落泪。

隔年春天，沈秋事随沈芸一家出国散心，才再次见到孟广棠。

在汉普郡那座种满玫瑰的庄园里，午时阳光很暖，微风恰当随和，那人穿一件白衫侧卧在椅子中，阖眼安睡。她抱着阿姊的小公主站在栅栏外，差点喜极而泣。

时光兜兜转转，老天终于听见她诚心的祈祷。

这个善良的男子，为了成全旁人，宁肯牺牲自己的幸福。

这个善良的男子，因自己的骄傲，即使受病痛折磨，痛苦万分，也不愿吐露半个字。

这个善良的男子，他月明风清，在爱时，只是陪她在维港看了一场深夜无疾而终的绚烂烟花。他温热的呼吸近在耳畔，那一刻，仿佛便是长生。

沉睡中的英俊男子悠悠醒来，眼神迷茫，却透出惊喜："阿事。"

眼眶中的泪滑落，沈秋事笑着，疾步奔过去，拥抱她今生所爱。

从此任凭世间风琳琅，雨琳琅，漫山遍野，唯有今朝。

篇二：

玻璃岁月

天水围的风知道

她的秘密，永永远远，
只有天水围的风知道。

文／楚觉非

1

宋安宁回忆自己和嘉骏的相遇，并非茫茫人海中的惊鸿一瞥，也非青梅竹马或两小无猜。千差万别的两人能有交集，大抵是命运奖赏的机缘。

她十五岁时，和做工的母亲一同来到香港，梁嘉骏正是雇主家的小少爷。九龙红磡的珑玺四层宅邸，巨幅落地窗将维港的夕照框成一幅油画。她在偌大的客厅仰着脸暗自惊叹。

嘉骏就是在那时放学回家的。他穿着熨帖平整的衬衣，卡其色菱格毛线衫，刘海遮住眉。安宁第一次见高中生打领带，后来才知那是国际英校昂贵的校服。

男生彬彬有礼地向家中的陌生人问好，可安宁听不懂粤语。随后进门的还有个女生，穿相配的校服短裙，打着蝴蝶领结。梁太太唤她“凯欣”，热络地揽着她往餐厅走，询问其父母的近况。

母亲精明勤劳，立即去厨房帮忙，把她晾在偌大的客厅里。只有梁先生招呼这个手足无措的孩子一起上桌吃饭。

安宁已记不清那晚的家宴有多少道珍馐，也听不懂主人家的谈话，缩在餐桌不起眼的角落，只是埋头喝粥。粥是艇仔粥，黄姜切得细如发丝，加了北极贝和雪蟹。她对香港的所有记忆，都是从那碗粥、明晃晃的灯光和梁嘉骏低沉干净的嗓音开始的。

深夜，她和母亲搭乘地铁回到属于自己的家。二十平方米的廉租屋，位于元朗天水围。母亲将田产尽数变卖给掮客，才换来一份家政工和如此蜗居。

社区治安差，安宁与母亲挤在狭窄的铁架床上，听楼下的人打麻将、摔酒瓶。半夜又下起大雨，屋棚顶吵得像火拼现场一般。她在黑暗里睁大眼睛，仍看不清在天花板上蔓延开的水渍。

那一刻，安宁才朦胧地察觉到，她和梁嘉骏的人生，实在是相差太大。

新学校位于英校对面。放学后，安宁常趴在窗边，看着马路对面无数学生穿眼熟的校服，涌向停车场。

其间并无梁嘉骏。听母亲无意中说起，梁家小少爷很有主见，同学热衷于攀比豪车，他反倒和凯欣小姐去乘“叮叮车”。

“叮叮车”即有轨电车，如同吐司被称为“西多士”，这些词宋安宁过了很久才理解。

学校是为非香港学生设立的，老师用普通话授课，下课后同学们纷纷乘校车回内地，她因此总是踽踽独行。

当她独自拽着地下铁的扶手偏偏倒倒时，不是没有过大胆的幻想：如果能和梁嘉骏做朋友，该有多好。

那般出身的孩子，一定是品学兼优、礼貌谦和的——这自是安宁的推测，彼时她和梁嘉骏只有过一面之缘，自然是凭直观印象来判断。

但很快，她就在学校后门的7-11便利店前撞见了一个截然不同的梁嘉骏。

2

那日梁嘉骏没穿英式校服，黑色砍袖和垮裤，斜背着书包，脖颈上戴一条“克罗心”。他接过同伴递来的矿泉水，手上一排戒指反射着刺目骄阳。

天气酷热，他拧开瓶盖兜头浇下，用手在脸上一抹，温顺的刘海就往上冲成狼奔头，露出两道桀骜不驯的眉。

宋安宁不可置信地揉揉眼睛，全然陌生的梁嘉骏对她的吸引力比整个香港还要多。鬼使神差地，她远远地在后面尾随。一行人在尖沙咀下了车，穿过某家冰室，走进一间隐蔽的排练室。

她踮脚趴上窗口，里面聚集了很多同龄的男女生。李凯欣绑蜈蚣辫，穿高腰T恤和磨边热裤。无论是校服，还是如此新潮的打扮——安宁想，她和梁嘉骏看上去都是如此般配。

他们在排练室里玩乐队、练街舞，安宁目不转睛地盯着架子鼓旁的梁嘉骏时，凯欣注意到了她，转头问：“Kim，你叫了其他朋友来吗？”

顿时所有人都停下来，一齐看着窗外的宋安宁。音乐戛然而止，梁嘉骏从乐谱前抬起头，同样满脸困惑。很明显，他早就把她给忘了。

安宁只好硬着头皮撒谎：“梁先生问你……几点回家？”

话音未落，整个房间气氛都不对了。梁嘉骏的脸色骤变，两道眉毛拧在一起，手臂的肌肉线条倏地一动，霎时已推开排练室的门，大步走出来。

未等对方反应，梁嘉骏就用臂肘钳制住了这个不速之客，动作利落熟练。安宁算是明白了，九龙梁家的少爷梁嘉骏岂是温顺听话的乖乖崽？分明是沉迷于古惑仔电影，伪装成好学生、乖儿子的小港佬。

梁嘉骏轻而易举就把她拖出排练室，一路穿廊过厅，途经冰室收银台时，顺走了一支马克笔。走到盥洗间的镜子前他才停下来，用粤语厉声问："你是什么人？"

"谁让你来的?

"你怎知我在这里？"

他接连逼问，这个来路不明的女孩都抿着嘴唇不吭声，睁大圆圆的杏眼，无辜又倔强。他真是恼了，低头咬开笔帽，对准她的脸颊就要往下戳。

镜中墨水充盈的笔落到脸上的一刹那，安宁终于失声尖叫："我听不懂！"

原来对方根本连一点反骨戾气都没有。梁嘉骏无趣地松开她，随手扔掉马克笔，竟有些无所适从，干脆弯下腰拧开水龙头洗了把脸。等他撩起衣服揩干脸上的水，安宁已在一旁老实地把自己的底细全交代了。

"原来是宋家的小孩……你去点杯水，在外面坐着等我。"梁嘉骏是自来熟的性格，伸出手戳她的脑门，"不准跑，不准打电话，否则你就死定了！"

安宁因这亲密举动蒙在原地，模样毫不机灵。男生只好长叹一声："哼，你也太没意思了。"

安宁要了一杯最便宜的咸柠七，冰室的旧电扇在头顶"吱呀"旋转，在炒牛河和烧腊的香气里，她很快就饥肠辘辘地睡着了。

"醒一醒！去吃夜宵了。"等梁嘉骏过来敲桌子，时针已斜斜地指向九点。少年们热汗淋漓，散发着活力与朝气。

众人步行到佐敦，拐进一家茶餐室。

那是宋安宁第二次与嘉骏同桌吃饭，仍听不懂他们的聊天，印象却颇深。原来在严厉家教的束缚外，梁嘉骏是那样自在如风，与同伴肆意打闹、高谈阔论。她低头咬马拉糕，悄悄观察被一群家境优渥的同伴围在中间的男生——只有从小锦衣玉食、受教良好且从未受过挫折的孩子，才会有如此无忧无虑、阳光自信的笑容吧？

而她大概永远也做不到。

结账后，大家下楼打出租车，安宁独自去搭地铁，嘉骏却追上来同行：“我有话同你讲。”

两人要搭乘同一线路的地铁，但方向相反。宋安宁在盥洗室外等了几分钟，看到嘉骏换好校服出来，额发重新乖巧地梳下去，将少年锋芒遮得严严实实的。

“以后我们就是朋友了。”梁嘉骏笑道，“阿宁，你会帮我保守秘密吧？”

此时恰逢九龙、红磡方向的地铁进站，他背着书包几步跨上车，转过身再次与她对视：“快回答我！”

见女生用力点头，嘉骏脸上的笑意更盛，拉着吊环一边挥手告别，一边开心地朝她挤眼睛。

宋安宁不由得觉得心中温热，踌躇着抬起手想回以作别，可列车门已在提示音里闭合。引擎声轰鸣，梁嘉骏和其他乘客一起融成模糊的光影，瞬间呼啸不见。

像一个随午夜消散的，短暂的梦。

3

香港的夏季冗长且炎热，校园外路旁夏树青翠，蝉鸣声喧嚣又寂寥。

第二次盼到梁嘉骏，他戴着颜色鲜亮的耳机，踩一块滑板，沿着学校门外的山路疾速滑下，如飞鸟般从视线里掠过。她猜得到他要去哪里。

排练室有人发现宋安宁时，朝嘉骏吹了一声响亮的口哨：“Kim大佬，你大陆妹又嚟搵咗你（你的大陆妹又来找你了）！”

她是听不懂，可梁嘉骏明白，转头飞快地剜了那人一眼，然后躬身捞起角落的书包，打开门走了出去。

“上回不是一起去吃夜宵了吗？你怎么又跟来啦？”他把安宁拉到走廊上，眉毛皱在一起。

她本以为那次吃夜宵意味着嘉骏的世界接纳了自己，此刻才明白，那只是梁家小少爷为了让她保守秘密，喂给她的糖。天差地别的人生怎会有长久的交集呢？她早该醒悟的。

岂料梁嘉骏接着竟笑起来：“我开玩笑的啦。我们不是朋友吗？阿宁随时都可以来找我。”他拉开书包，拿出一台DV机，“过来，以后你就负责帮我们录像。”

梁嘉骏不由分说地俯下身凑近了教她。安宁甚至能数清他舒卷的睫毛，闻到他头发上的薄荷香。她忽然有些慌乱，对方的讲解一句都没听进去。

“会了吗？”梁嘉骏直起身，见女生仍是一副懵懂的模样，爱捉弄人的性格又开始作祟，“现在你想反悔也晚了，下周我若见不到人，翻遍香港也要把你给揪出来！”

安宁录完一段霹雳舞，画面虚焦。听着少年们失望的唏嘘声，她不由得也懊恼自己愚笨。只有梁嘉骏无所谓地拍拍她的脑袋，打开钱夹：“喏，周末去希慎广场的诚品买几本书看，不能一直这么不专业啊。”

她郑重其事地接过花花绿绿的港币，下定决心遵守另一个承诺。她一直认真对待与他有关的所有事，不久就将拍摄剪辑的工作做到游刃有余。

年少时的宋安宁本以为，自己会和母亲一直生活在天水围的破旧屋邨里，碌碌平庸一辈子。虽然消沉，但日复一日在这座国际都市的最底层挣扎，实在没什么乐观可言。

因此多年以后，当她手握台本站在演播室里，音效、灯光和无数机位在她一人的指挥下井然有序地变换，她日渐成为媒体行业人皆敬仰的前辈，却仍会在节目收工的深夜，对着监控室的玻璃陷入沉思。

命运无常，当年梁嘉骏轻巧的一句话，竟足以改变她整个人生。在香港这座人情淡漠的城市里，他是别人的光和热，而他本人却不自知。

可惜彼时安宁并未意识到，她和嘉骏虽成了朋友，但彼此的牵连仍然很薄弱。她和他不同校，也没有和他类似的梦想，更不像李凯欣家与他家是世交。梁嘉骏浑身锋芒，个性张扬，她完全是无趣的另类。两人能有长久的牵连，大概只能归功于安宁能为他保守秘密吧。

所以当她守不住这个秘密时，梦就该醒了。

4

两年里，安宁见证了排练室的迅速衰落。比赛淘汰，家人阻挠……乐队早就组不下去，练舞的人也越来越少，后来只剩下李凯欣还在陪他。

安宁不懂她到底在坚持什么。她委实没天赋，肢体僵硬，节奏不准，连她自己都不愿看DV机里的回放。

很久以后安宁才明白，凯欣和她在坚持同一件事——陪伴梁嘉骏，以自己的方式。

直到李凯欣也不再出现时，安宁心中涌现出复杂的感觉：预料到结果毫无悬念，仍要力争输赢的偏执；对手突然退出，被命运再度眷顾的庆幸。

她和嘉骏仍去佐敦吃夜宵，不再点满满一桌菜，两份叉烧饭就已饱足。偶尔厌倦粤菜，梁嘉骏也会带她去铜锣湾的餐厅猎奇。看着安宁慌乱扒掉脸上的活章鱼爪，或者皱眉吞咽焗蜗牛，他就笑得乐不可支。

穿砍袖、梳狼奔头的梁嘉骏并非一直不正经，安宁两次过生日，梁嘉骏都破例没有排练，借用冰室的厨房给她煲汤。十七岁那次是清补凉，十八岁时是碗仔翅。

“好喝吗？”看着她埋头喝汤的模样，梁嘉骏靠在卡座上一脸得意，“明年生日给你煲花胶汤。”

宋安宁已和他很熟，嚼着冬菇含混不清地调侃他：“没想到梁家小少爷竟会下厨呢。”

“下厨我不行，但煲汤不一样。”梁嘉骏直起身把脸凑过来，一本正经地说，“我们香港男人什么都可以不会，但必须会煲汤。”

他的普通话带了一点可爱的口音，安宁轻笑道：“为什么？”

“当然是为了……把妹啊！”梁嘉骏狡黠地眨眨眼睛，“如果阿宁以后交往的男朋友煲的汤还不如今天这碗，那就说明他对你不够上心——至少，不如我对你上心。”

安宁的心跳猛然漏了一拍，慌乱之下埋头继续喝汤，脑海中胡乱揣测了无数意思，又立刻摇头否定。梁嘉骏早已习惯她发神经，笑着给她叫了一碗云吞面。

那时暑假将至，嘉骏和安宁已高中毕业，安宁听母亲说他已收到港大金融系的录取通知，梁先生奖了他一部跑车。鲜花着锦，烈火烹油，不知他还在愁什么。

想到这里，宋安宁也不由得开始发愁：认识嘉骏这么久，却对他的内心世界一无所知。她放下汤匙，看窗外被尖沙咀高楼割裂的狭小天空。自然万物也会被人的心事感染吗？不然香港的炎夏怎会有这般天光微弱、愁云惨淡的时候？

随即她恍然大悟：盛夏来了，台风也快来了。

5

安宁走出天水围地铁站时，第一场雨落了下来。

母亲那天上晚班，她回家后赶忙拿起两把雨伞，背着书包回去搭地铁。管家过了很久才给她开门，压低声音说：“Kim少爷在楼上领罚，你的动静千万要轻些。”

宋安宁循声悄悄摸上二楼，将虚掩的书房门推开一道窄缝。梁嘉骏直挺挺地跪在地上，穿着规矩的白衬衣，额发也服帖地放下来，却再也掩藏不住锋芒。他望着父亲，一言不发，灯光却将他眸子里的少年志气映得璀璨发亮。

案几上放着一个信封，梁先生还在激烈地说着什么。安宁听了半晌，才知里面是海外某娱乐公司的遴选通行证。与父母的谈判，是横在梁嘉骏梦想面前的最后一块顽石。

安宁推门进去时，嘉骏率先注意到她，立刻皱着眉使眼色，但梁先生已沉着脸问她有何事。她向先生鞠了一躬，从书包里摸出了那台DV机。梁嘉骏的秘密，她最终没能保守住。

她将机器轻轻地放在信封旁，还想再开口帮衬几句，但母亲已经恼羞成怒地冲进来，拽着她的胳膊把她往书房外拖。长期做体力活的母亲力气很大，可她什么疼痛也感觉不到。只记得离开前，梁先生的脸隐匿在一片暗影中，看不清喜怒。

宋安宁不记得自己是如何被拽回家的。母亲关门的声音很响，楼下的野猫惊得厉声尖叫，撕裂了天水围本就不太安生的夜。她不由得颤抖了一下。

“你没眼力见儿吗？看不出梁先生在大发雷霆？”母亲越说越气，胸口剧烈地一起一伏，“还是你以为自己也是哪家千金小姐，嗯？什么热闹都有脸去凑！”

这话太刻薄，安宁忍不住辩解：“我只想帮嘉骏……”

母亲冷冷地打断她的话：“宋安宁，别告诉我你动了什么歪心思。”

她一时如鲠在喉，抬起头恰好对上母亲那双沧桑的、世事洞察的眼睛。语塞良久，她终于沉默着垂下头去。她不擅长撒谎，沉默已是答案。

“我千辛万苦带你来香港，是为了让你好好念书，不是成天做白日梦的！”母亲摔了一个杯子，“亏得我还以为你是个老实孩子！梁嘉骏是你该喜欢的人吗？”

“您说的这些，我都懂……真的。”安宁低垂着眼睑，声音哽咽酸涩，“其实这些年在香港，我过得很不开心，像一把紧绷的弓箭。我还是不会讲粤语，也认不全繁体字，乘扶梯时我得不停地提醒自己靠左边站，唯恐遭别人鄙视。唯有和他在一起的时候，我才觉得轻松。我什么都不要，也什么都不会说，只是想对他好而已——即使是这样，也不可以吗？”

这一次，母亲没有立刻接话。空气骤然安静下来，在安宁以为母亲的巴掌要落下来时，只听母亲叹了口气，伸出手揉了揉她的头发。

“囡啊，喜欢一个遥不可及的人不是不可以……只是，你自己会过得很辛苦。”

安宁听到一声长叹，那嗓音终于不再是责备，温和了许多。可母亲身上劣质的雪纺衣料窸窣摩挲着她的脸，她觉得冰凉一片，心里郁郁浮沉。她的命运会如何呢？长夜雨声未停，她自此一夜无话。

6

梁嘉骏在香港的最后一个月，几场疾风骤雨来去仓皇。天晴的时日很少，安宁与他见面的时日也寥寥。

她从母亲那里听到谈判的后续：父子俩最终各退一步，梁先生同意他用十年时间在异国闯荡，但拒绝提供任何经济支持，且要他签一份协议，保证在三十岁前回国成家。

整个八月，梁嘉骏也像安宁那样打各种暑假工。偶有周末是晴天，他就开着那辆引人注目的车去天水围，在楼下按三声喇叭。他带安宁去旺角的游戏厅打机，去新界沙田看赛马，坐船去西贡看海。

两人最后一次出去，是在傍晚去太平山。一场台风刚离开香港岛，观景台上人山人海。

半山的私人别墅区是李凯欣住的地方，梁嘉骏当然有驶入许可。但他中途没有停车，而是径直驶向另一处山顶。放眼望去，整个山上只有他们两人。山顶静谧，山风又清凉，让宋安宁几乎忘了香港是一座喧嚣匆忙的城。

梁嘉骏从车子的后备厢里拿出一把吉他，雨后草地微润，他非要拽着她席地而坐。他从《七友》唱到《二人行一日后》，夕阳沉下去，夜幕升起来，城市亮起无数灯。他唱许志安，也唱陈奕迅。安宁说自己听不懂粤语歌词，嘉骏就打趣她："情歌都不需要听懂，只要听着就行了。"

安宁若有所思："那粤语的'喜欢你'怎么说？"

"钟意你。"

她小鸡啄米般点头，山顶一时间只听见夜风吹过的声音。梁嘉骏抬起手继续拨弦："点歌吗？勤工俭学，十港币一首。"安宁真要起身回车里拿钱包，他就大笑起来，伸手把她扯回来。

她说想听《喜帖街》，嘉骏却不肯，把吉他扔到一旁，说自己不唱女生的歌。梁嘉骏时常耍少爷脾气，说风就是雨，她早就习惯了。

"看到那里了吗？红磡体育馆。"他指着脚下那片银河的一处，"在我很小的时候，每到晚上有歌手在红馆开演唱会，我都会趴在窗台上听，连作业都忘了写。"

"我希望某一天，也能在红馆听你的演唱会。"她诚恳得有点憨厚，梁嘉骏无谓地笑笑。

"我爸妈，包括凯欣，都不能理解，为何我要放弃已拥有的，去重新走一条少有人走的路。”梁嘉骏依然望着银河中那颗微小的星，“阿宁，你能懂吗？这是很早就根植在心里的执念，哪怕以后灰头土脸地回来，我也要试一试。”

他的眸子里映出的是整个香港的万家灯火，又仿佛是属于他自己的明亮光芒。

安宁忽然想到什么，从包里拿出一个纸袋塞给他。

梁嘉骏略带讶异地挑了挑眉，但只在手里掂了两下，就知道里面装的是什么。他把那一沓钱拍在安宁的脑瓜上：“我没你想的那么惨好不好？这么多年的少爷又不是白当的。”

“那你为什么要去餐馆打工？”

梁嘉骏若有所思：“为了偶尔开荤，去街边吃烤肉？”说完他就后悔了，因为这话听上去确实很惨。他轻咳着一撑胳膊爬起来，拍掉身上的草屑，“走啦，你该回家啦。”

在中环等红灯时，雨又开始下起来。梁嘉骏看着后视镜里的她，低声说：“阿宁，你知道吗？我不需要你为我做什么……”

交通灯倒数到零变绿，他迅速把视线移回前方：“只希望在我离开的那天，你可以来送我。”

梁嘉骏开车时很专注，没有听到从后座传来的任何压抑的声音。

7

梁嘉骏在短信里说，廉航机票买在宝安机场，从深圳湾过口岸，正好经天水围见她一面。

那晚恰逢那个夏天的最后一场台风过境。气象局预计台风将于晚上八点从西边登陆，商店和餐馆五点就关了门，地面公交全面停运。天水围黑黢黢一片，只有计程车零星的灯光飞快地闪过。

梁嘉骏是唯一在终点站元朗下车的人，他提着箱子走下两级台阶，注意到地铁口有一把靠在角落里的湿漉漉的伞。背影纤瘦的女孩仰头望着暴雨，偶尔低头呵手。

“阿宁？”他不可置信地开口，“还以为你不来了。”

安宁打趣道：“我要是不来，还有谁给落魄的Kim少爷送行呢？”

梁嘉骏不容置疑地挑挑眉，见她手里提着一袋鸡蛋仔，不由分说就抢过来。鸡蛋仔早已冷透，可他却觉得味道很好，三两口就吞完了。

而后他撑开伞，把安宁也拉进来，顺手摘下一个耳机塞到她的耳朵里。试样唱片录得有些粗糙，他的嗓音听上去很辽远。是他在太平山没有唱的那首《喜帖街》。

“没办法，谁让你喜欢呢？”他轻描淡写，“我过去以后要接受封闭训练，不知什么时候才能用手机。这个iPod送你，如果你敢把我忘了，等我回来你就死定了——听到没？”

果然还是那个人前谦逊、人后跋扈的梁家小少爷。安宁坐在计程车里抿唇笑，心情却始终轻松不起来。她把这一切归咎于耳机里的歌：好景不会每日常在/天梯不可只往上爬/爱的人没有一生一世吗/大概不需要害怕。

无数雨痕模糊了车窗，台风天的香港像被拔掉电源的机械怪物，终安静下来，暂得片刻宁静。这些年里，安宁从未喜欢上这座繁华绚丽却冷漠匆忙的城市，甚至想过要考内地的大学。她对香港唯一的留恋，大概也只有梁嘉骏了。

如今，他却要先离开了。

司机没有察觉到她的不舍，一路猛踏油门，在与台风倒计时赛跑。安宁感觉头脑和心脏不再属于自己似的，一个停止运转，另一个疯狂跳动，就像理智和感性的角逐，天平在慢慢倾斜。

抵达深圳湾口岸时，已是晚上七点。司机在密雨狂风里按喇叭催促回程，但安宁依然站在台阶下，目送梁嘉骏的身影一点点缩小。她还是把那个纸袋悄悄塞进了嘉骏的行李箱。

里面是她所有假期攒下的钱。也许母亲说得对，喜欢一个遥不可及的人，自己会过得很辛苦。如今她仍旧什么也不要，只要他独自在异乡打拼时，不会过得很辛苦。

直到梁嘉骏最后一次向她挥手作别，消失在闸机口，安宁心里的天平才敢彻底倾斜。胸腔里有一股热流涌向喉咙，她下意识地张开嘴，那句话就不受控制地冲出来："梁嘉骏，我钟意你——"

幸好她的话被天水围的风翻卷冲碎，只余微弱零散的音节，仿佛风雨交加的夜晚，一句等不到回应的微弱呼唤。

长裙被雨打湿，像贴在腿上的镣铐，连同纷涌而来的回忆要一起把她禁锢住似的。但安宁最终塞上另一个耳机，把风雨声一起隔绝。

她也像梁嘉骏那样转过身，终不再回头。

8

十年之于香港，并非足以发生很多变化的期限。

维港的落日，依旧是镶嵌在窗框里的油画。佐敦的夜宵排档生意兴隆，穿各式校服的学生在周末的晚上聚集。无数趟地铁曾在元朗和红磡间穿梭，人来人往，只是其间不再有嘉骏和安宁的身影。

梁嘉骏把她对香港最后的留恋也带走了。她上了内地著名的传媒大学，DV换成专业摄像机，整日拍那些对她而言无关紧要的人。香港的号码她保留了两年，但直到手机丢失，都没接到来自嘉骏的电话。

安宁的生活渐渐麻木无趣。毕业后她留在了上海，在电视台做新闻编导和制片。过了三年，她与同事结了婚，并将母亲从香港接了回来。与那座城的联系，至此似乎彻底断绝了。

上海的夏夜很热闹，东方明珠塔下如同不夜城，只是那都是属于年轻人的生活。安宁结束加班后在江边散步，塞着耳机吹风，突然接到丈夫打来的电话。

丈夫在电视台做访谈节目。他在电话里说，首期嘉宾是一位近年从海外回国发展的歌手，凭他的人气定能带动收视率，奈何节目空降的制片人是个外行，今晚首期录制现场乱得一团糟，让她赶去救场。

隔着演播室的巨幕玻璃，安宁时隔十年再次见到了梁嘉骏，和坐在他身边的李凯欣——节目组为了博眼球冲收视率，一并请来了这位明星的未婚妻接受采访。

梁嘉骏穿着挺括的西装，额发垂下来，目光谦和且沉静。安宁在心中默算，他今年正好三十岁。

她在场外用对讲机指挥机位移动，听见主持人问："听说你在决定去海外发展前，已经收到了香港最高学府抛出的橄榄枝。而十年后的你，已经是在红馆开过三场演唱会的著名歌手了。是什么原因让你决定往娱乐圈发展的呢？"

梁嘉骏的回答和台本上一字不差："我在香港的家离红馆很近，可以说是听着红馆的演唱会长大的。凯欣曾经说，她希望某天能去红馆听我的演唱会。"

宋安宁不禁怔住，旋即转头问助理："台本是谁写的？"

"不知道。应该是先录一遍采访，再加工改动的吧。"

节目几近尾声，主持人"煽动"场内观众向梁嘉骏提问。内定观众1号接过话筒："听说凯欣是你在香港的同学，你有什么话想对她说吗？"

梁嘉骏看向镜头，目光却更辽远，似穿过摄像机到演播室外。安宁连忙低下头看监控屏。

他的回答四平八稳，却很有让媒体深挖的点："我想说，谢谢你在我孤立无援的那段时间里，坚定地在背后做我的后盾。我之所以成为今天的我，是因为有那时的你。”

节目在掌声雷动中结束，上海已是深夜。

宋安宁打开手机浏览器，飞快地把梁嘉骏的十年浏览过去。她就像他所有的歌迷，甚至是陌生人一样，并没有因为曾经相识而有何不同。

她谢绝了丈夫和同事的庆功邀请，低头匆匆走出演播室，忽地被一个人拦住。

“阿宁？你……已经不住在香港了吗？”梁嘉骏声音渐沉，自言自语，“难怪，你的电话一直打不通。”

安宁没多解释，只是轻笑：“好久不见。”

这四个字，她在睡梦中或清醒时练过无数次，究竟用哪种语气才不会被听出难掩的企盼，哪种表情才不会被发觉压抑的狂喜。

她果然练习得很好。这句久别重逢的问候，已经清淡到像一碗白粥。所有怀着一腔热情品尝它的人，都会感到深深的失落。

梁嘉骏提议去江边走走，她没拒绝。两人沿着黄浦江，从深夜走到天空泛白，东方明珠塔灯光渐熄。其间他们仍像昔日的朋友一般聊天，年少时的很多画面一帧帧生动闪现。

“结果到了十九岁那年，没有人为我煲花胶汤。”安宁低头看自己暗淡若无的影子，“其实后来，没有人再给我煲过汤。”

她本是以玩笑的口气说出来的，抬头忽然看到梁嘉骏欲言又止的神情，就停下来问他：“你是不是有话要说？”

他们对视的时候，时间仿佛静止，而实际上静止的只有他们。清晨第一班公交车在不远处鸣起喇叭，白昼在迅速苏醒。

“没有。”梁嘉骏戴上墨镜和口罩，眼睛在墨镜后凝视着她无名指上的戒指，“现在说什么都晚了，不是吗？”

“嘉骏，新婚快乐。”安宁扬起一丝微笑，“现在说这个还不晚，对吧？”

9

时隔多年，安宁终于回了一趟香港，参加梁嘉骏和李凯欣的婚礼。

婚礼不对媒体开放，只宴请亲朋好友。梁先生和梁太太春风满面，两鬓添了不少银发。很多朋友她也都在排练室里见过。

香港的结婚典礼和登记是同一天。嘉骏和凯欣携手在签名纸上写完名字的最后一笔时，在场很多昔日的朋友都哭了，安宁是最泣不成声的那一个。除了感动，还有其他的吗？她不敢多想。

典礼结束后，安宁坐“叮叮车”回了一趟高中。对面的国际英校里，学生们穿着很多年前她第一次在梁家看到嘉骏时，他穿的那身校服。

依然是炎热的夏季，两所学校共享整条马路青翠的夏树，和喧嚣又寂寥的蝉鸣声。宋安宁低头踩着树叶间漏下的光影，常会抬起头望一眼马路的转角处——似乎下一秒就能等到一个穿黑色砍袖、梳狼奔头的少年，踩着滑板从那里欢快地溜下来。

回想起自己和梁嘉骏的相遇，并非茫茫人海中惊鸿一瞥，也非青梅竹马或两小无猜。命运奖赏的机缘，用尽也就没有了——这本就是理所当然的事。

安宁习惯性地从口袋里摸出耳机塞上，仿佛真的回到很多年前，尖沙咀冰室里“吱呀”旋转的老电扇，佐敦从不熄灭的灯火夜宵，太平山顶湿漉漉的草地……iPod里十八岁的梁嘉骏在她耳边轻声唱——

“忘掉砌过的沙/回忆的堡垒/刹那已倒下/面对这浮起的荒土/你注定学会潇洒。”

安宁没能保守住梁嘉骏的秘密。

但她自己的秘密，永永远远，只有天水围的风知道。

隔江隔海会归来

文／林稚子

郎心自有一双脚，
隔江隔海会归来。

最终电影散了场，她仍然没有动。一直到片尾曲最后一个音符结束，她仿佛望见远远地隔着几排座位，他也在那里。

原来她的人生，永远要比他慢一步。

1

《游园惊梦》开展的前一夜，颜宛梦见了一片湖水，碧绿澄清，睡莲次第绽放一如桥梁。天光云影里，她看见她的老师陈深站在桥的那一端，微笑着望了她一眼，转身离去。

第二天记者会上，有人发声："颜小姐的绘画融贯中西风格，堪称传统中式画法走向国际的典范，可有秘诀？"

"我有一位意义非凡的老师。"

"能否透露更多？"

"啊——这位老师你亦认识，它是人生。"

场内安静片刻后，响起如雷般的掌声。人们对颜宛打心底里喜爱，有如此美貌又何须如此才情？但她两样都让常人难以企及。

那些年，她也不过是鸭寮街出租屋里穷苦的小女孩。因为太想要学画画，被母亲一顿藤条打出家门，坐在楼梯间小声地哭泣。不知过了多久，一个鲜翠可爱的青苹果忽然落至怀里。

抬头看去，竟是隔壁房间那位少言少语，常常被母亲称为“怪胎仔”的邻居叔叔。

“我不要吃陌生人的东西。”小小的人儿，哭得面上涕泪纵横，但仍记得大人的嘱咐。

那陌生人什么也没说，莞尔一笑，拿过苹果，坐在颜宛旁边的地板上自顾自地吃了起来。他吃得那样香，连空气都快要被甜酸的汁水包围。

“喂，我可以只尝一点点。”

哭了一中午早已肚子空空，终究按捺不住馋虫的诱惑，话音未落，一只瘦骨伶仃的小手已经伸了过去——

但他没有给她苹果，而是抓住了那只小手，轻轻将袖子挽了上去，目光所及是令人心惊的青紫瘢痕。

“是谁打的你？”

彼时颜宛年纪虽小，自尊心却不小，倔强地咬住嘴唇拼命摇头，一双眼里却忍不住扑簌簌地落下泪来。陌生人心下猜着了八九分，当即冷了脸拉着她要向她的母亲讨个说法。

谁料想那位在鸭寮街靠卖咖喱鱼蛋过活的胖女人，一听对方的来意，两手一擦油渍污糟的围裙，将丈夫去世后独自抚养女儿的辛劳絮絮叨叨说足了一个半时辰。

“我这样苦她还一点都不知道体谅，还想学画画，哪里来的钱？就是要逼死我是不是！”女人口沫横飞，一双严厉的眼睛愤恨地扫过来，瞪得颜宛的身形又缩小一号。

陌生人沉默许久，伸出宽大的手掌轻轻覆在女童的肩膀上，温柔里是安抚的力度。

“颜太太，我就是个画师，以后小宛每天放学后，可以到我家上一小时美术课。”

见女人默不作声，他又追加了一句：“课时费及一切画具都免费。”

这个陌生人，就是颜宛的第一个美术老师，陈深。

2

颜太太狐疑地观察了几天，见隔壁那个“怪胎仔”的确是在给女儿上美术课后，这才语气变和缓，改口唤他“陈先生”。

颜太太的普通话不标准，人又唠叨，咬字常常如同幼儿学走路般磕磕绊绊。但陈先生跟劏房里的其他邻居不一样，他虽沉默，却很有耐心，白皙洁净的手指松松地抱着臂，颀长的身形在楼道昏暗的灯光下如剪影般好看。颜太太的啰唆和坏脾气是出了名的，但唯有陈先生能听她说完最后一句话，然后点点头折返自己的房间。

“老师，你会不会觉得我妈咪很烦？”一天，正在画苹果的小女童从铅痕密密的素描本上抬起头问。

陈深摇摇头。

“那就好。许多邻居都躲着她，但老师你不一样。”顿了顿，她又小声说，“我只是怕，你会不喜欢我。”

正是香港七月的台风季，风雨一阵阵喧嚣着扑打窗户。陈深起身拧亮灯盏，点了一支白檀香，室内弥漫着舒适安静的气氛。颜宛没有听到他的回答，却看得分明，他背对着她的肩膀，有那么一秒钟的僵硬。

那天下课后，陈深叫住她，微微一笑，将桌上那个当道具的青苹果放在她的手心。

十四岁的颜宛小心翼翼地将苹果藏在床头，直到水果青色的表皮泛起褐斑、变得皱巴巴也不舍得吃掉。母亲后来打扫房间，将这个发霉皱缩的苹果扔进垃圾篓，颜宛还为此大哭一场。

若干年后，已经成为知名画家的颜宛还是喜欢买青苹果，一个一个洗净盛在床头的玻璃盏里。老式的雕花古董台灯在床头散出一片暖暖的光，于是每个苹果就泛起一层清幽的香气。

她不许人动她的苹果，男朋友亦不能。有一次某个褐发的爱尔兰男人因为夜半渴醒，咬了一口苹果，颜宛被咀嚼声惊醒，指着大门要他“Get out（出去）”！

所以这么多年来，她仍是单身。没有人受得了她的诸多怪癖，包括她不许人动的苹果。

但颜宛不以为意，她曾看新闻说，这世上有一种孤独的鲸鱼，在深海中夜夜歌唱，却永远寻不到同伴。

因为大多数鲸鱼的歌声在17到18赫兹之间，然而那条孤独的鲸鱼永远唱着52赫兹的歌曲，或许连它自己也没发现它的孤独。但颜宛想，那又如何，这世上的某处，也一定有着另一条唱不合调的歌曲的鲸鱼。

就像她的老师陈深，在他如夜晚般幽深的眸子里，在他难以亲近的冷漠表象下，有她曾听过他的歌声，那是记忆中小小的青色苹果，是她降临人世以来第一次感受到的温柔。

3

陈深对这个徒弟是头疼的。

她那样倔强又古灵精怪，头脑反应也快，常常说出令他哭笑不得的话。有那么一瞬间他甚至怀疑，自己在楼梯间遇到的那个梨花带雨、可怜兮兮的小女孩，到底是不是眼前这个顽皮精怪的小鬼。

她明明瘦小，却爱装大人，有一日偷偷抹了母亲的口红，顶着满头乱跳的小卷发来找他，执意要跟他出去逛街。

“不要。”陈深在厨房里切秋葵，头也不抬地拒绝。

“就一会儿啦。拜托，老师你从来都不是这么小气的人，对吧？”十六岁的女孩子，已经开始学会穿稍稍带点坡跟的人造革小皮鞋和桃红色波点V领超短裙，并且还要命地喷了过多劣质浓郁的香水。

陈深皱了皱眉，将秋葵倒进沙拉碗里，拌上吞拿鱼、黑胡椒、意大利醋和橄榄油，用叉子分成两份，递了一碟给颜宛。

少女嘟着嘴，不愿意接：“我吃过饭了啦。”

但陈深的手仍固执地伸着，一句话也不说。颜宛僵持了几秒，最终觉得自己还是不要和眼前这个冷血老男人对着干，只好吐了吐舌头，接过盘子狠狠地瞪了一眼老师。

“我又不是故意要骗你，妈咪打麻将去了叫我自己煮面吃。但吃面会发胖哎，1克碳水化合物等于4大卡的热量……”

她话还没说完，一份培根芝士三明治已经摆在眼前。

陈深的厨艺很好，三明治散发出烤肉与奶制品混合的氤氲香气。但她刚刚才说过不要吃，这会儿在饥饿与自尊心之间进退两难，突然觉得“打脸”好疼。

“小小年纪，不准节食，吃完就陪你出街。”厨房门口传来一个冷漠没有多一分热度的声音。颜宛清了清嗓子，嘟哝了几句，假装毫不情愿地把自己那一套减肥理论收起来，三两口就解决了午餐。

尽管一路上常常有冷气蹭，但累得满头大汗的颜宛还是发誓以后再也不想同陈深一起出来了。

他根本就不顺着她的意思走，把她从那些街边便宜摊档拉出来，在商场专卖柜一件一件试衫。

“喂，我可没那么多零花钱啊！”

他好像聋了一般全未听到，替她从上到下重新一一置办行头。她换下的衣服，他看也不看出门左拐全都扔进垃圾桶里。

“喂，那些可都是新衣服啊！我妈咪绝对不会还钱给你的！”

他只是笑笑，头也不回地往前走。他甚至一点都不关心女生，所有购物袋都是她拎着。颜宛提着一大袋衣衫鞋袜踉踉跄跄跟在后面，手指被购物袋勒得生疼，他看都不看一眼。

“喂，我不走了！”

他终于转身停步，她以为他会道歉，会跑过来帮她拎袋子，但是他没有。

他只是双手懒懒地插在墨绿色灯芯绒长裤的口袋里，嘴角轻扬笑望着她。人流匆匆的香港街头如同无声的背景，衬得他平静的眉眼像一幅寂寞的水彩画，轻轻在她十六岁的脑海里描摹。

很多年以后，颜宛在午夜梦回时，还能梦见这一幕。他永远在前方，隔着不远不近的距离，浅笑着望她一眼，转身离去。

洗过澡换上新衣服站在镜子前，颜宛才不得不在心底悄悄为陈深的品位喝彩。

不过是白上衣配深灰色亚麻质长裙，逛店时明明看着那么素淡无味的衣衫，可是套在少女的身体上，寥寥几笔竟勾勒出水墨画般动人的韵味。

再看脚底，她喜欢这双舒适的摩洛哥小羊皮平底鞋，尽管心里不满他的告诫太严厉，他叮嘱她十八岁前绝不允许穿高跟鞋。

翻着购物袋，颜宛不经意间摸到一个小小的纸盒。

她不知道这个纸盒是什么时候悄悄落进来的。拆开包装，里面是一小瓶香水。淡金色液体盛在透明玻璃瓶里，瓶顶落着几朵可爱的雏菊。

颜宛捧着瓶子有些迟疑，手指轻轻一按，空气中立即飘散令人愉悦的花朵香气。在这清淡温柔的香气里，颜宛只觉得乱糟糟的室内和渍着水印的天花板仿佛都在一点一点消逝褪去。她不禁想起自己那些廉价的塑料珠子项链、可笑的波点短裙，那瓶刺鼻的劣质香水和坡跟一歪一扭漆都快掉光的鞋——她想起了嘴上浓艳的口红，还有自以为打扮得漂漂亮亮就可以和陈深上街的心。

颜宛就是在这电光石火间明白了——为什么陈深在厨房门口看到她时会轻轻皱眉。她喉头一哽，第一次觉得如此难为情。她感激陈深用善意无言的方式来纠正她的审美，同时她又为自己是多么愚蠢无知而感到羞愧——原来她和他之间隔着这么深远的差距，而她竟想凭着那些可笑的装扮博他欢心。

在久久不散的香气里，她的心里有什么东西像肥皂泡一样“啪”地破碎了。少女握住香水瓶，蹲下身无声地痛哭起来。

4

颜宛再去上课时，沉默文静多了。

陈深是有些讶异这变化的，但他什么也没说，只是替她买了新的画具和画册，教她下一阶段的学习内容。

倒是颜太太很是不满，试着跟女儿说，既然中三功课这么重，不如不要去上美术课了。

“妈咪我每门功课已是A级。”

“将来长大还不是要嫁人生子，学画画有什么用？而且，”颜太太欲言又止，慢慢想了想才说，“和我一起打麻将的周太太她们都说那个怪胎……那个陈先生啦，对你没安好心。”说完，她有意无意地瞟了女儿一眼。

但颜宛坦然自若，不吭声，只在纸上涂涂画画。

那些风言风语她不是没有听过。十八岁的少女已经长大，脸庞也有了明显变化，身高曲线一点点浮现，只是素颜黑发在鸭寮街走一圈，都能引来不少路人回头。

这样一个风姿初具的少女，同一个没有正式工作、不交际、不打牌又沉默寡言的三十五岁单身男人在一个房间里学画画，想想都可怕。

颜太太不死心，又嘟哝了几次，终于让女儿爆发了。

“说没有就是没有，陈深不会喜欢我的。他有意中人在内地，我看过那女子的照片，十分动人美丽。并且他之前在内地当画家积蓄可观，故此无须工作。你还想知道什么？”

颜太太有些讪讪地退出女儿的房间，转身拿起钱包往麻将室赶——她只是迫不及待要将这些从未听过的八卦同牌友分享。

颜宛望着门口，忍不住苦笑，其实母亲从来不曾真正在意过她。

她多想有个人可以说说，她看到那张照片时是多么失神——

照片上的女子，眉眼温柔，神态清逸，在四月云锦般茂盛的八重樱下粲然一笑，令满树樱花都失了颜色。翻过照片背面，是陈深泛旧的钢笔字：梦魂不到关山难。

颜宛那时已学过李白的《长相思》，她知那下一句是——长相思，摧心肝。

那年陈深在厨房替她煮咖啡，她在他房里游荡，在床头的书架上随意抽出一本《莫奈图册》，不料其中竟夹着这张照片。那时候她还天真地以为，自己比这女子年轻许多，好好打扮一定会令师父刮目相看的。

然而他没有，他只是皱了皱眉。

甚至她故意跟他说起，学校有若干小男生偷偷给她递信，他也只是点点头，一双眼睛深邃平静，如同无波的古井。

“老师，我现在爱上了一个不会喜欢我的人，失恋的感觉极其难受，我该怎么办？”

“吃巧克力或是大哭一场即可痊愈。”

不甘心他这样平淡，她又饱含热血地口出狂言：“他不爱我，我已不想活。”

陈深翻着报纸头也没抬：“说这种话的少女，明日遇见英俊体贴的男友就会忘掉今天的。”

颜宛被他噎得气结，腮帮子一鼓一鼓的，眼泪快要落下来，像极了气鼓鼓的小金鱼。就是在这时，陈深忽然一笑，放下报纸，自摇椅上伸出手来，轻轻一捏小徒弟的鼻子：“傻丫头，慢慢来，当有一天你变得很优秀，那个人自然会转过头来看你。”

5

颜宛是听到那句话才死心的。

彼时她二十岁，正是少女最好的年华，有才情兼美貌，又拿下国际青年绘画比赛金奖。更有评委兼著名画家路易·伯纳德先生盛赞颜宛是未来之星，愿出资供她去欧洲深造。颜太太一张胖脸上整日都笑得合不拢嘴，鸭寮街的旧劏房也快被媒体记者挤破。

后来媒体又爆料从第一次拿起画笔到捧回国际大奖，这位贫民窟天才少女只用了七年时间。不消说，颜宛顿时成为全城的掌上明珠。

穿礼服喝香槟陪赞助商开庆祝会，颜太太面上有光，在大酒店设宴，几乎把老劏房所有邻居都叫来了。颜宛忙着应付各界人士，只得一再托付母亲，无论如何要把陈老师请来。

但直到庆祝会结束，颜宛拖着疲惫的身躯离开酒店，也仍未看到那瘦瘦高高的熟悉的身影。

回到出租房时，母亲已喝得烂醉人事不省。颜宛顾不得换掉衣服，一身盛装大力敲对面的房门。

门开了，屋内的陈深头发凌乱，满脸胡楂，穿着颜料渍染的旧棉布T恤，看也没看她，径自往室内走去。

老式劏房的格局小，颜宛穿着裙摆繁杂的礼服裙走得磕磕绊绊。她在卧室内再见到他时，陈深如同一座雕塑般漠然地坐在画架前上色。

她喝了酒，还有些醉意，转了个圈笑嘻嘻地问："老师，我好不好看？"

她满怀期待，但他没有说话。

"不要再画了嘛，你看看我呀。"她甜蜜地倚在画布前，一双晶晶亮的眸子看牢他。

"少穿高跟鞋，对脚不好。"

"喂，你到底有没有在听我说话嘛。你……"颜宛打了个酒嗝，两只脚往旁边一踢，将价值不菲的新鞋胡乱踢到一旁，光脚站在冰凉的水泥地上。

陈深皱了皱眉，他不喜欢她这样，喝得醉醺醺的，头发做作地盘成大人式样，光洁的肩膀裸在外面，露出胸前一片粉嫩的肌肤，同酒廊里那些俗脂庸粉没什么两样。

"回去洗个澡，睡一觉。"他冰冷的言语里是不容抗拒的命令。

呵，这不是她想要的回答。

颜宛一瞬间觉得有水雾漫上了眼眶，她咬着嘴唇弯下腰，艰难地拾起两只高跟鞋往门口走。走到一半她停了下来，回头望望老师。傍晚的夕阳那么好，陈深坐在窗前，栗色的头发随晚风轻轻拂动。他是那样专注，以至好看的侧脸、宽阔的胸膛和拿着画笔的右手，整个像被余晖镀上了一层淡淡的金色，他就像天使般美好不可触及。

“喂，我只问这一次，你喜不喜欢我？”

“你喝醉了。”

“以前你不是对我说过，如果我变得足够优秀，有一天那个人就会回过头来看我吗？我没日没夜地学功课、画画，只盼望有一天那个人可以望向我——但是他没有。今时今日我踩着高跟鞋忍着痛等了一整天，盼了一整天，可那个人就是没有来看我。

“我做的一切努力，不过是为了得到那个人的喜欢，只要他一句话，我什么都可以不要，我甚至不稀罕能去欧洲学习，只要他让我留下……”

“啪！”是响亮而猝不及防的一耳光。颜宛愣住了，不可置信地看着眼前这个一向温和的男人。

“那时说的话，算不得数。”他扭过头不看她。

“我已经不是小孩子了，陈深！是不是因为照片上的那个女人你才拒绝我？你们都分开那么久了，或许她早已结婚生子，或许她早就忘了你，但我是活生生的！在你身边爱慕你的颜宛，你为什么就是不肯睁开眼认真地看看我呢！”

“滚！”

陈深像被戳中了痛点，勃然大怒，抓着颜宛的胳膊就往外走。少女哭得声嘶力竭，花了妆容的脸上黏着头发，脏兮兮的黑色泪水糊了一脸。她还在狼狈地哽咽，已经全然没有了力气。大门从身后狠狠地关上，她被扔了出来，就像一条落魄的小狗。只是这一次，再没有谁会在楼梯间寻她回家。

6

再回到香港，已是十年后。

刚满三十岁的她被称为颜小姐，穿精致简洁的套装，出行会搭配同色的手袋及鞋帽，待人接物温婉有礼，又兼会中、英、法、意四国语言，昔日深水埗鸭寮街上那个穷苦小女孩的痕迹，一点点全被今时的优雅代替。

只是，她仍然没有寻觅到可以为她戴上无名指戒指的伴侣。

她要回来办全球巡回画展，恩师路易·伯纳德先生已替她打开欧洲艺术界的大门，天赋才气加上伶俐聪明，颜宛很快便脱颖而出。

她替画展取名为《游园惊梦》，并亲自翻译英文介绍铭牌，说在古代中国有一对青年男女在梦中相爱，少女死后葬在花园牡丹亭畔，三年后她的爱人也来到这座花园，她便在坟墓中起死回生。

“颜小姐，后面这句‘情不知所起，一往而深’还没有翻译哦。”打印铭牌的工作人员好心提醒。

“不，这句正是传神之处，如同佛偈般无法翻译。”颜宛浅笑。

这世间简单又复杂的事情太多，如同宇宙诞生、苹果落地，哪能那么容易解释。就如同她万里迢迢赶回来，原不过是为想见一个人。

那日开过记者会，颜宛深夜搭的士去深水埗。当年鸭寮街的老劏房里，旧时的邻居早已搬得七七八八，她在熟悉的楼层敲门，出来的人却不是那张梦了千百回的清冷的面庞。

他像融入人海的一滴雨水，消失得无影无踪。直到这时颜宛才知道自己对陈深知之甚少到了什么地步。

又托人帮忙，但一通搜索全告失败。说到底，太过倔强的人不容易幸福，颜宛在每个失眠的午夜里自嘲地想，如果她早一点服软，如果她早一点回来，他是不是就还会在这里？

可人生哪有那么多如果呢？

画展办得很成功，各界人士纷纷致电邀约，颜宛躲不过，只好挑了些必要的宴会参加。是日正坐车往弥敦道驶去时，前方道路忽然堵塞。

来接她的司机探头，报告说是车祸。太不巧了，他们堵在车流正中心寸步难行。

颜宛下了车，在街旁路灯下点燃一支烟。她抽烟的姿势很好看，脖颈细而长，浓密的睫毛微微垂下，像藏了一世的美丽与哀愁。

“对唔住。”

有人抱着一大袋面粉挤过人群，不经意撞了一下她的肩。那人在面粉袋后连连道歉，颜宛没有介意，漠然地看那人在停滞的车流间横穿马路。

她突然觉得他的背影很熟悉，像很多年前，某个在街头对她微笑然后转身离去的人。

“抱歉，请你回复主人说我有急事来不了了，多谢。”她付了小费，不顾惊讶的司机，抓起手包就去追那人。她的礼服裙太长，她的鞋跟太响，她提着裙子光着脚，几乎是一路小跑地跟在那人身后。

她不敢叫他，她害怕这只是个梦，而她一开口这梦境就会消失。泪水不住地滚落，她追着他过了几条街，转进了一家小小的咖啡馆。

是他，真的是他。她努力控制自己的情绪，目送他进了后厨。她在角落的桌子坐下。咖啡馆里人很少，她双手颤抖地按响了桌铃。

有侍者快步走来：“小姐，请问要喝点什么？”

“请问，可有、可有推荐饮品吗？”她努力让声音里的颤抖平稳下来。

年轻的侍者微笑着将菜单翻至最后一页，念出洁白卡纸上的一行灰色小字——

“‘一往情深’，小姐，本店最好的咖啡。”

7

所有相爱的人最终会在一起，颜宛相信。她在幼稚园时即听老师讲过辛德瑞拉的故事，少女历经重重险阻，乘着南瓜马车去见她的王子。但她一直不明白，既然十二点钟魔法会消失，为什么辛德瑞拉脚上的那双水晶鞋却留了下来。

长大了才知道，令少女一次次千辛万苦回到舞会的，不是脚上的鞋子，而是那颗爱人的心。

颜宛从包里摸出一支烟，低着头点火。她的手有些颤抖，打火机按了好几次仍没有点着。坐在桌对面的男人，白皙洁净的手指伸过来，从她嘴里拿掉了烟。

是他，也只有他，敢在她面前这么做。颜宛用手掌轻轻遮住脸庞，无声地哭泣起来。

他沉默地等她安静下来，他没有给她咖啡，只端给她一杯清水。

“所以，这些年你过得好吗？”颜宛抽抽噎噎挤出这句话。她在他面前好像永远是那个坐在楼梯间哭泣的小孩，没有办法优雅起来。

“我很好。”

“这是你的店？”

“我只是咖啡师。”

颜宛点了点头，用纸巾小心地拭干眼角的泪。她已三十岁，不能再是那个因为得不到爱人的心就哭得满脸妆都花掉的小女孩。

“老师……”

“我结婚了。”

两个人同时说出这句话，空气里有令人窒息的沉静。墙上的老式挂钟“吱呀”摇摆，门铃响了又响，侍者在身边来回穿梭，窗外霓虹次第点亮。

颜宛第一次觉得胸口沉闷，第一次觉得她和他之间隔了那么厚的灰尘。那个昏暗的楼梯间、台风天的午后，他的沙拉三明治，他抓着她的小手一笔一笔教她画画，她浮夸的花裙子、他送的香水，她似小麻雀般叽叽喳喳欢快而他永远沉默微笑的侧脸……

好像旧日泛黄的报纸，她珍藏登载的所有他们之间的小事，全被他轻描淡写一点一点撕碎在风雨天。

眼角有冰冷苦咸的液体滑落，她忘了去擦。在他面前，她果然永远也没有办法长大。

他的手机忽然响了，她看他侧身对电话那端的人说话，眉眼是温柔的。呵，这尊冰人也有消融的时候。

待他收线，她怔怔地说：“陈先生，谢谢你教我绘画。”

“不，今时的一切都是你应得的，就算没有我，你早晚也会出人头地。”

“抱歉打扰了，”她犹豫片刻，将自己的名片双手递给他，“再联系。”

他接过名片，看也没看随手插进棕色制服口袋里。她心里清楚，他永远也不会联系她了。

起身的一瞬间，她一双亮晶晶的眸子望着他，凄然笑问：“陈先生，可不可以，和我拥抱一下？”

他也站了起来，眼里是若即若离的笑。

但他只是伸出手来摸了摸她的头，转身拉开椅子离去。

8

母亲的葬礼结束后，她戴着白色宽边软帽与黑色墨镜在维多利亚港散步。

十二月的香港洁净干爽，阳光薄脆透明，海风里略带一点腥咸的味道。颜宛喜欢香港的冬天。这座没有雪落的城市，诱惑和欲望常常在炎热的气候里发酵膨胀。她目睹过那样的炙手可热，二十岁时的她，曾差点被淹没在那热度里。

只是幸而，有双手推她离开。

这么多年来，她在欧洲潜心作画进修，见识过更广大的世界，才知道高峰至高处有多高，她当年那点微小的荣誉实在不值一提。

她的容貌还是那样好，只是寂寞清冷，眉眼里多多少少有了些时光沉淀的味道。

像极了一个人。

她返港时去找过他，坐在熟悉的咖啡馆里，只是吧台里替她磨咖啡豆的变成一位胖胖的老先生。他叫Teo，来自新加坡，和蔼爱笑，有着棕色的皮肤。

“Mr.Teo，之前那位咖啡师走了吗？”颜宛沉默地听他说了许久，才不经意地开口问。

“之前？哦，美丽的小姐，我在这间咖啡屋已有十年之久，虽然主人换来换去，但Teo一直在这里。”胖先生眨眨眼。

颜宛的笑容瞬间凝固在脸上，急切地又问：“怎么会呢，我有一位旧友，他叫陈深。”

Teo脸上的表情凝固了。

站在陈深的房间里，颜宛第一次感受到什么叫相思似海。

满墙涂满沉静深邃的蓝色，就如望不到边际的海，一只只白色木制小相框泊在墙面上，似静止的小船。相框里的每一张照片，拍的都是同一个女子的背影。

是她。是她自己。

颜宛一只手捂着嘴，另一只手轻轻抚过照片，依稀看到当年那个不懂事又活泼捣乱的小女孩。她第一次临摹莫奈的《睡莲》的时候；她被母亲训斥，趴在他家窗前掉眼泪的时候；她十八岁那年穿着艳粉色波点短裙四处张望；她二十岁时盛装打扮去记者发布会；她独自站在《游园惊梦》画廊的尽头……最后一张，是她同他道别在人潮汹涌的街角。

颜宛以为，她永远只是望着他的背影，却不知，那个人一生都在望着她的背影。

Teo说，一向寡言的店主陈先生，在去世前的某一晚与他彻夜聊天，那是陈深第一次说起自己的故事。

陈深在大陆时曾有过一位美丽的妻子，只是那妻子对他不忠，某日席卷所有财产同他的好友私奔了。他千辛万苦找到他们，那对情人却在躲避他的追赶中不慎驱车落入山崖。

内地的法院判他无罪。然而从那以后，陈深就彻底在内地画坛消失了。他抹掉所有过去的痕迹，如同苔藓一般，隐居在市井喧嚣的香港深水埗鸭寮街里。

“他内疚自己的过失，背负了这心债一辈子。那年陈先生已经是肠癌晚期，他好像知道自己快不行了，跟我聊了好多好多。又说，如果有下辈子，他想做一只自由的海鸟，能够随心爱的人去遍天涯海角。”

他至死都没有透露颜宛的姓名。他只是告诉Teo，他深爱的那个人有如天边明星，从她第一次作画时，他就知道她的前途不可限量。他年纪大她那么多，又有着那样惨淡的过去，他自然不能阻碍她前行。

“如果你喜爱一朵雏菊，Teo，不是摘她在手里，而是看她在枝头美丽绽放。”

颜宛听到这里，已经泣不成声。

善解人意的Teo替她调制了一杯咖啡，并说，这是那位多情的先生为了纪念他的爱人而研制的。

“‘一宛情深’，美丽的小姐，这就是咖啡的名字。”

她透过蒙眬的泪眼，仔仔细细阅读白色卡单上最后一页的暗灰小字。一宛情深，一往情深，她从前听过这个名字，只是那时她太慌张，听错了侍者的话音。她同他的一生有太多的不凑巧，而这次一松手就是一生。

离开香港前，颜宛去看了一次电影。荧幕上那位一代宗师在离开佛山前笑着安慰妻子，身后满城繁华落尽。

“郎心自有一双脚，隔江隔海会归来。”

颜宛低头，手轻轻握住一个青色的苹果，她亦有这样一位故人。

他已归来。

他在心上。

玫瑰岁月

“当我无法安慰你，或你不再关怀我，请千万记住……曾有十二只白鹭鸶飞过秋天的湖泊。”——《四月裂帛》

文/莉莉周

1

二十世纪九十年代初，年少的我随母亲住在上海的外白渡桥。

十四岁那年，老街口算命的瞎子为我卜了一卦，说我天生福薄缘浅，留不住好东西，尤其是亲人和感情。

也不知道是瞎子那张胡说八道的乌鸦嘴不幸灵验了，还是真的测中天机。之后两年，上海掀起了一股出国热潮。阴寒湿冷的暮冬，我躲在二婶婶身后望着那穿毛呢大衣的漂亮女人提着箱子，坐上锃亮的轿车离去。从此，我成了街坊邻里私下时不时拿出来悲天悯人一番的可怜虫。

打小我就没见过父亲，和母亲的感情又十分淡漠，她抛下我去了美国。说实话，当时我心里并不是太难过。因为我有二叔、二婶婶，还有魏复西。

魏复西和我是青梅竹马一块长大的，他是我们那片长得最清秀白净的男孩。纯真年少的岁月，都是他骑着他那辆凤凰牌的大轱辘自行车载我去学校，放了学又一起去青浦买粮油。队伍那么长，天气那么热，也是他拿衬衫袖子替我擦去额角的汗珠。

我以为日子会永远这样安宁恬淡地过下去，可我没想到魏复西也和当时其他的年轻人一样，做着绮丽的美国淘金梦。

他加入被戏称为“青年男女相亲会”的英语角，用在外白渡桥替游客拍照片赚的钱买了一款复读机，播放奇怪的英文歌曲，听得忘我而痴迷。我按下暂停键，问他：“纽约真的有那么好吗？”

他闭上眼睛往后一躺，笑容无限向往：“他们都说，纽约是梦想的天堂。”

第二年，魏复西就拿到了美国签证，他怀揣着理想踏上远行的客船。吴淞码头上，他拍拍我的脸颊说道：“别担心，到了我就给你写信，要是遇见你妈妈，我跟她一起回来看你。”

这句话像石子沉入海底，那个年代有多少青年抱着“我用青春赌明天，挣来钞票享一生”的豪情壮志去了美国，可出了肯尼迪机场，又有多少背井离乡的纽约客在这片金沙滩真正能安身立命。当时的魏复西不明白，我也不明白，否则在他离开之后我也不会想方设法要取得美国签证。

1994年，我第二次被拒签。

二婶婶在深夜里悄悄塞给我一块方格巾，她说：“我和你二叔没能耐，这笔钱你拿着，去香港碰碰运气吧。”后来我才知道，这是我父亲生前所有的积蓄。可惜我还没揣多久，它便进了“蛇头”的腰包里。

2

十八岁，我缩在货船底舱从内地到了香港。

1994年的香港，随处可见可口可乐的广告灯牌以及红色车皮的丰田皇冠出租车。我被带到皇后大道西街一家酒楼的后厨打杂，即便工作繁重，环境又艰苦，每月的工资仍菲薄得可怜。我日日累到头晕眼花，白天还要警惕随时可能闯进来抓非法入境人口的香港警察。

因为不会说粤语，我经常莫名其妙受人刁难。

深夜的长街，穿着短裙站在酒楼外推销酒水，还要与古惑仔周旋，那滋味比让人当成笑话般看待好不到哪里去。那半个月，费迦南和我就像旅途中不期而遇的过客，他会准时现身后门，自顾自靠在墙边抽一支Salem，那种辛辣令人眩晕的味道就如同香港带给我的幻灭感。

能不幻灭吗？每天对着面目可憎的轻浮嘴脸巧笑倩兮，甚至连对方恶意的触碰都没法讲几句他听得懂的话来回敬。

那天我实在是忍到了极限，对着那只咸猪手下了狠劲咬，余光瞥见那道颀长的身影没入黑暗，不知为何，心里反倒松了一口气。

英雄救美在现实生活中发生的概率微乎其微，可当那几个咸湿佬被打趴在地上哀号时，我突然发现，原来老天也有打盹的时候。当然了，辉仔算不上英雄，我也算不上美人。辉仔的大名叫李耀辉，这直接导致1997年我在影院看王家卫导演的《春光乍泄》时，望着银幕上英俊颓靡的梁朝伟总是出戏。

后来去嘉禾看电影的路上，我又遇到了辉仔。他用蹩脚的普通话说自己喜欢无线的哪几个女明星，于是我买了两张电影票，请他一起看。观影中途他告诉我，其实那天属意帮我的人是费迦南。

辞掉酒楼的工作后，我带着老板喷的唾沫走进那家名为“玫瑰岁月”的餐厅。领班美珍姐热情地招呼我，叫我安心等等，说老板出去了，很快就会回来。谈及我的身份和处境，这位新晋妈咪拍了拍我的肩膀：“勿挂心，包在我身上好啦。”

那天临走前，我收到了一套崭新的制服。

第二天，我准时来餐厅报到。虽然不知道美珍姐是如何说服费迦南将我留下的，但我总归又有了可以落脚的地方。我的名字用粤语念起来很拗口，他们便给我取了英文名。只有费迦南不随大家那样叫我。

他喜欢喊我的全名“陈静芝”，古怪的脾气和“玫瑰岁月”主打的复古旋律相得益彰。美珍姐劝我收回溜到嘴边的唏嘘，她说店里摆着的老物件，每一件都是费迦南的母亲遗留下来的。我抚过那些老式的打字机、留声机，还有墙壁上的铜挂钟以及木书架上摆着的连刊的《良友》画报，若有所思地点了点头。

那会儿金城武刚出道，还是港人嘴里“空有好皮囊，缺乏灵魂”的男花瓶。

好在他遇到了王家卫。

大家后来将1994年誉为香港电影的黄金时代，那年王家卫拍摄《东邪西毒》期间，玩票性质地拍了一部投入极少的《重庆森林》，竟意外获得满座叫好。金城武饰演编号223、每天必买一罐过期水果罐头的警察何志武，专情执着得冒傻气。

观影时，同事小丽问我：“你觉不觉得我们老板长得和阿武有点像？”

我瞄了一眼吧台彩色玻璃吊灯下静静擦着酒杯的费迦南，不禁偷偷撇了撇嘴。

那时魏复西已经有一段时间没给我来信了，电影里金城武说过那样一段话——“不知道从什么时候开始，在什么东西上面都有个日期。秋刀鱼会过期、肉罐头会过期，连保鲜纸都会过期。我开始怀疑，在这个世界上，还有什么东西是不会过期的？”

就在我越想越难过的时候，没有一点怜香惜玉风度的费迦南用搅拌棒敲了敲我的头：“别思春了傻女，上菜。”

3

为了能在魏复西的人生中不那么快“过期”,《东邪西毒》下映后，我决心限制自己进影院的次数。辉仔和美珍姐建议我在汇丰银行开个户头，把薪水存进银行里。虽然距离存够去美国的费用还很遥远，但每月上升的数字依然给了我很大的安慰。

在美珍姐的帮忙下，我报了复习班继续学习，学费收据需要监护人签名。我捧着字典被复杂的繁体字搞得眼花缭乱，费迦南拿过我夹在耳朵上的笔，问了名字，“唰唰”地在收据上签下三个好看的楷体字。

对于语言的悟性我还算不错，那会儿差不多已经能说流畅的粤语。我拿起收据纸，傻呵呵地笑了。记得小时候二叔说过，我父亲的字是他们弄堂里最漂亮的。费迦南不解地看着我，我笑嘻嘻地奉承道：“我说真的，老板，金城武都比不过你靓仔。”

1994年不仅是香港电影的全盛时期，也是我生命中至关重要的一年。上课念书，点单时懂得加一点英文和粤语，收台、摆台的速度简直可以按秒计算——因为不能错过每晚九点直播的港姐选拔赛。

那一年的港姐冠军热门人选是谭小环和李绮虹，可辉仔却迷中英混血的活丽明。我们常常吵得不可开交，费迦南就站在一旁由着我们闹，自己调到亚视看警匪剧。

记忆里那段日子充实而丰盈，除了复习班那个没完没了纠缠我的男同学，我想我一定会后悔没有买那台在太古城看中的富士胶片机记录下这一切。

港姐决赛日的傍晚，我再次拒绝了那个男同学的表白，恼羞成怒的他跑到警亭招来了一群警察。我跑进熙熙攘攘的人群中，幸运女神眷顾我，在怡和大厦门前，我撞见了费迦南。他笑我是不是被人追债，警哨声逼近，我急得说不出话来，只好拽着他一块跑。

周末的皇后广场和金钟的太古广场是港九菲佣们的休闲聚集地，我们越过正在唱露天卡拉OK的菲律宾妇女，撞散了一桌牌局，惹得她们手叉腰在后头骂骂咧咧。

很久以后我想起这起逃跑事件，当时费迦南一定是被我传染了，否则他怎么会胆大到直接抢了停在路边的铃木摩托车，载着我一路风驰电掣地从中环开到天星码头。

那是我人生中最快活的一晚，天星小轮渡穿过整个灯火璀璨的维多利亚港，夜风温柔似水，我几乎想放声尖叫。

后来我们又回到湾仔，广场大屏幕下聚集了无数人仰着脖子观看港姐决赛，歌手何家劲作为嘉宾献唱。一片屏息声中，主持人最终宣布谭小环摘得桂冠。在爆发的欢呼声中，我兴奋地扑到费迦南身上庆祝：“我就知道会是谭小环，辉仔输了！辉仔输啦！”

他略微野蛮地扯开我的手，我这才注意到他过分苍白的脸色。

我扶着他挤出余兴未消的人群，在广场的喷泉边坐下。他颤抖着手解开领带，靠在一旁吃力地喘气。辉仔和救护车赶到时，他已经失去意识，我唇色惨白地看着他们将他抬上车后绝尘而去。辉仔像是见怪不怪，说他愿赌服输，下次请我去吃烧腊。

费迦南不在餐厅的日子，我开始跟美珍姐学做吧台。后来我拿着从弥敦道淘来的邱淑贞签名海报贿赂了辉仔才知道，原来费迦南患有先天遗传性心脏病：“医生说他至多活不过十七岁，你看他不是照样熬过来了。祸害遗千年，你放宽心啦！”

毕竟他那天晚上犯病是拜我所赐，我始终觉得心里有愧。

辉仔拗不过我，带我去费迦南在九龙的住处后就溜了。他穿着居家服躺在床上，平日穿惯了黑衣的他现在倒有点像文艺片里的懵懂少年。我把矮柜上的药瓶规整好，又去厨房烧了一壶开水，玻璃水杯冒着丝丝热气，他还是不肯睁开眼。

我静静地望了他有半个钟头，半小时后我起身，却被他沙哑的声线绊住了脚。

“喂……”

4

我人生的第一次下厨献给了费迦南。

不得不承认，他病时低声柔软的恳求，就像咒语操纵着我。我坐巴士跑去元朗买食材，熬了一锅地道上海风味的小绍兴鸡粥。小时候我体质差时常发烧，烧得迷迷糊糊还念念不忘小绍兴鸡粥，二婶婶急得没办法，魏复西则会骑车去杨浦买回来喂我喝。

“后来我一生病他就问我想不想喝粥，再后来他去了美国，就再也没有人问我了。我只好尽量不生病，这样就不会老是想起他。”

费迦南在床上静养的半个月时间里，我抽空便来看看他。他还是一样对我爱搭不理的，我只好扮演调动气氛的角色。那天天气明媚得不像话，他破天荒地告诉我他的母亲也是上海人，怪不得他的港普听起来没有其他人那么别扭呢。

我乐颠颠地跟他讲起上海，讲魏复西用攒了一年都没舍得花的红包钱带我去外滩边的东风饭店吃沪上的第一家肯德基。他的精神气好了些，还刻薄地挖苦我是不是“土包子”。

香港悄悄进入深秋，那些童年趣事仿佛也因为冷空气的缘故逐渐沉淀下去。连我自己都不曾意识到，在讲起魏复西时，我的语气已变得越来越释怀。

1994年的秋日犹如幻梦般短暂，“玫瑰岁月”因为某位美食家的推荐而生意兴隆起来。美珍姐新雇的男服务生手脚笨得要命，有一回添水差点烫到客人怀里可爱的小baby，吓得她快得高血压了。

不忙的时候，我就跟着费迦南去采购。我最喜欢逛旺角的金鱼街，那里五彩斑斓的水族箱简直比海洋公园的还要浪漫。在油麻地，我们经常碰见剧组的人在拍戏。有一回我在宝灵街试旗袍，戴墨镜的猥琐星探狗皮膏药似的缠着费迦南想签他当明星。

对方吃瘪离开的模样实在是可怜，我忍不住笑出了声，结果旗袍腰部“刺啦”一声开了线，尴尬得我的脸瞬间涨得通红。意外的是，费迦南非但没有嘲笑我，反而很快脱下自己的外套披在我身上。一直到铜锣湾，我的耳根还是火烧般滚烫。

那时铜锣湾还没有跻身世界租金第二贵的地方，为了感谢他替我解围的绅士之举，我请他吃了鱼肉烧卖和云吞面。摸着圆鼓鼓的肚子，我心满意足地走在拎着大袋小袋的费迦南身边。书店门上贴着简媜《四月裂帛》的简介，微风过处，空气里能闻见樟树和柠檬的清冽香气，我惬意地吟诵起曾经读过的句子来。

费迦南突然打断我：“这也是魏复西教你的？”

魏复西爱看书，房间的书架上摆满了各种书。我眨了眨眼，不明所以地点了点头。

他停下来，居高临下地看着我红扑扑的脸蛋：“为了他千辛万苦来香港，值得吗？”

那双沉黑如夜海的眸子里氤氲着说不清道不明的情绪，我微微怔住，喉咙里的话尚未脱口，他便错开目光径自往前走去：“美国那么多金发碧眼又热情的美女，万一他喜欢上别人了怎么办？”我张了张嘴，他只丢下一句“傻女”。

如果那时我就能看清我与魏复西之间的情谊不过是家人那样的亲情，那么在收到他和女友在自由女神像前的合影时，我也不用哭得那么伤心了。

那个女孩我认得，是他从前参加的“英语角”中的一员。这封信到来的前一天，我甚至还花大半年的积蓄买了一块最便宜的浪琴手表。因为那块表看起来很适合魏复西那样的斯文青年。

辉仔生日，我假装潇洒地把表套在了他粗壮的手腕上。

之后大家又去听了1994年华纳群星怀念黄家驹演唱会。

其实那年周华健唱《真的爱你》时有过一段小插曲，音响断电的一分多钟时间里，万千歌迷清唱完了整首歌。我一边哽咽一边唱得极为卖力。

我想当时我一定是喝多了，不然怎么敢把眼泪全揩到费迦南的衣襟上。

费迦南当时也一定是喝多了，不然他怎么会突然叫我“陈静芝”，然后在我懵懂地望向他时，低头吻住我的唇。

5

弗洛伊德说，没有所谓玩笑，所有玩笑都有认真的成分。

费迦南吻我的那晚过后，这句话一直在我的脑海里徘徊。我不知道他那个似是而非的吻究竟藏了几分假、几分真，向来胆小懦弱的我，选择了若无其事地逃避。

1994年年末到1995年伊始，王菲的唱片在香港销售惨淡，美珍姐一边擦杯子一边播了一首张学友的《秋意浓》。她说：“每到换季时，我们老板总要去医院做客一段时间。唉，我的股票可怎么办啊？”

我到底还是去了养和医院，见到了虚弱又暴躁的费迦南。我躲在门外，一直等他入睡才进去。辉仔守了两天两夜，黑眼圈重得像熊猫，我推他去走廊的长椅上休息。

夜半时分，一道热烈且难以忽视的视线落在我的身上，月光下，费迦南的脸清癯消瘦，我不自然地揉了揉惺忪的睡眼，刻意避开了他眼里涌动的情绪。

他说：“小时候我和我妈咪开玩笑，逛街时偷偷躲起来，结果发病差点死在厕所。在医院抢救过来后，她大哭了一场，从此我再没开过任何玩笑。”

我试了试他额头的温度，想出去叫医生，他却握住我的手用力一拉。我忍不住低声惊呼，双手抵在他的胸膛上紧张到结巴：“你、你到底想说什么？”

他的气息渐渐逼近，漆黑的眸子有种摄人心魄的魔力。我从没见过他那样认真的神情，他说：“陈静芝，我还想再吻你一次。”

1995年2月4日，周星驰和朱茵主演的《大话西游之仙履奇缘》在香港上映。至尊宝说出那段被后人奉为“爱情圣经”的台词之后，我询问坐在我身边认真看电影的英俊男子：“你是不是早就对我一见钟情了？”

费迦南的目光停留在紫霞仙子身上，仿佛懒得回答我这种俗气的小女生的问题。

我不甘心：“那为什么你一开始不帮我？后来又让辉仔打跑了那几个咸湿佬？”

他终于看了我一眼，可说出来的话却让人恨得牙痒痒：“哪有那么多为什么？因为那时候你还不是我女朋友啊。”

那段时间，我结束了复习班的功课，准备报一个英语班系统地学习英语。费迦南却觉得我是多此一举，花钱请别人还不如求助身边这个港大肄业的“高才”。魏复西生日那天，我厚着脸皮跟辉仔要回了那块浪琴表，然后附上一封长长的信寄往纽约。

转身的那一刻，我以为我的初恋就这样仓皇而圆满地画上了句号。

可命运就是喜欢以作弄人为乐。

1995年5月8日，香港本地电视台全是邓丽君在泰国清迈去世的消息。最早听她的歌是通过二婶婶的留声机，她经常一边哼着歌，一边在厨房忙活。谁知如今美人却突然离去，从此香消玉殒。那天是费迦南从澳门出差回来的日子，辉仔撺掇我一起去中环码头。

美珍姐雇的男服务生依旧毛手毛脚的，出门前，他哭丧着脸把我拉进费迦南的休息室，抽屉里那沓厚厚的信被咖啡打湿了。金色薄光从落地窗透进屋里，就像一面能还原一切真相的明镜。

未曾想过会有一天，在不知不觉中，我竟然也扮演了一回狗血港剧的女主角。

那天我没有如约去接费迦南，他在码头等了很久，等到我把所有信一封封烘干，又一封封念完，他才迈进“玫瑰岁月”的大门。我红着眼睛盯着满脸错愕的他，甚至期望他能为自己说一句辩解的话。

可是他没有。

那天香港街头传唱着邓丽君曾经脍炙人口的那些歌曲，我把信统统砸到费迦南的脸上后就跑了出去。最后我与皇后大道中街为邓丽君举行追悼活动的歌迷一起，蹲在角落里哭得仿佛被全世界抛弃。

6

魏复西从未放弃与我联系。

他寄到“玫瑰岁月”的那些信，其实都被费迦南扣下了。

魏复西以为我忘了他，我以为魏复西忘了我，假如不是新来的男服务生的失误，也许我会被费迦南制造的假象蒙在鼓里一辈子。

离开“玫瑰岁月”后，我消沉了好几个月，那段时间我几乎把香港岛走了个遍。

这个曾经令我感到过一丝归属感的大都市，转眼间又穿上了它光怪陆离的华袍。我想过写信将这一切真相告诉魏复西，但站在太平山俯瞰那灯火辉煌的夜，我又打消了这个念头。

我在香港的第三份工作，是在庙街一户单亲家庭辅导小孩的作业，晚上也帮女主人摆地摊卖盗版影碟。1995年的香港仍然充斥着很多不安定的因素，那也是我在香港过得最为窘迫的时期。

先前在太古城相中的富士相机已经被人买走，我只好买了一台二手徕卡，但价格还是贵得要命。

我穿夜市上三十五块钱淘的盗版李维斯，涂十块一支的廉价口红，和影院海报上的钟楚红拍了一张合影，连带上一笔钱寄回内地。二婶婶回信说挂念我时，我正犹豫要不要花三天的饭钱进电影院看陈可辛新上映的片子。

1996年12月2日，我看了张曼玉和黎明演的电影《甜蜜蜜》。

李翘与黎小军阴差阳错的爱情并没有很打动我，反倒是故事尾声——李翘跟着豹哥来到美国过上了平静的生活，她去洗衣房取衣服，豹哥坐在街角抽烟等她，短短几分钟时间，昔日的江湖老大便倒在了血泊中。医院里，李翘平静地让医生将死者的尸体翻过来，银幕上出现熟悉的米老鼠文身，那是豹哥曾经为了哄她开心文上去的。张曼玉失声痛哭的那一刻，我的眼泪也终于决堤了。

最傻的那个人，才是爱情里陷得最深的那一个。

就像我，就像费迦南。

那晚我没有再躲跟了我好几天的辉仔，电影散场后，他开车载我去了文华东方酒店。下车前，他叹了口气，却什么也没说。我在一群衣冠楚楚的人中看见了费迦南。他醉了仍强撑着，我悄悄靠近他，握住他冰凉的手。他嫌恶地甩开，转过头看清是我，慢慢地，脸上浮现出得逞后的天真笑容。

在计程车上，他眉目倦怠地靠在我的颈窝熟睡，望着他紧紧握住我的手，白皙的手背上布满输液留下的青青紫紫的针眼，那时我以为自己明白了辉仔那声叹息的含义。

后来我将所有行李都搬来了九龙，鸠占鹊巢。

病得太久，费迦南对药物的气味非常反感，我只好使出浑身解数哄着他吃下去。我见过他心悸发作的样子，那种痛彻心扉的折磨也反过来加注到我身上，像一把刀在凌迟着。

我试着一点一点改变他的心境——房间厚重的窗帘换成了白色棉布纱，干干净净的墙面贴上了我喜欢的电影的海报，阳台上也摆满了我从隔壁阿嬷院子里刨回来的鸡蛋花和姜花。

下午我赤着脚踩在地板上拖地的时候，他就坐在沙发上安静地看书，兴致好时也会一起去菜市场买菜，为了一两块钱的差价和老板娘纠缠不休。

可惜尽管我绞尽脑汁，每日换不同的菜式轮番做，往往他只吃几口便会放下筷子。

那是香港1996年的年末，他和辉仔时常愁眉不展。有时深夜起来喝水，我能看见他靠在沙发上吸烟。迷蒙的白色烟雾模糊了他的面目，我突然感到一阵莫名的惶然。

之后很久，我沿着回忆的长廊再度走过这一段，我曾经万分珍惜的安宁岁月，原来只是暴风雨肆虐前的宁静。

7

1997年，亚洲金融危机爆发。顷刻间，香港股民大肆抛售港币和股票。为了能在回归前赶上移民加拿大的末班车，美珍姐带着一家老小在皇后大道汇丰总行大厦门口坐了三天两夜。

“玫瑰岁月”的三家分店倒闭了两间，费迦南忙得焦头烂额，背着我抽烟的次数越来越频繁。因为美珍姐的离开，我又重新回到餐厅，除了尽心服务好每一位踏进店门用餐的顾客外,其他的我什么忙都帮不上。

那段时间也是香港电影业由盛转衰的开始。杜琪峰引领的“银河映像”以飓风之势注入当时状态低迷的香港影坛，掀起了一股持续了二十年之久的黑色潮流。神情愁苦的行人步履匆匆，嘉禾旗下的影院撤掉了所有文艺片的海报，娱记追着那时一直拍不出好片的尔冬升导演从我身边呼啸而过，印着四十六岁Leslie的传单被踩得面目全非，我心中的香港开始一点点逝去。

为了留住餐厅,费迦南不得不与那些自诩高洁雅士的阔佬虚与委蛇。

我比谁都明白“玫瑰岁月”对他来说意义何在，那是他母亲的心血，更是他倾其所有也要守护的珍宝。所以那次在港景街的St Betty撞见他和某名媛共进烛光晚餐时，我的心情居然平静得犹如冬日的维多利亚港。

港人说得好，时间不应该浪费在无用的事情上。对啊，人人自危的特殊时期，哪有闲情容我去想那么多?

白日辛苦地工作，煮一大桌美味佳肴才够犒赏自己。费迦南的衣服比人还娇贵，我蹲在露台的大木盆前洗得小心再小心，肥皂水溅得满地都是。等费迦南带着一身的疲惫和酒气回来，我躺在客厅的沙发上假寐。借着月光，他拂开我脸上凌乱的发丝，仔仔细细端详我的脸。半晌后，他抱起我回到卧室，然后轻声关上了门。

我仿佛能看见他独自坐在桌边尝那些已经冷掉的饭菜，晶莹的泪水从眼眶滑落。我咬着唇不发出一点声音，可眼泪却怎么都止不住。

蓝黑色的乌云遮挡住明月，我看到了我和费迦南的过去和未来。

1996年11月20日，香港灰蒙蒙的天空又覆上一片厚重的阴霾。九龙嘉利大厦发生五级火灾，四十一人罹难，八十多人受伤。1994年《东邪西毒》上映我没能去看，后来想想也许是老天赐我的福佑，可我当时却没能参透。

火灾发生前，我在大厦十五楼的怀旧影苑重温那部戈达尔式的闷片。浓烟如蛇般幽幽地蹿入放映厅，电线“噼噼啪啪”闪着火花砸落下来，失控的人群纷纷拥向幽暗狭窄的通道。我和一名圣若瑟英文中学的女学生沿着楼梯爬到九楼——火光漫天，那是通往轮回的烈焰之门。

我来不及拉住那个学生，她已经破窗跳了下去。烧断的梁柱砸中我的脸，我强忍着肌肤的剧痛一遍遍拨打那个倒背如流的电话号码，持续的忙音将我拖入地狱的深渊。

我绝望地闭上了眼睛。

那场火灾引起轩然大波，我获救后，躺在伊利沙伯医院里看着电视上滚动播放的香港总督的致歉视频以及此次事件的相关报道。

人生有时候就是那么残酷，明明是劫后余生，心里的劫难却逃不掉，而且是那种无法转圜的致命重创。

电视画面中，记者激动地采访冲进火场勇救某名媛的英俊男子，那两张狼狈却难掩漂亮的面孔，正是我在St Betty外见到的。

至尊宝没有和紫霞仙子终成眷属，我的盖世英雄也没能在我窒息绝望时踩着七彩祥云出现。因为在他们心中，都有更重要的珍宝要去守护。

8

1997年的那场金融危机，中央政府拯救了香港。

费迦南也如愿保住了“玫瑰岁月”。

餐厅重新开业的前夜，我接到从内地打来的电话，素来威严的二叔在电话里泣不成声——二婶婶被查出了肺癌晚期。

那晚我独自静坐了很久，而后回房静静地收拾行李。费迦南将一个很特别的戒指盒放在我的手边，轻声说了句“对不起”。我低着头，眼泪溢满眼眶。

后来我回去上海送走了二婶婶，就启程踏上那片曾经让无数人趋之若鹜的美国金沙滩。那个戒指盒被我塞在包里一直不曾打开过，即使很多次想起，我也没有打开它。

我在纽约一家肮脏的中餐馆找到了魏复西，油腻市侩的男子，和我记忆中干净清秀的少年判若两人。他没有如愿找到体面的工作，过上富足的生活，也没跟“英语角”女孩走到最后，而是和餐馆老板娘的女儿结了婚生了子。

年轻时的我们为了信仰义无反顾，最后又狼狈地臣服于残酷的命运。欧阳锋说得不到的东西永远是最好的，那是因为没有几个人能承受得住失去后的痛。

1997年7月1日，香港回归祖国。

回上海前，我带着那个戒指盒来到唐人街的典当行。

盒子里放着的戒指是由四颗红豆穿成的，底下塞着一张纸。字条上写：当我无法安慰你，或你不再关怀我，请千万记住，在我们菲薄的流年，曾有十二只白鹭鸶飞过秋天的湖泊。

那是那年我们走在铜锣湾充满樟树和柠檬清冽香气的街上时，我兴起念了一遍的句子，他一字不差地记了下来。

老板的小电视机里在转播交接仪式，查尔斯王子致辞完毕，鲜艳的五星红旗冉冉升起。那是一个时代的结束，也是一个时代的开始。

而我的爱情也终将掩埋于那段流金年华之下，止于唇齿，掩于岁月。

望向纽约被高楼大厦分割成四角的天空，我突然无比怀念1994年的香港的深秋。可那些往事啊，大概会随着那群南飞的大雁穿过胭脂色的远空，渐渐褪去，了无痕迹。

佳音永年

文/白玉京在马上

人生就是，许多事，你不知，我不知，
你不说破，我不说破，
便跌跌撞撞地在黑夜里错失了。

1

费佳音初来香港那年，保利唱片公司已经推出了傅咏珊，一出道就红遍港岛，横扫各大颁奖典礼。电视机里翻来覆去放着这个女子的歌，明快又悦耳。她窝在家中，不甚熟练地跟唱那些发音陌生的歌曲。

外头是父亲出门的声响，很快，周遭又再次安静下来。

那是跨进千禧年的头一年，父亲因为工作变动，离开北京，她便也跟着离开故土，来到陌生的都市，笨拙地练习粤语发音，从“早晨”到“食咗饭未”，牙牙学语一般。

起初她转学到一所国际高中，孩子们活泼得过分，她独自走出教室，面对带着善意前来搭讪的白皮肤男孩也只是讷讷不语。

费佳音局促地拽着自己的书包带，走神地想：我讲普通话、英文还是白话呢？可是白话怎么说来着？

这么一个思考的工夫，那男孩已经被好友招呼走去打球了，留她一个人窘迫地站在原地，还没想好要怎样回应他的一声问好。

糗死了。她想。

头一个月，她都感觉自己像是在梦里一样，放了学往家走，乘上巴士，也是头重脚轻，不知道在想什么。后来学校老师找到父亲，善意地提醒，令嫒是否心理或精神上有些不适？这样下去还是建议休息一段时间为好。

父亲听了校方的建议，哪里还敢怠慢，立刻给她办了休学。

定居香港多年的姑姑生怕她闷坏了，换着法子给她找事做，没事便载她出去兜风。

有一日，车上放了傅咏珊的歌，费佳音忍不住跟着哼起来，曲调婉转，将傅咏珊的唱腔学了个八分像。姑姑冷不丁冒出一句话来："佳音，你要不要去唱歌呢？"

唱歌？哪里那么容易？她连想都没想过。

姑姑人面广，做事雷厉风行，没过几天就找上门来接她走。

她才刚洗完澡，穿着黑色运动裤，上身是洗到发白的旧T恤，头发都没干，湿漉漉地落在脖颈里，扒在门边问："去哪儿？"

她才问了三个字，就不由分说地被拽着走。

"带你去见一个人。"姑姑神秘兮兮地说，"我保证你一定会喜欢的。"

那时是初春，阳光和煦，透过车窗温柔地晒在发顶。她的头发很厚，半晌不干，她也不介意，就这么一路被载到目的地。

等下了车，费佳音一眼就认出保利的标志，那在当时是香港最大的唱片公司。她倏地慌了手脚，迟迟不肯迈步进去："我们来这里干吗？"

姑姑一副理所当然的样子："今天只是介绍个朋友给你认识，紧张什么？放轻松啦佳音！"

直到很多年后，费佳音都觉得人与人之间的联系很奇妙。

她不过无意中哼唱了一首歌，又哪会料想被姑姑听在耳里放在心上，牵扯出那些以后来。

她所有的以后里，都有文致珩。

而文致珩的以后，却从未将她考虑在内。

2

费佳音几乎是被生拉硬拽到了一个房间门口，姑姑紧紧攥着她的手腕，生怕她临阵脱逃。

她满心抗拒，又哪里知道，以姑姑这等长袖善舞、结交八方的人脉，要见这个人，只怕也不那么简单。

姑姑谨慎地敲了三下门，随后便听到里头传来一声沉冷的回应，是用白话讲的请进。

“入嚟。”

她想，这人的声音真抓耳，像是黑胶唱片里刻录的音色，很有磁性，又很优雅。

门推开来，入眼是昏暗的光线，能够模糊辨认出这是一间录音室。坐在椅子上的男人站起身来，渐渐从那朦胧不清的暗影里显出了轮廓。

这是她初次见文致珩。第一印象却是，好高。

他走过来，站在她与姑姑面前，几乎比她们高出一个半头。她其实也不矮，虽只有十五六岁年纪，身量已成，一米六几的个头，算是极高了，却还要仰面望他，才能望进他的眼底去。

她不知天高地厚地上下打量眼前这个男人，从半长的乱发到耳上的耳洞，从高挺的鼻梁到瘦削的下巴，从修长的眉梢到斜飞的眼角……她的视线太肆无忌惮，文致珩地位尊崇，这些年来都没有人敢这样冒犯地看他，倒是被盯得不快起来。

指间夹了雪茄没抽，文致珩淡淡退开一步，将人让进来。

“我的时间有限。”他说。

他是真的时间有限。姑姑隔山越海找了好几个人，才搭上文致珩这一头，央他挤出半天时间来。

而那日费佳音进了录音室，才唱了两句，就被叫停了。

她无措地摘下耳机，隔着透明的玻璃，看到文致珩站起来，容色冷峻，低垂眉眼，按下通话的按钮，轻描淡写道：“小姐，我想我并不想看阿珊的模仿秀。”

就这么一句话，成了今天这场会面的收尾。

回去的路上，姑姑一路念叨，那文致珩眼神不好，耳朵不行，总有一天要吃大亏，我们费佳音是金子总会发光，明珠不会蒙尘……

而费佳音听到末了，心心念念也只是那一句。

她问姑姑：“我唱得……有那么像傅咏珊吗？”

姑姑心说，像，怎么不像？只是傅咏珊毕竟成名已久，字节间的熟稔是她无论如何都学不来的。可她胜在青春年少，嗓音空灵纯粹，总能唱出一股执拗和天真来。

那日回家，她破天荒主动向父亲提了要求。

“爸爸。”唇齿如何配合来念出这两个字，似乎也有些生疏了，“我想唱歌，您帮我找个老师吧。”

声乐老师是行内颇有名望的音乐人，叫戴景林，早过了五十岁，头发已花白。

他听了费佳音唱歌，面露欣喜：“佳音，你的声音可以变化成很多样子，只要你愿意。”

她站在录音室，一遍遍回想那日，文致珩连余光都不曾将自己收入眼底的疏冷模样，只是垂睫，若有所思。或许是傲气，或许是伤了自尊想扳回一局，又或许只是她心眼小，偏将这件事耿耿于怀……可无论怎样，她只要不是傅咏珊的“模仿秀”就好。

3

费佳音拜在戴景林门下的第二年，戴景林就替她约了唱片公司。

那是香港观塘道的米其林老店，餐点琳琅满目上了一桌子。她陪坐末席，筷子戳在面前一盘冰烧三层肉上，听戴景林同老友把盏言欢，最后定了她的身价，说要签她进公司。

“戴老师，您的学生，绝对错不了。佳音是棵好苗子。”

是了。听说在她之前有几位出师的师兄师姐，也都成了行内的中流砥柱。

几步外忽然有沉冷的声音响起。

“戴老师？”

她仰面，看见他走过来。

这是她第二次见文致珩，却仿佛仍是初见。他瘦削的颊侧、深邃的眼，以及棒球帽帽檐落在眉上的暗影，都那么新鲜，和报纸上、电视上的他都不一样。

在她眼里，他总是不太一样。

文致珩朝戴景林伸手欲握，却并没有得到回应。戴景林甚至从鼻子里哼出一声来，似乎不是很想看到他。

“文先生，您何必……”文致珩身后跟来的人深感不忿，“这声‘老师’您好意思出口，他好意思应吗？”

文致珩淡淡回眸，制止了那人接下来的话，若无其事地将手垂落，丝毫不觉得窘迫。

戴景林抬腕喝下半杯酒，对老友说：“我们回头再约。”他站起身，对费佳音道：“丫头，走吧。”

一行人结账离开，将文致珩就那么丢在原地，从头到尾没搭腔半句。

临上车时，她回头看了一眼。喧闹的店里，文致珩已经落座，偏头和店员点单。

“丫头，你知道那是谁？”戴景林在车上问她。

费佳音点点头：“保利的音乐总监，捧红了傅咏珊。”

“哼！总监？”戴景林不屑道，“还不是从我门下出来的叛徒？当年同我闹解约，闹得全香港的人都知道他忘恩负义，现在竟像个没事人一样。要不是傅咏珊红了，哪容得他跑到我面前来耀武扬威？”

他会不会只是想同您打个招呼呢？这话她却没问出口。她侧头觑着老师的脸色，知道这话绝不是他想听的。

她没吭声。

戴景林又道：“丫头，这公司是我和业内老友合作的，你签进来，我绝不会亏待你，合同都已经备好了。”他说着，将合同文件交给她。

“这两天你就写好了来找我，别辜负了老师的一片心意。全港城，你可再找不到老师这样实心实意对你的人了。”

她应了声“是”，这工夫，手机却“嗡嗡”响了两声。她打开看短信，是来自一个陌生号码，然后她又把手机合上了。

“怎么了？”戴景林闻声看过来。

车子还在行进，她若无其事地一笑：“没什么，老师，是我爸爸催我回家。”

到了家门口，她又遇见了文致珩。

住宅楼前是一条渐渐陡起来的坡道。她就是在坡道上的小区门口瞧见了他。他穿一身宽松的连帽卫衣，似是怕被狗仔跟，口罩遮掩住半张脸，手插着兜，背对着她站在那里。她屏住呼吸走过去，拿手指去戳他的肩膀。他似有应激反应一般，猛地抓住她的手腕，转过身来，见到她脸色惨白呼痛的同时，怔然松了手。

“抱歉，”他说，“我以为是狗仔。”

她放下手来，开门见山地问：“那条短信是什么意思？”

“字面意思。”他摘下口罩，吐字清楚又疏冷。

你来保利，我签你。文致珩。

她手里还攥着戴景林给她的合约，耳边那些苦口婆心的劝说，有一瞬间成了划破骨膜的鸣响。“嗡——嗡——”

她一时分不清眼前的人是梦是真，那短信又是梦是真。她想说，文致珩，你以为你是谁，明明是你说不要我，明明是你不把我放在眼里，现在却因为不想让你老师得逞，跑过来说要签我，你以为我不知道你这人有多么忘恩负义……

可神差鬼使，她脱口就说了四个字——“我答应你。”

要不是他的眼神那样冷淡，她几乎以为自己稀里糊涂回答的问题是：你愿意嫁给我吗？

但……又怎么可能呢？

4

费佳音正式签进保利那年，戴景林大骂了她一顿，声称断绝师徒关系。傅咏珊拿了当年十大劲歌金曲奖的最受欢迎女歌手奖，坐稳“天后”之位，文致珩也开始着手培养新人。

可他培养的人却不是她。她进公司先是做录音助理，后来又被文致珩叫去录demo（样本唱片）。他的原话是：“你的声音同阿珊像，正好给阿珊录demo。”

连公司的作曲家都说她的声音几乎可以以假乱真了。

她想，这到底是夸奖还是讽刺呢？

唱得再怎么好，她也只是那个“假”而已吧。她找过文致珩一次，争辩过自己有千百种唱腔，她可以完全和傅咏珊是两种风格。那天她发了很大的脾气，公司里的人都被吓着了，没人知道这个平时不多话，看起来言听计从的小丫头会对着总监那么高声地讲话。文致珩的脾气不小，在行内是出了名的不可冒犯，大家都觉得这丫头肯定完了，屏息偷听文致珩会有怎样的雷霆之怒。

总监办公室的门被她推开后，没关严，声音很容易传出来。

人们等了半天也没等到文致珩发火，却只听到低低的如安抚般的一句话——

“你将白话练好，我就给你发片。”

费佳音哑了，半晌说不出一个字来。直到文致珩叹了口气，打算结束这场单方面的争吵。

他淡淡地说：“出去录demo吧。”

过了一会儿，大家就瞧见费佳音从办公室里退出来，乖乖去录demo。

一场战争，连硝烟都没起，轻描淡写便熄了火。而费佳音进了录音室，抬起手背抹了一把脸，眼角也不知是汗是泪，又接着唱起来。

费佳音觉得白话真是世上最难的语言。明明是同种同源，发音却差了十万八千里。她在学校里闹了一个又一个笑话，后来干脆只说英文。可到了保利，文致珩却只准她说白话。

她唱的demo总是发音不准，被他一个字一个字纠正，在录音室里一耗就是一天。

有一次傅咏珊的助理推门提醒说：“文先生，阿珊约定了这个时间要来录音的。”

文致珩终于点头，特赦她离开那间快要把她闷死的录音棚。她大汗淋漓走出来的时候，傅咏珊刚巧推门而入。那是她第一次见到傅咏珊本人，脸比电视上小，人比电视上瘦，也比电视上漂亮。

文致珩亲昵地和傅咏珊拥抱，毫不避嫌。

傅咏珊问他："这就是给我唱demo的那个费佳音吗？"

文致珩瞥了她一眼，漫不经心道："是她。"

傅咏珊笑起来，鬓发凌乱地落在耳前，被文致珩瞧见，又替她掖回耳后去，似不经意。没有个十年八年，养不成这样的熟稔自然。

"快过来，佳音。"傅咏珊招呼她靠近，抬手虚虚去抓她的脖子，"这可得灭口。"她开玩笑道："要是她哪天出道了，杂志非编出一套故事来。题目我都想好了——《傅咏珊假唱多年，费佳音是幕后枪手》，到时候我怎么洗白？"

文致珩失笑："就你脑筋转得快。"

两人又你来我往说了几句话，费佳音却只是呆呆地在旁边看着，像失了魂一样。如果没记错的话……

她攥紧拳头，指甲在掌心抠出深深的痕迹，却不觉得痛。

这还是这么久以来，她头一次看见文致珩笑。

温柔若斯。

5

费佳音十八岁生日那天，文致珩送了她礼物。

一首他亲自制作的新歌。

那时她的demo已唱得再无北方话腔调，白话的咬字发音都炉火纯青。文致珩把还在棚里录demo的她叫到办公室，说："佳音，我们发片。"

他说到做到。

费佳音的同名专辑一经推出即火，她的原声本来像极了傅咏珊，但因独特的个人风格和清丽的唱腔，全然没有傅咏珊的影子，反而成为当年香港独树一帜的女歌手。

专辑突破白金销量那日，公司通稿刚一发出，便引起各大媒体争相报道。她参与了公司为她开的庆功宴，傅咏珊在外拍戏，不能过来，却特意打来电话道喜。

“佳音，你放心了吧？我也不用急着灭口，反正杂志是不会编我假唱的故事了。”

她还是那大大咧咧的笑声，清朗又可爱。

她身处觥筹交错之中，忽地有些醺然，脱口唤她阿珊——她是从不敢像文致珩那样唤她阿珊的。

“你喜欢文先生吗？”

那头静默良久。她疑心傅咏珊早挂断了，将电话略略放远了些去看屏幕，却见仍在通话中。她忽地心疼了一下。

“致珩很好。”傅咏珊平静地说，“他太好了，所以，我不喜欢他，是我不好。”

这个故事被港媒前前后后跟踪了近十年，这是费佳音第一次对当事人提起，也是第一次听到当事人回应。

文致珩捧红了傅咏珊，写了无数名曲，听众根本不必去误会，也能从词曲里听出无尽的情深来。

多好，他光明正大地爱她，直到她结了婚，他仍旧光明正大地恪守在挚友的界限上，不曾逾越半分。

只是那曲子总是凄美，总是无奈。

文致珩在词里写“你珊珊，我来迟”，写“为何我总跟你一步跟不完此生”，写“回想半夜与你吹水闲话天明”……

她每每听来，都要揪着脏腑。那他写的时候，该是怎样断了肝肠？

那夜是她的庆功之夜，她成了年，便顺理成章要喝到烂醉，恭贺的敬酒来者不拒。若无人来敬，她还会自斟自饮，从拉菲到人头马，从香槟到威士忌，喝到吐便去吐了再回来喝……没完没了。

她从盥洗室漱完口出来，便被人狠狠地抓住手，问道："费佳音，你是不打算要这副嗓子了吗？"

这副嗓子。她想，他在意的大概也只有这副嗓子了。

她拼着同老师恩断义绝的名声，不要那大好前程，一无所知地来到他这里，打了半年杂，唱了一年demo，好容易央他得到发片的机会，这样红了，享受还来不及，要在意什么嗓子？

"你当真在意我怎么样吗？我知道你那时是怎么想的，文致珩。你是怕戴景林签了我，推出一个'傅咏珊第二'来罢了，你才是伪君子……"

她嘟嘟囔囔一股脑地对他抱怨，却看不到他的脸色越来越差。她的下巴蓦地被他狠狠扣住，扳起来强迫她看着自己。

"你也不掂量清楚自己当时的斤两，费佳音。"他冷冷地望进她眼里，一字一字，"你算什么东西，也敢自称是'傅咏珊第二'？"

其实他从没朝她发过火。不管制作专辑的过程中她多少次录制状态不好，拖得他也整夜没得睡，他都没有说过一句重话。唯独这次，他这样骂她，劈头盖脸，不留情面。

她浑身打了个寒战，酒立刻就醒了，双手还扒在他的手肘上，就那么傻傻地睁圆了眼睛看着他。

"文先生。"她只惊慌地吐出这三个字，就见他收回手臂，嫌恶似的拍了拍被她抓皱的衬衫袖口，转身离开。他拍打被她碰过的袖口时发出"吧嗒吧嗒"的声响，原是被掩盖在繁华的笑语声里，听得不甚分明，却又像是钻进她的耳朵里，再回环在心上。

"吧嗒——吧嗒——"

把她心上的城池，随手几下，就拍了个稀巴烂。

6

费佳音向公司提出请求，不再让文致珩做她的制作人。这个请求越过了音乐总监，直接传达到上头，周围人都觉出有哪里不对劲。

大概是，文致珩同费佳音闹了不愉快吧。

可是能有什么不愉快呢？任他众说纷纭，文致珩和费佳音都没有出面回应过只言片语。

保利的知名制作人不在少数，若是歌手有意外聘熟识的人，只要合作高效融洽，也不是不可以的事情。她的第二张专辑，便是与香港最当红的唱作人唐生合作的。

几人在公司也曾狭路相逢过。

文致珩是知道唐生的。他站在录音室门口，看见费佳音和年龄相仿的制作人谈笑。女孩笑容明媚，待回头瞧见他，又笑容尽失，面上说不清是窘迫，或是畏惧。

他想，大概是那日我话说重了。原是见她刚刚走红就如此胡来，想泼她一盆冷水，让她清醒过来，戒骄戒躁，才好继续走下去。这一行，昙花一现的太多，她要是不沉下心来，难免也会成为一闪而过的流星。可她毕竟年纪小，哪里懂得他的这番苦心？知道她要换制作人，他虽难受了一阵子，但很快也就释然了。大概是她……早就怕了他、烦了他。毕竟年龄相差近十岁，她平日难免束手束脚，也的确不便。

唐生不错。他打量那男孩一番，上前去握了手，言语恳切道："阿音才出道不久，还不懂事，她的第二张专辑，请多多费心。"

待他嘱托完了，放心离开后，唐生才皱着眉，回头和费佳音说："你总说文先生讨厌你、不喜欢你，我看他对你蛮上心的啊。"

她在原地兀自出神，黯然道：“怎么可能呢？”

五个月后，费佳音发了第二张专辑，反响不错。就在这个当口，戴景林出事了。

他签了几年的一个弟子将他告上法院，要求解约。这是继文致珩之后，第二件闹到这样大的师徒解约案了。

当年文致珩提解约，只凭官司就了结了，没人知道个中详情。只有戴景林同港媒没完没了地哭诉抱怨，文致珩是多么忘恩负义。文致珩也因此名声一落千丈，再不能做歌手，退出歌坛足有三年。三年后，他以制作人的身份复出，因为打造了傅咏珊一炮而红。

而如今这件案子却不比当年。

戴景林这位弟子，将所有合约都公开来，里面的条款简直是单方面的压榨。更有很多隐藏陷阱，是艺人避之唯恐不及的。若照着这份合约来，这个弟子只要是在娱乐圈有收益，就要终身分利百分之三十给恩师戴景林。

舆论因此哗然，终于将文致珩当年的冤屈一并翻了出来。而文致珩自此不在公众面前露面，也不回应半句。他甚至鲜少出现在公司里。

时隔半年，费佳音终于主动给文致珩拨去电话，问他：“你当年签我，就是因为这样吗？”

他怕她被师徒情谊的高帽子扣住，被戴景林勒索一生，可是身为过来人又不便解释，干脆用最直截了当的方法，出面签下她。是这样吗？

她等了又等，电话那头的人才终于有了动静。他没答，却唤她：“阿珊。”

她浑身冰冷地站了半晌，手比意识快一步，已万念俱灰地先行挂断了电话。听到四下俱静，她才迟迟意识到，他或许是醉了。否则他又怎会分不清她这个冒牌货和正品之间的差别呢？

她却不知电话那头，傅咏珊正恶作剧般地凑过去要偷听，被他制止唤了一声名字。

可人生就是，许多事，你不知，我不知，你不说破，我不说破，便跌跌撞撞地在黑夜里错失了。

7

费佳音二十岁那年，终于在劲歌金曲的颁奖典礼上和傅咏珊并肩而立。她的两首歌都入了围，风头甚至盖过了傅咏珊。她还称不上“天后”，却已有冉冉升起的势头。许多公司都瞄准了她，将签约价翻了十倍、二十倍，只要她肯跳槽。

费佳音的身价一路水涨船高，自然惊动了保利。公司怕出什么意外，让文致珩去找费佳音谈一谈。文致珩只说好，当天晚上便约她出来吃饭。

那是空中花园一般的餐厅，举目便将整个港岛的夜景尽收眼底。万家灯火，浮光璀璨，奢侈得不像是真的。她坐在他对面，看他绅士地替她切好牛排，朝她漫不经心地望过来，那样俊雅，也一样不像是真的。

算上第一面，她认识他有五年了，这却是头一次，他私下里约她出来吃饭。

他如师长，如兄父，此刻却只是文致珩。明知他心里珍存的是怎样一个不可撼动的存在，她还是不由自主地生出一点妄念，怔怔然地望他，只想在他纹丝不动的面容上寻找到一星半点动摇的痕迹。

可他只是用对她从未有过的温和语气问她：“阿音，你想过离开保利吗？”

原来是为了这个。她绝望惯了，反倒镇定起来，开始吃东西，开诚布公地说：“我想过，文先生也知道，他们将我的身价炒得相当惊人。”

他说：“我知道。”

“那……”她直截了当地问，“你要留我吗？”

文致珩微微怔了一下，随即抬眼望她：“雏鸟长大了便是要飞的，我留得住吗？”

她猝不及防红了眼眶，只觉有什么哽住喉咙，连呼吸亦是如此艰难。是了。她是他的雏鸟，怕她被坑了、骗了，才将她收入羽翼，又一路护着、教着，连这一口白话，每个字音、每个词尾，都与他说话的习惯如出一辙——因为是他亲口一字一字纠正过来的。他们在录音室共度无数个朝夕，照旁人的玩笑话来说，要是一不小心熬到猝死，这就是过命的交情——你看，他和她，是险些生死与共过的。

所以事到如今，她都开不了口说一句：文生，外头签约金炒得再高，都不抵你将你自己给我。只怕开了口，她会连他都见不到了。

那天临分手时，他只说，签给百代吧，可以拓宽市场到你的家乡去，毕竟保利没那个能力。她再也没忍住，在他面前噼里啪啦落下泪来，哭得像个耍赖的孩童一般。

他揉了揉她的额发，明明是第一次这样亲昵地触碰，她却觉得这样熟悉。疑心是他来她梦里时，已经做过无数次。

8

费佳音签约百代唱片公司，红遍两岸三地，只用了四年时间。傅咏珊打趣她，这回港媒再写，怕是要写我是你的枪手了吧？

那年傅咏珊因为怀孕暂退歌坛，之后顺利诞下一女。百日宴时，费佳音抽空到场，却没见到文致珩。四顾之下，傅咏珊也看出她是在找谁，说道：“致珩忙着在北京开公司，合伙人总是找他聊事情，没空回来。”看到她神色黯然，傅咏珊又说，“但他寄了礼物过来，我带你去看看，你肯定会喜欢。”

傅咏珊扯着费佳音的手，带她去家里的音像间，喋喋不休道：“我上回听说他从美国弄回来一个蓝牙音箱，又轻便又智能，就一直问他要。这回他问我要给孩子买什么，我有私心，让他不必给孩子买东西，只要把那个音箱送我即可。”

“他被我磨得没办法，就答应了。”傅咏珊向她展示那小小的蓝牙音箱，皱着眉要操作连接播放器。

她看着傅咏珊被文致珩纵容的快乐模样，心头莫名又酸又涩，又仿佛有股无名火。她也不知是在替谁生气，只知道自己很难过，难过得像是心脏要裂开。终于，她没头没脑地脱口质问：“他等了这么多年，你还心安理得眼睁睁看着他等下去，傻下去？傅咏珊——你凭什么？”

傅咏珊被她问得愣住，半晌没开口。过了好一会儿，她才缓缓坐到一旁的沙发上。

“嘀”的一声，蓝牙音箱终于是连上了。

“我认识他的时候，他特别苦。”傅咏珊低声说道，“他初入行的时候，稀里糊涂签给了戴景林，即便出道走红，也还是没自己的积蓄。那年他父亲重病，他倾家荡产，四处借钱，最后求到戴景林头上，只求能伸手帮个忙，可戴景林并没当回事。隔天他在港报上看到，戴景林斥巨资在浅水湾买了第三套房子，用的是他辛苦赚来的血汗钱。他这才终于死心，决定要和自己的老师打官司。官司了了，他被骂到退出歌坛，父亲也没能救回来，那年他也才二十岁。”

“那时候我也就是保利一个唱demo的，大家最早都是朋友，眼看着他这样，便搭了把手，介绍他到公司里来。最难的时候，我和他夜里喝着酒，在街头痛哭。难过的事情太多了，真的太多了。”

傅咏珊抬头看她的时候，已是泪流满面。

“那时候我就想，活着怎么这么难啊。”

“他年轻的时候向我表白，一次，再一次。后来他有所成就了，又对我说，阿珊，我想照顾你。可我知道，他想照顾的根本不是我，而是那时候无能为力的他自己。”傅咏珊说，“你怨我害他等了这么久，怨我结了婚都阴魂不散……可他始终不肯接受别人，不是因为我啊。是因为他对这个世上的人都失望透了，他再不相信还有像我一样能和他从苦里走过来的人了。”

蓝牙音箱里一直播着音乐，从抒情到摇滚，从甜美到悲伤，不知怎的突然播出了一段人声——“这首歌我要献给一个人，他是我的师长，我的兄父，我的挚友，也是……我的《最爱》。”

这是……她今年演唱会的原声。

她瞥到傅咏珊脸上的疑惑，意识到这并不是傅咏珊找来听的。是音箱原主人缓存在配套播放器上，忘了删去的文件。

等等，他会听她的每一场演唱会？

音乐响起——

“若你永远为这一缕爱，

为了爱过愿意不再改，

这生盼只有此梦，

一生只想得你爱，

……

情是这样细腻……”

还有最末，她用气声，呢喃般在话筒边说的那一句——

“估唔到你同我一样。”

你呢？文致珩？

费佳音想，你的心意，会和我一样吗？

9

文致珩的公司在北京成立那年，费佳音二十五岁，已经红得不能轻易上街。

饶是如此，她也还是去参加了他私人的庆祝酒会。酒席上她喝得微醺，听合伙人对她百般夸赞。不知谁提了一句："咱们回头要是能签下佳音这种腕儿，还怕不成事吗？"

费佳音持着冰凉的白酒杯，小小的一盏，握在掌心便包裹住了，凉意仿佛透掌入骨。

她状似不经意地接了话茬。

"犯不着回头。"她说，"我随时能加入，你们甭跟我客气。"

阔别家乡这么久，一口京腔仍说得嘎嘣脆。此话一出，举座皆静，还是文致珩操着一口不甚流利的普通话给她解围："她喝多了。"说着站起身，将她拽起来，"我送她回去。"

她不肯起来，只抬头看他："我没醉，我是说真的。"

他定定地看了她许久，说："别闹。"

这两人之间气氛诡异，一桌人都不敢说话了，空气像是被冻住了一般。费佳音不理他，把手里温热的白酒喝了，辛辣的滋味滚过嗓子眼，她才站起来，抬头逼视他深沉的眼。

"文致珩，我二十几岁走到了今时今日这个地位，你觉得我还有什么别的想要的吗？"

他只是望着她。

"我只想要你信我。"她哽住了，硬生生把哭腔咽回去，一字一字说道，"你不能爱我，至少得信我。"

信我不会背弃你，不会离开你，不会对你的苦难袖手旁观，不会伤害你。

“像当年信阿珊那样。”

你没能照顾到的那个从前的自己，从今天起，换我来照顾。

停了一下，她接着道：“除此之外，我再没有什么想要的了。”

10

“天后”费佳音解约老东家，签了名不见经传的一家唱片公司，震惊行内人。当知道文致珩是公司老总时，大家似乎又都摸到了些蛛丝马迹。

文致珩和费佳音携手在北京扎下根来，没有耗太长时间，毕竟她的地位早已不同往日，本身就已成了活招牌。他与她仿佛回到了多年前在保利时的相处模式，他仍是她的制作人，可这一次，却是她来教他讲普通话，从平舌音、翘舌音到儿化音，每个字眼，都像极了她的说话方式。那是她一字一字教他学会的。

文致珩三十五岁生日时，恰是费佳音全球巡回演唱会的安可场，回到北京来开。

演唱会结束时已经快到半夜，他和经纪人一同送她回去。他坐在后座，瞧见她困得歪歪斜斜，一个脑袋滚过来滚过去，最后滚到他的肩头，停靠住不动了。

他莫名便想起许多事情来。

多少年前他第一次见她，听到她模仿阿珊时的反感，后来偶然碰见戴景林要签她，心软出面，曲线救国地帮她。再后来，她是他的徒弟、他的助手、他的艺人、他的丫头，那种自然而然的亲近感，是没办法割舍的。

可他后来还是放她走了，用情谊绑着她，对她不公平。

她额发纷乱，他不由得伸出手去抚了一下，如同这些年来一样，她累倒在录音室的沙发上时，她倦极了趴在化妆台前时，她昏睡在会议室里时……

手指滑过她柔软的发，露出光洁的额头，手指不由自主地顺着那微凉的鼻梁滑落，虚虚点在她俏皮的鼻尖。

然后，她便睁开眼睛。

他缩回手指，深深地望进她的眼里，哄道："再睡一会儿，还有一段路。"

她却像傻了一般，愣怔地盯着他的指尖。

"原来不是梦。"

"什么？"

那些年，我曾以为的这些熟悉的亲昵，原来并不是梦。

她眼眶连着鼻尖都开始泛红，他皱了皱眉，颇有些无措："阿音？"

"致珩。"

他没注意到她偷偷换了称呼，只专注地等着她说下去。

"你还记得我十八岁那年，你送我的那首歌叫什么吗？"

"《佳音永年》。"他愿她能一路青云，佳音永年。

"生日快乐。"她靠在他肩头的脸微微抬起，猝不及防在他鬓边一吻，快得他未及躲避，甚至有点发蒙。

"我也祝你能够佳音永年。"

她想，何必再问呢？他总归是爱她的。

年少或是一见钟情，自此念念不忘。如今却早成了执子之手，于这艰难险阻的尘海畸零中相濡以沫。

他对这世上的人都失望透顶了，那就……从此只信她一个人吧。

她永远不会背弃他，不会离开他，不会对他的苦难袖手旁观，不会伤害他。

她费佳音，以自己的"天后"之位在此立誓。

往生记

如果我们焚烧，
把青春的烈焰抛掷到这干枯的森林中，
火焰燃到最大的那一刻，
一定是我遇见了你。

文/绿猫

旧梦如病

那晚我梦见他们。

那是昔年我们在南京的家，阮梦坐在窗边弹那台上了年纪的钢琴。一曲毕，她起身，唤来不知躲在何处的闵煜。闵煜还是少年模样，面孔青涩，抿着嘴唇微笑，像一棵浅绿色的树。他们并肩站着，忽然开口同我说话。

“信禾，再见了。”他们说。

他们是来同我道别的。

我一时间非常不舍，伸手去抓他们。他们却如雨雾一般，散去了。

醒来时我正在前往日本静冈县的旅途上，记忆像旧病般袭来，令我痛楚难当。

这年春天，闵煜的肝癌已经无法医治，全身的器官迅速地衰竭。他来接我，站在人来人往的月台上，仿佛一眨眼就会被人潮淹没。

他非常瘦，癌细胞扩散到他的全身，需时常忍受疼痛。凑近些便能嗅到他身上的药味，还有一种腐朽的、凋败的气息。他的身体正从内里糜烂。

我已有两年未见他。我不知道，再见他，会是在他一生将尽之时。

我一生的故事只属于两个人，而经年化为旧梦，那些鲜活的生命亦变成纸上的一笔淡墨。

生命的开端

闵煜与我相识于1998年炎热的南台湾。

在此之前，我是生活在中国西南端的纳西族女孩，他是长在宝岛最南端的台湾少年，如果不是因为阮梦，我们大概永远不会有机会相遇。

阮梦是我的监护人，是台北人。1998年春，她是正当红的女明星，前往云南进行慈善捐赠，来到我所在的孤儿院。

我遇到她时，因跟同学发生口角，被他们推进了池塘里，是她把我救了出来。她还帮我梳头。我有一头乱蓬蓬的自然卷，梳坏了她两柄木梳，她大叫：“你这是什么头发，钢筋水泥变的吗？”

一周后阮梦离开，可三个月后，她突然又出现在孤儿院。

她问我：“愿不愿意跟我走？”

阮梦与经纪公司解了约，决心彻底抛弃明星的身份。我问她为什么，她蹲下身平视我的眼睛，对我说：“人应秉承理想而活，不要一生懵懂过日。”

我似懂非懂地“哦”了一声，欢天喜地地跑去收拾东西。说来也怪，我与她相处不过一周，却已甘愿将未来交付于她的手中。

那年我十二岁，“阮信禾”这个名字，是阮梦在昆明的机场里为我取的。

那是1998年7月15日下午两点十五分，机场大厅的挂钟发出“嘀”的一声轻响。这个时间从此被镌刻进我的生命里——这是阮信禾人生的开端。

那时的我不知道，在遥远的南台湾，还有一个人，将要与我在这漫漫人生中相遇。

阮梦带我去她在屏东的一位旧友家。

因为事先没有通知，所以对方并不知道我们会来。她先进屋去打招呼，留我在院子里等候。

台湾的夏天非常热，我边用手掌扇风，边往旁边的一株泡桐树的树荫里靠。忽然之间树枝“哗啦”一动，有什么东西从上面垂下来落在我面前，我被吓得惊声尖叫。

那是个皮肤黝黑的男孩，双腿钩着树枝，倒挂在树上，两只手垂在空中，做张牙舞爪状。

他倒置的面孔离我这样近，两只眼睛如被洗过的黑曜石，映射出黄昏暧昧的光。他就这样看着我，然后恶作剧得逞般地大笑起来。

那个男孩就是闵煜，初次照面，便令我神魂飞散。

炎夏之都

阮梦决定在台湾停留一阵子，我们便暂住在闵煜家。

南台湾烈日炎炎，我热得生了痱子。阮梦便让闵煜带我去滑水。蔚蓝色的太平洋，一个海浪打过来，我一边跳脚一边尖叫，我不会游泳。他套了一个泳圈在我身上，把我按到浅水处。那个夏天，我在水里扑倒了他一百零七次，终于学会了游泳。

洗完澡后我的头发总是让阮梦感到头疼，因为如果不做别的处理，干掉后它就会自动蓬松，任你怎么梳都毫不驯服。

有一天，闵煜揣着一包东西跑回来，阮梦打开一看，是一包皂角。是闵煜跑到隔壁镇子摘来的，为此他被树上的蚊虫叮得满头是包。

他看着我笑，黑曜石一般的眼睛熠熠生辉。唉，日后我一定无法忘记这双眼睛。

夏天快过完的时候，闵煜带我爬上了附近最高的一栋楼的楼顶，我们趴在护栏上聊天。

我问闵煜："你说阮梦为什么不做明星了？"

他答："她做明星本也不是因为喜欢。"

"那是因为什么？"

"因为一个人，一个日本人。我妈说，那个人说要带阮姨去看富士山，可后来却食言了。后来阮姨再也看不见他，就想让他天天都能看见自己。"

我听得不是很明白，还想再问他，忽然天空中有飞机低低地飞过，硕大的影子掠过楼顶，他张开双臂跟着那个影子跑起来。

飞机掠过带起巨大的风，底下的少年仿佛也可以乘风而起。我不由得跟着他往前小跑了几步，那一刻，我真的很害怕他会飞走。在"呼呼"的风声中，闵煜转过头来，他脸上恣意的笑容比南台湾灼灼的烈日还要耀眼，身上的白衬衫被风吹得鼓起，在澄澈的天空下，仿佛一只展翅欲飞的白鸽。

许久后，我和闵煜仰躺在地上，望着云朵在澄蓝的天空中聚散又离合。闵煜把手枕在头下，突然说："阮信禾，我以后要做一名飞行员，我要冲上云霄。"

他的汗水在地上印出濡湿的痕迹，脸被热气蒸得微微发红。

"还有，我要是承诺了一个人，绝对不会食言。"

暑期结束后，我和阮梦离开了台湾。

临走时闵煜送了我一架纸飞机，他对我说："不如你长大以后嫁给我，我带你去开飞机。"

阮梦大笑。飞机起飞后，我忍不住趴在窗边低头去看。不知道下面有没有一个少年，站在楼顶上张开双手拥抱这飞机。

离开台湾后，阮梦带着我开始山南水北地游历。后来我们去过很多地方，却独独避开了日本。我方知阮梦心中有痛。

她一生渴望能登一次富士山，却因为身边没了那个人，从此再也到不了她心中的山顶。

第二年春末，我们决定定居南京。阮梦开了一家钢琴培训室，每天教小朋友们弹琴。

从台湾到南京，我们在命运中颠沛，可一路追寻的，不过是最简单的自由和快乐。

命运的疤痕

再见闵煜已是四年后。

十六岁的深冬，南京下了一场雪，所有热闹的、炙烈的都被冰雪掩盖。所以那年冬天，我见到的，是一个冰冷的少年。

入冬时阮梦接到台湾打来的电话，说闵煜一家惨遭车祸，闵父闵母因抢救无效而双双离世，闵煜受伤入院。阮梦赶赴台湾，与闵家亲友一起筹办后事。

闵煜的亲戚家条件并不好，一番争吵后，最后由阮梦出面，担起了抚养闵煜的责任。

阮梦带他回来的那天，我去机场接他们。人来人往的大厅，他穿着深棕色大衣，围着茶色围巾，头微微低着，有些无措地站在那里。十六岁的闵煜非常沉默，他有非常温柔的脸部轮廓，鼻梁极挺，比小时候更加清俊好看，只是额上还有一道细细的划痕，是车祸遗留的痕迹。他站在我面前，不知为何，他的伤口明明已经快愈合，我却觉出一种头破血流的惨烈。

休养身体的那段时间，闵煜总是一个人待在房间里。我去陪他，却不知道该跟他说些什么，就静静地坐着，趴在房间里折纸飞机。风一起，纸飞机满屋子乱飞。

我记得他的梦想。

有时我把纸飞机扔到他的头上，他一把抓下来，揉成一团，扔进垃圾桶里。有一次他忽然很生气，跑过来抓住我的手制止我："你到底想干什么？"

他眉眼孤绝的弧度令我心惊。当他松开我的手的时候，我不知从哪里来的勇气，伸手抱住了他。

"闵煜，你不要怕。"我对他说。

他浑身一僵，想要推开我，却不知为何没有动。过了良久，他把头重重地压在我的肩上，浑身轻轻颤抖，仿佛在极力压抑着什么。

许久后我听见他问我："阮信禾，你知道死亡是怎么一回事吗？"

那时我们还未有爱情，但我抱着他，心里仿佛裂开一个深不见底的洞，好痛，好痛。

第二年开学，闵煜作为插班生，跟我同班念高一。

车祸带来的身体创伤已经彻底被修复，最初见面时他额上的划痕也早已了无踪影，但我知道他始终没有真正好起来。

他仍旧不怎么理人，但每天去上学时，会推着自行车在门口等我。那时屋外梧桐落叶纷纷，我跳上自行车后座，随着他一路远去。

他坐在教室的最后一排，整日趴在桌上睡觉，脾气非常暴躁。那个学期进行到一半时，有位以刻板出名的老师终于忍无可忍地批评他，他站起来一脚踢翻课桌，老师过来拉他，被他一把推倒在地。

阮梦来学校领他回去，等我回家，就看到阮梦拿了一根藤条，发了狠地抽他。

阮梦一边抽一边骂："你以为全世界只有你苦只有你痛？谁活着不是一个苦字当头！别人都尚且能咬牙扛过，凭什么到你这里就一副要死不活、全世界都欠了你的模样。你给我好好想清楚，你爸爸妈妈没了就是没了，你再怎么折腾自己，他们也不会活过来。以后你要怎么生活，是就这么浑浑噩噩混下去，还是打起精神活出个人样给他们看，你自己选。"

他的背挺得笔直，始终一言不发。

夜里我去看他，他蜷曲在墙角，我给他擦药："你疼不疼？"

他没有出声，我却分明感觉有滚烫的泪，一颗一颗掉落在我手上。

第二天一早，我还在睡觉，闵煜来敲我的房门。

"阮信禾，都什么时候了你还在睡，动作快点，要迟到了！"

我一惊，开门瞪圆了眼睛看他。他一巴掌拍在我的额头上，催促我："快点！"

那天之后，闵煜似乎一下子变回一个规规矩矩的高中生。

青春的焰火，或盛大或倾颓，没有人知道那灿烂火光下的伤口，是怎样残忍地撕裂开来，又是怎样残忍地被强行缝合，孤独地完成自己的蜕变。

日高川女妖

十八岁高中毕业的夏天，闵煜忽然开始送我花。那种一小朵一小朵，路边上随处可见的花，用白色的细线扎成一小捆。

他骑自行车载我去上阮梦给我报的绘画班，风吹鼓起衬衫，阳光下他短短的头发、凸起的喉结、坚实的肌肉以及手指触碰他时传来的热度让我猛然察觉，我们都已经长大了。

关于爱情的命题仿佛一夜之间朝我们袭来。我们迷惑、试探、渴望，却根本不懂它为何物。

我与闵煜第一次吵架，是在暑期绘画班安排的结业旅行的前几天。

我在画室收拾东西，闵煜在绘画班楼下的门口等我。我背着画具下楼梯时，正碰到一个短头发的漂亮女生在跟他说话。

他和那个女生挨得很近，我望见那个女生正凑上去吻他的脸。

我尚且来不及分辨到底是什么令我又惊又怒，就重重地咳嗽一声，走上前去把他们俩分开，恶狠狠地对闵煜吼了一句："快回家啦！"

后来几天，我一直不肯理闵煜。旅行回来的那天，我坐在理发店，对着镜子里的一头长卷发纠结万分。但一想起那个亲吻他的女生，我就对这头长发莫名地厌弃起来。所以当理发师问我要剪什么发型时，我一咬牙说："剪短吧，越短越好。"

那天我顶着一个齐耳的波波头回家，闵煜来车站接我，一脸气急败坏地拉住我。

"好端端的为什么把头发给剪成这样？"

我朝他冷哼一声："你不是喜欢短头发的女生吗？"

"我哪有？"

"没有你还让人家亲！"

闵煜愣了愣，恍然大悟般笑出声来。

"你看错了，她没有亲我，只是视觉错位而已。"

"真的？"

"真的。"

我的天，真丢脸。我埋着头一脸苦恼，摸了摸凉飕飕的脖子，哀号连连。闵煜轻抚我的头："小禾，把头发留起来吧，你留长发的样子要好看一点。"

我们回了家，我想搞恶作剧吓阮梦一跳，还在院子里就喊："阮梦、阮梦——"

阮梦晕倒在了客厅里。

一直到冬天，阮梦的身体也没能好起来。但她只是笑着说没什么大碍，养养就好。

那年我和闵煜考上南京的大学，闵煜念飞行员专业，我念设计专业，每个周末我们都会回家来。

我、闵煜、阮梦，我们三个原本毫无关系的人，比任何人都要努力和用心地维持着属于我们的家。不知不觉，在时光的流逝中，我们三人之间逐渐产生了再也无法被斩断的羁绊。

我记得那一年的新年，我们三个围在火塘边聊天。阮梦给我们讲日高川女妖的故事。

有一个叫清姬的女子喜欢上一个叫安珍的男子，安珍答应娶她，后来却逃跑了。清姬为追随安珍游过日高川，最后变成大蛇将安珍躲藏的大钟烧毁，再双双死去。

我问："为了一个男人，值得吗？"

闵煜答："不值得，本也不是为了值得。"

阮梦笑："对，本就不是为了什么男人，只是为了自己的心。"

不知为何，我偷偷去看闵煜，岂料他也正在看我，一双眼睛清澈见底，莫名让人心跳加速。

故事里的清姬问安珍：一树之荫一河之流，皆为前世姻缘所促之果。你什么时候与我结婚?

我的心"怦怦"跳快，心里有个声音不断念着一个名字——闵煜。

永藏心底

然而阮梦骗了我们，待我们有所察觉时，她已药石罔效。

她的去世令我们猝不及防。

那是一个周末的上午，我和闵煜从外面带了一束她喜欢的洋桔梗回来，进屋便看到清透的阳光柔柔地照在阮梦身上。她坐在藤椅上，手里还拿着一卷书，闭着眼睛像是睡着了。

我过去叫她，她却再也没醒过来。

第二日就有人来接阮梦，紧跟着来的是律师。我们被告知，阮梦留下一笔颇为丰厚的遗产，受益人是我和闵煜。

一直到那时，关于阮梦的故事才完整地被我们知道。

她本是台湾大家族的长女，二十二岁那年喜欢上一个日本人，不顾家族的阻拦与他在一起，然而那人最终却离开了她。她回不了家，又遭爱人离弃，几番际遇后，或许仍心有不甘，辗转成为电影明星。然后她在二十七岁那年收养了我，她追随自由与自己的心，天南地北走一遭，最后在远离她故土的城市，独自抚养两个与她毫无血缘关系的孩子。

我和闵煜赶赴台北参加葬礼，却被拒之门外。

我永远也无法忘记那个夜晚。阮寓内的丧乐彻夜未停，我和闵煜在门外跪了一宿。中途有用人出来赶我们走。

“你们走吧，先生几次劝小姐回来，小姐都为了你们而拒绝了。你们抢了他的女儿这么久，还回来就让他白发人送黑发人，他是不会让你们进去的。”

我心痛得快要窒息，阮梦啊阮梦，你竟为我们付出这样多。

我想起多年前，在仰光的旧旅店，有位先生为我们拍完照，我把头伏在阮梦膝上，问她：“你后悔吗？”

“为何要后悔？”

“你什么也没得到。”

“谁说的？你不正在我怀里？”

哦，亲爱的阮梦，多谢你拥我入怀。

翌日清晨，送葬的队伍出来，我们冻得浑身冰冷，我的双脚几乎不能行走。闵煜搀扶着我，在浓雾弥漫的街道上一步一趋，去送我们人生中最重要的人最后一程。

我们去买花圈，写挽联的老头问我们：“写‘慈颜已逝，风木与悲’？”

闵煜指着其中一句说：“写那句。”

那句是——哲人其萎，永藏心底。

那一定是我们人生中最最艰难的日子，阮梦对我们的一生影响至深，失去她，其痛难言。

闵煜比我要坚强得多，在不知不觉中，他已经成为可以独当一面的大人。

回到南京的那个晚上，我与闵煜相拥而眠。我疲惫且悲伤，抓住他的手臂：“闵煜，你不会离开我的，对不对？”

闵煜紧紧地握住我的手，承诺道：“我不会离开你的。”

他答应了我，却食言了。

消失的梧桐树

我们大学毕业那年，闵煜成了一名飞行员，而我成了一名珠宝设计师。

闵煜每天都会更新自己的微博，年轻而帅气的飞行员，吸引了很多粉丝。有一次我去送机，他穿着白色的制服，身形挺拔如树，眉宇间焕发的光彩让人为之倾倒。世界并没有薄待谁，我们都慢慢变成自己期望的样子。

我二十三岁生日的那天，买了蛋糕在南京的家中等闵煜。他答应我会回来为我庆生。

南京的梧桐树依旧葱郁如盖，我想起阮梦曾跟我们讲过的南京梧桐的故事。

那还是在八十多年前，宋家三小姐在木香花盛开的府邸，遥遥望见一个身穿军装的人。后来，那个男人漂洋过海为她运来树种，此后，南京年年梧桐郁郁。

后来闵煜曾买来一袋梧桐树的种子，种在了我窗外，如今那些种子已经长成了幼苗。我想象有一天我们老去，窗前的那些梧桐树会是怎样茂盛而美丽。

但那天闵煜没有回来。

我在院子里等了一夜，电话一个接一个地打，他却始终没有消息。

第二天清晨，我收到他的短信，只有短短的三个字——我走了。

走？去哪里？为什么走？什么时候回来？通通没有答案。

我再打过去的时候，电话已经关机了。再后来，那个电话号码变成了空号。

他就这样突然消失了。

我跑去他的公司，得到的答案却是——闵煜被送往国外培训，短期内不会回来。再细问，却被以不能泄露员工隐私为由拒绝了。

我惴惴不安地四处打听他的消息，我不相信他们给出的答案。若只是出国，闵煜绝不会不告诉我一声，就彻底失去联系。

我每天盯着一切他有可能出现的社交网络平台，试图寻找他的一点蛛丝马迹。可闵煜仿佛石沉大海。

我就是在那时遇到柯洋的。

有一天，我爬到附近大楼的楼顶，等待飞机划过天空。看到有飞机来时，我张开双臂跟着它的阴影奔跑。我不知道闵煜会不会在其中一架飞机上。

那天我一不小心绊倒在地，额头撞上墙，霎时痛得我头晕目眩。柯洋正好午休，来到楼顶，是他把我送到了医院。

我的额头被划出了一道口子，拆掉敷料的那天，我看着镜子里的自己，在眉心间，一道细细的血痕犹如宿命一般横亘在那里。那道血痕，竟与我十六岁在机场重遇闵煜时他额上的那道惊人相似。

闵煜。你看这命运，连我们身上都要盖上相同的印记。人世间的巧合竟能至此。

可是闵煜，你究竟发生了什么？你在哪里？你为什么留给我这样一个谜？

柯洋常常来看我。

他是一家公司的业务经理，总是穿着笔挺的西装，头发梳得一丝不苟，戴一副金丝边眼镜，看起来温文尔雅。他看我的眼神，含蓄却火热，不动声色却让人无处躲藏。

那是我最糟糕的时候。我厌食、失眠、焦虑，一个月暴瘦二十斤。

柯洋一直陪在我身边，他知道我是为了谁，却什么都没有说，只是默默地关心着我，并且动用他自己的人际关系网帮我找闵煜。

他待我的好，我不是不感动。然而这是不一样的，他与闵煜，对我来说是不一样的。

我第一次得到闵煜的消息，是在与他失去联系的半年后。

那是他微博更新的一张照片。他与一个女孩坐在国外的长椅上，白鸽在他们身后飞起，他们十指紧扣，女孩靠在他的肩膀上，笑得十分灿烂。

那时柯洋正端了他刚煲好的汤过来，我惊慌失措地站起身，挥手打翻了那锅汤。滚烫的汤汁浇在我身上，我却一点也不觉得痛。

为什么，为什么呀闵煜？

后来闵煜的微博每天都会更新，字里行间全是那个女生的影子。

我没有勇气在下面评论。我终于明白过来，他不是出了事，不是失踪了，他说过他走了，他只是去爱别人了。

可对我来说，只要他还好好地活在这个世上，其他什么都不重要了。

没有回声的山谷

同年冬天，闵煜回来了。

平安夜，下了一场小雪，为了感谢柯洋对我的照顾，我请他来家里吃饭。那时我正在摆盘，忽然有人敲门。柯洋去开门，闵煜就站在门口。

他瘦了很多，大概舟车劳顿，精神不是很好。见到我，他抬起手跟我打招呼："好久不见呀，信禾。"

好久不见呀。

那天的晚饭吃得很沉默。我以为我再见到他，一定会有数不尽的话想跟他说，我的疑问，我的恼怒，我的怨恨，我的痛我的泪，以及连启齿都变得那么困难的爱。可我们却只是若无其事地拉着家常，好似什么都没发生过。

晚饭后送走了柯洋，我和闵煜沿着巷子散步。走到附近一个破败的篮球场，闵煜跑去捡起旁边的篮球，在路灯下投篮。恍惚间，我仿佛看到少年时代的闵煜。

我想起十八岁时他送我的那些花，红的、白的、黄的、紫的，一小捆的。那时我问他为什么要送我这么多花，他回答："因为你喜欢啊。"

可是闵煜，是从什么时候起，你不再仅仅因为我喜欢，就想把那些全部都给我呢？

空荡荡的球场上，只有他拍篮球发出的声音，“咚咚咚”，一声声响在我的心上。我们隔着半个篮球场，我就这样看着他，对着他大喊：“闵——煜——”

他回过头来看我，抬起的手没拍在篮球上，篮球就滚远了。

“1998年——在屏东——你说要我嫁给你——还算不算数——”

闵煜半边脸掩在阴影里，我看不到他的表情。过了一会儿，他走到我面前，轻轻拍了下我的额头，笑着说：“都多少年前的事了，我早就忘了。”

我垂下嘴角喃喃道：“哦，忘记了啊。”

屋外的梧桐树年复一年，越发茂盛，我有时发呆看着它们，竟也有了物是人非的感慨。

闵煜说他被调往英国的公司，过完年便要去赴职。他走的那天我去机场送他，走在人群中时，我紧紧抓住他的衣袖，我怕我一松手，又要和他失散。

他拥抱我：“信禾，你要幸福呀。”

我记得那一次，我一直看着他的背影，可他没有回头。

后来我养成了一个习惯，每天都要去看闵煜的微博，看他今天去了哪里，做了什么，开不开心……每隔一段时间，他都会上传一张他飞行的目的地的照片，照片里一群人穿着制服，他爱的那个人，总是微笑着依偎在他身边。

次年春天，我忽然接到一个电话。

电话里是个女孩子啜泣的声音，她问我是不是阮信禾，我说是，她忽然就大哭出声。过了良久，她说：“你去看看他吧，他需要你。”

我知道她说的人是谁。

我心里忽悲忽喜，第二天便去申请签证，我要去见一见闵煜，我还有话想问他。

半个月后，我拖着行李箱风尘仆仆地敲开了闵煜租住的单身公寓的门，可是打开那扇门的，却是一个漂亮如洋娃娃般的外国女孩。

闵煜的脸迟缓地出现在门后，我的千言万语再也说不出来。

我问闵煜：“我喜欢你好多年了，你喜不喜欢我？”

闵煜靠在门框上，他越发瘦了。他垂眸：“信禾，我们是亲人。”

我感觉心里有什么东西正在死去。原来我和闵煜，跟爱情毫无关系。

当天晚上我便搭乘飞机回了国。

我拖着行李离开的时候，他保持着靠在门框上的那个姿势，一口接一口地往嘴里灌酒。昏黄的灯光迷离地照在他的脸上，我看到他就以这样越喝越清醒的姿势，眼睁睁望着我离开。

闵煜，我们何以至此？

回国后我生了一场病，瘫在床上高烧不退。我不断地做梦，梦里却全是闵煜。

迷迷糊糊中好像有人在我身边，我以为是闵煜回来了，抓住他的手臂不肯松开。可我醒来时，看到伏在床边一脸憔悴的，却是柯洋。

没有人知道我心中的绝望。

我决定离开南京。我在网上找到一份旅游体验师的工作，买了一台相机，想把以前没有跟阮梦走过的地方都走一遍。

临走的那天，柯洋突然出现在机场。他辞了职，脱掉了那身西装，戴着一顶鸭舌帽，背一个登山包。他走过来朝我笑了笑，伸出手对我说，走吧。

后来的几年，我断断续续得知闵煜的消息，知道他飞行在世界各地的天空。可他说过要带我一起开飞机的话，却早已成为儿时的戏言。

我们每年都会回南京的家中过年，无论走得再远，那里依旧是我们心中的圣地，就好像无论怎样，我与闵煜都是这个世界上彼此最亲的人。

但从2013年开始，我没有再回去。

2013年冬，我已经快二十八岁。柯洋在尼罗河畔向我求婚，我答应了。

最后的道别

如果不是读到那篇网上疯传的微博，我可能一辈子都不会知道闵煜的秘密。

那是一个空姐写的故事。

故事里，有一个年轻的机长被检查出罹患肝癌。医生建议他立即做切除手术，那时他正准备回去给喜欢的女孩过生日，最后却只能在进手术室前给女孩发了一条告别短信。

术后的恢复情况并不理想，有小半年时间，他独自在医院与疾病苦苦做着斗争。为了不让女孩担心，他撒下了一个弥天大谎。他骗她说自己被调到了国外，每天发跟同事的合照假扮恋人。他又请求同事每飞到一座城市就帮忙拍一张照片，然后把自己“P”上去，再发在他的微博里。

他费尽心思，让他的爱人以为，他还好好地生活在这个世界上。

一年后，他的身体竟然奇迹般地好转。他回去找她，可是打开门，却看见另一个男人站在门口，她围着围裙，为别人洗手做羹汤。

不久后，他的病再次复发，他去往英国好友介绍的医院进行治疗，继续维持着那个谎言。有一次他痛得厉害，躺在床上一直叫那个女孩的名字，同事见了十分不忍，于是打电话把女孩叫到英国。可是最后，那个女孩问他：“你喜不喜欢我？”他却无法给她回应。

他怕自己喜欢不起她，怕自己没有那么长的命。

故事的最终，女孩要结婚了，他去了日本，赴一个他们少年时的约定，打算独自度完此生。

我几乎是颤抖着手给闵煜打电话。

我从来没有这样恨过自己，明明当初知道有诸多疑点，我却懦弱地选择了沉默。这么多年，我活在他编造的谎言里，自以为是地责怪他的无情，却没想到原来我才是那个最无情的人。

那些年里，他独自一人躺在病床上，是怎样无望地煎熬啊。

闵煜，生命是什么呢？我们在这人世短暂地相逢，长久地分离，到底是因为什么呢？

2015年，我和闵煜终于完成阮梦的夙愿，登上了富士山山顶。

我看着他，那些往事仿佛历历在目。南台湾的相遇，南京的相扶相持，巷子里跑过的十六岁少男少女，我们的青春与爱、热与光，仿佛还停留在迸发的那一瞬间。

下山后我们一起去街上闲逛，广场上有人在演滑稽戏，演到日高川的女妖，我忽然泪流不止。

这个世上，我们所爱之人，一个接一个地死去。这就是人生吗？

闵煜与我在日本道别。我的婚期将近，而他拒绝了我的陪伴，准备独自返回南台湾，在他的故土度过人生最后的时光。这是他留给自己的，最后的尊严。

在机场时，我明白了，这是我们这一生中，最后一次道别。

二十八岁这年，我常常有种错觉，一觉醒来以为自己仍是十七八岁，要穿蓝白色校服去上课，起床要先去敲闵煜的门，然后催促阮梦快点做早餐。

然而我醒来时，隔壁的房间已经空了，镜子里的我眼角开始生出细纹，面孔全然是个成年人。我叫一声“闵煜”，也再无人回答我。

偶尔我会感到莫名的焦虑，青春逝去，年华易老，而我所爱的人们，皆已归去远方。

我想问闵煜，人的一生是否应该去计较得失呢？但还没问出口我就已经明白过来，计较又有什么用呢？该得到的已得到，该失去的不可追。

后来生命一直陷落在那些岁月里。

与他们分离的日子，我仿佛一直在往下坠，但我丝毫不觉得惊慌。我心中常有期待，我平和而阒寂，却也觉得孤独。我知道这孤独无解，直到有一天，我与他们再次相逢。

婚礼前夜，我伏在桌上写这篇《往生记》，如果有人读到它，我会告诉他，“往生”即是死亡，这是一个关于死亡的故事。但死亡并非终点，来过我们生命里的人即使最终离开，我们也并非一无所获。

就如此刻我正在书写，我想把属于我们生命的诗篇，这脆薄如纸的诗篇，化为坚实的盾，伴我此后漫漫一生——

如果我们焚烧，

把青春的烈焰抛掷到这干枯的森林中，

火焰燃到最大的那一刻，

一定是我遇见了你。

篇二：

你没有如期归来

梦醒来，我坐在忘川旁边

文／卞蓝桥

“真是落地哭三声，好坏命生成。”

一好一坏，落地生成。

大概这就是她的命。

楔子

二十世纪八十年代，香港楼市行情达到顶峰，之后掉头向下，许多银行随之破产。

这场浩劫之中，逃到海外的商界巨擘世家也不在少数，到如今都杳无音信。岑念觉得，能经好友莱昂介绍，见到这些世家中的一支，已经是运气。

2003年的秋天，岑念为撰写专题报道，赴港取材。莱昂来接她，她一下车，就看见一个容貌清俊的男人。

那是岑念第一次见到梁逸蓝。他约莫五十岁，身形挺拔。莱昂欢喜地迎上去，同他行贴面礼。梁逸蓝察觉到她的局促，便只是同她伸手相握。

莱昂炫耀地对她道：“爸爸年轻时做骑师的，拿过头奖呢。”

在莱昂的叙述里，梁逸蓝该是个意气风发的人。可当她与他坐下来，放置好录音笔后，她却觉得，梁逸蓝太温和了。

这温和并非经由岁月濯洗过的对诸事看淡，而是骨子里的疏离。难道这就是世家气度？

“梁先生，贵家族的道亨、恒隆银行在八十年代接连破产之后的事，您愿意和我说说吗？”

说说，说什么？他能说的、不能说的，通通都没说出口过。

梁逸蓝坐在深色的沙发上，指间的雪茄燃着，猩红的一点火光将那些旧事猝不及防照亮。

他摁灭了烟头，缓缓开口。

“在那之后，父亲带我们离开了香港。”男人言简意赅，“我三十二岁那年，才有幸回来。”

“离港有什么障碍吗？”

“当然是有的，岑小姐。”男人微微一笑，“从过关到离境，没有一样容易。当时父亲还有几分薄面，打通了不少关节。”

“家人可有离散？”

问至此句，岑念才从梁逸蓝的脸上窥见些许裂痕。

“梁先生？”

静默良久，才有回音。

“当然是有的，岑小姐。”他仍是这样答，语气却不同。

岑念总觉得他言语间泄露的是某种克制的眷恋，微妙又苦涩。

“在我心里，她已是我的家人。可在她心里，我未必是。”

“她是谁？”

“她？”梁逸蓝眼帘低垂，似是陷入极深的回忆里，半晌才说道，“她叫沈嘉芫。其实我见到她的光景，屈指可数。”

沈嘉芫遇到梁逸蓝，是二十年前的事了。

1

沈嘉芜记得，她是1983年申请了单程证来港的。

客船抛锚，人群一涌而出，瘦弱的女孩被硬生生挤上了码头。沈嘉芜打小是讲潮州话的，周围的言语听到耳里也分辨不出字句。她扛着一个布包裹，费力地顺着人潮挤出去，越走就越能瞧见远处的高楼大厦，便好奇地站住脚。

“阿芜呀！阿芜，这里！”

母亲欣喜地唤她，她瞪大眼睛，有点怕生地往后退了半步，接着就被母亲扯进怀里。

“我的阿芜呀！”女人的抽泣声不由分说地灌进她耳里，“阿爸等着见你最后一面，我们快走……”

却还是来不及。

那时，许多社会底层的男人要回到内地老家才能娶到老婆，婚后再申请迁回。父亲结婚晚，一生劳碌，拖着病体撑到如今已是极不容易。

母女俩一路辗转到了深水埗，遍地训街（睡在路边）的人把她给吓着了。她没想过偌大的繁华都市里，也会有这样多无家可归的流浪汉。等到了父亲床前，他已经咽了气。

母亲悲恸欲绝，她却没有泪。

深水埗的人是没有葬礼可言的，火化后只得一捧骨灰，在十来个平方米的狭窄公屋里也无处可放。大家的想法都很实际，与其做供奉的文章，倒不如腾出地方来休息、吃饭。

她们将骨灰埋到了荔枝窝，那是远离城市的小村子，没高楼，没霓虹，也没有车水马龙。母亲说:“你阿爸喜欢乡下，像老家。”

她坐在溪边抛石子，听了这话，回过头来呆呆地看着母亲，终于说了这几日间的头一句话。

“妈妈，我不喜欢香港。”

旁人见此处繁华，她入目皆是低贱、肮脏、困苦、死亡、逼仄；旁人爱此地软红十丈，而她宁愿没那些光鲜，来映照她的生活有多不堪。

2

沈嘉芜进了鲜鱼行学校念书，功课跟不上，回到家又没有饭吃，母亲就带着她去领一些面包。

她受不了饿肚子，瞧见有人在大街上收纸皮，便学着走街串巷。从深水埗走到油尖旺，挨个翻垃圾桶，收满了一口袋就要立刻卖去回收处，晚了可能会被人抢。

沈嘉芜是被抢过一次的。

那天她拎着蛇皮袋子，沿着街边走，有训街的流浪汉远远地盯着她。沈嘉芜年纪虽小，却很警惕，摸爬滚打久了，什么场面没见过，所以当她真被流浪汉拦在死巷子里时，也没有慌乱到失声尖叫。

她腰间贴身放着一柄带鞘的匕首，此刻背靠着墙，摸到冰凉的轮廓，倒有些迟疑。还没想好，却瞧见巷口停了一辆脏兮兮的面包车，那车门“哐当”一声打开，就有人朝流浪汉大喊：“喂！臭要饭的！滚远些！”

流浪汉被吓到，不管不顾地冲上来，劈手就去抢她的蛇皮袋子。她死不肯撒手，滚倒在地。混乱中，她摸到匕首猛地朝上比画，流浪汉惨叫一声，有血落在她的脸上。紧接着，对方捂住了手臂，转身仓皇地逃开。

她惊魂未定，气喘吁吁地看着手里的匕首，这才感觉出了一身冷汗。

夜色落下，巷子口一片死寂，她听到自己“扑通扑通”的心跳声，手撑着从地上站起来。不知什么时候，巷口车上的人已经陆续下来，朝着她走过来。

“哪来的衰仔？还会动刀子！我好怕啊！”

“这小子看起来也不是什么好东西，他都已经看到我们了，就顺路把他带回去，这样保险些！”

领头的一个刀疤脸吊儿郎当地朝她逼近，她打了个寒战，这才觉出不对来。这一行人当中，有一名约莫十五六岁的少年，眼睛被黑布蒙着，嘴上还贴着胶布。她垂下眼，余光瞥见一侧破败不堪的库房，忽地恍然大悟——那大概是他们隐蔽在死巷子里的窝点，不凑巧，她正好撞到了他们家门口。

沈嘉芜打了个寒战，手松开袋子，纸皮就掉了出来。刀疤脸“啧啧”几声，拿着棍子一下一下推她的额头。

“原来还很勤俭持家哟——”

她攥紧了手，不声不响地咽了口唾沫。紧接着，谁都没看清是怎么一回事，那刀疤脸已经倒在了地上。

马仔反应过来，一拥而上将她踹翻，又去扶刀疤脸。沈嘉芜头昏脑涨地蜷在地上，拼尽最后一点力气，摸到一块石头，猛地砸向街头。随着过路车紧急的刹车声，终于有陌生人的叫喊声响起。

“喂！你们干什么！”

她最后的意识里，已不知周遭是争吵、搏斗抑或是其他，只模糊地看到少年挣脱束缚，扑到她身前，为她挡住了身后的棍棒。清冽的目光伴随着豆大的汗珠落到了她的脸上——那个有点宿命意味的当口，她想的却是，这被绑的小子到底什么来头啊？

3

被绑的梁逸蓝的确来头不小，作为银行世家的公子，又是全港为数不多的少年骑师，可以说是天之骄子，前途无量。

她不过为了活命，却因为梁逸蓝突然成了“贫民英雄”。但这英雄没有人颁发锦旗，没有拥趸，也没得到任何感恩戴德，相反，她因为涉嫌防卫过当受到指控。

梁家派了律师凯文过来，开庭时，这个文质彬彬的男人再三向她保证，她一定会没事。

顺着凯文的手势，她看到了观众席上的梁逸蓝。

这是她头一次将他打量清楚。

少年一袭笔挺的西装，与那日被粘住嘴巴的狼狈模样全然不同。隔着几步远，还能瞧见他手腕上一块金光灿灿的手表——有一次学校组织活动去中环，她隔着橱窗见过那款式，换算成一日三餐，大概够她活到三十几岁了。

真是奢侈。

庭审连着几日，将她折磨得精疲力竭，好在最后圆满收场。凯文说：“舆论压力是一方面，梁家的施压也不容小觑。沈嘉芫，你真是撞了大运。”

左邻右舍也曾说过，她能救梁逸蓝，真是走了狗屎运。

这一切的开端都源于她的不幸，怎么在旁人眼里就成了运气？即便这样想，旁人口中的“好运”还在继续。为了答谢她，梁父在自家银行设下户头，作为她的读书基金。凯文登门确认基金使用的条款，见到母女二人的居所，不免唏嘘。

推开门走两步就是床铺，扯一块木板搭在纸箱上就是桌子，空气中弥漫着一股潮湿发霉的味道，几乎要沁到头发丝里。女孩坐在简陋的桌子旁，抬头看他，第一句话却是问：“他还好吗？”

哪个他？可紧接着他就打了个寒战，想起这几日陪审在席的梁少，心中颇有不屑——这种野孩子，还惦记着飞上枝头？

那年沈嘉芜十六岁，哪怕与梁逸蓝有了那么一点纠葛，在旁人眼里，两人也是八竿子打不着的关系。所以她这一问，犹如自取其辱，只换来冷漠的警告："不要妄想跟梁家漫天要价，能给你的，到此为止。"

好像她是什么贪得无厌之人。

凯文放下话就离开了，留沈嘉芜独自站在原地，半晌没动。有一股寒意直冲脏腑，冻得她周身寒凉。又站了几秒，她猛地攥紧合约书，不顾母亲的阻拦，推开门就往楼下追去。

这短短数十级台阶，每一步都充满愤怒和委屈。她冲出楼门，一句"我不要梁家的钱"未及出口，就戛然而止。

眼前停着一辆和周围格格不入的奔驰车，凯文拉开车门，后座上的少年微微偏头，恰与几步之外的她四目相对。

她看着他下车，走到自己跟前，僵硬地抬起头。

"沈小姐？"他温和地问，"是对合约条款有什么异议吗？"

她猛地将皱巴巴的合约书背到身后，哑巴一样说不出话来。

"沈小姐，"末了，梁逸蓝低声问道，"身上还疼不疼？"

沈嘉芜觉得周遭忽地不真实起来。天疾速往下坠落，所以她才会如踩云端，浑身轻飘飘的。风卷成了黄龙，所以她的鼻头才会阵阵发酸。梦和醒定然颠倒，所以他才会记得，她那日也自鬼门关走了一遭，挨了打，受了伤。

这些，从来都无人过问。

她的生死，原是没那么重要的。所以，在真实的世界里，他也不该过问。

"谢谢梁先生，梁先生再见。"沈嘉芜一边说一边退，逃也似的往回跑。风里只有她的脚步声，仓促又窘迫。

她问凯文："他还好吗？"

却又心知肚明——他唯一不好的只是，处处映衬出她有多不好。

4

香港本不大，可两人平素出入的场所差了十万八千里。这一别再见，已是两年后。

那是十一月份的赛马季，跑马地正逢国际赛，热闹又繁忙。沈嘉芜为了赚些外快，被人介绍到马房去做帮手，忙得脚不沾地，好容易才得了片刻休息。她毫无形象地坐在马房边上，任凭杂草沾了一身。她的头发蓄长了，刚及肩，也几乎没有干净的时候，伸手想捋顺，却捋出一个死结，半天也解不开。

梁逸蓝就是在那个时候瞧见她的。

“你怎么会在这里？”

女孩抬头，梁逸蓝负手站在她面前，微微弯腰。她发了怔，嗅到他身上的香气，像是新鲜柑橘的味道。揪着发结的手一顿，几根头发连根拔下，疼得她龇牙咧嘴。她突然觉得很丢脸，猛地站起身，连话也不答，扭头就往外走。

还是领班凑巧过来催她做事，将她拦住：“你到哪里去？梁少的马牵出来了吗？”

她做的是最低级的马工，领班是不拿马工当人的，眼看着一巴掌就要拍上脑袋，身后有人将她扯开了。领班打了个空，脸色先怒再忍，最后变成了赔笑。

“梁少……”

“沈小姐是我的朋友。”梁逸蓝平静地说，“马房的事情虽杂乱了些，可是做人的规矩也要守，这位先生。”

领班吃了个瘪，赔礼道歉后，忙不迭地溜之大吉。梁逸蓝回过头，才发现她盯着自己的手表，若有所思。

他鬼使神差地问了一句："你想要？"

她一抽手，见鬼一样看着他，像是给吓着了。

他不知道这么一个敢对匪徒动刀的野丫头，竟然也会有害怕的时候。他困惑地注视她的眉眼，又打量她纷乱的发，终于没忍住，伸手将她没解开的发结给理顺了。

梁逸蓝专心致志，没察觉她一直拿余光偷瞄他。

后来沈嘉芜帮他把马牵出来，等到他要走了，她才踢着脚下的草，问了句："我想要，你真的给我吗？"

他想了半天才反应过来，她是在说那块表。

"你缺钱？"梁逸蓝很直接地问，"是要卖掉它吗？"

她摇头，极力镇定地看他，背在后头的手心却出了汗。梁逸蓝看了她一会儿，当真抬手将表给取了下来，递给她。

"不是给你的。"他说，"替我保管着，等想还我的那天，再还给我。"

她觉得自己好像听不懂他的话了，一径傻站着，盯自己的手指。指甲里还有些污渍，那些是洗不干净的，因为总要做粗活，日复一日，就堆积在了最里头。他握住了这样一只手，亲自为她戴上手表。

沈嘉芜蓦地觉得喉头生疼。十几年来她吃过各种苦，受过各色谩骂和白眼，却都不知道流泪。而在这么一个瞬间，委屈突然铺天盖地朝她席卷而来，有个受困许久的小人儿在她的心头再三号啕，却始终不被她解开枷锁。

她死死地咬着牙关，最终也没让眼泪掉下来，只无声无息地在心里默念那句话。她从深水埗蹒跚走到油尖旺，一样一样翻着纸皮时，不经意想起谁感叹的那句话。

"真是落地哭三声，好坏命生成。"

一好一坏，落地生成。

大概这就是她的命。

梁逸蓝温和地松开她的手，手腕上沉甸甸的、镶嵌着钻石的金表同她的手一点都不合衬。

一点都不。

5

“你一定想不到，两天后，我就又见到了那块表。”灯光昏暗，照在男人的面容上。

岑念若有所思：“您为什么突然送她那么贵重的东西呢？”

这一次他静默许久，才笑了笑：“我忘了。”

那个赛季后，他准备出国训练，就在临行前几天，成安记表行的杨老板突然登门拜访。

“梁少，这是您的东西吧？”杨老板把盒子递过去。

他挑了挑眉，揭开盒盖，里头正放着那块才送出不久的手表。

梁逸蓝的衣饰皆是定制，上面有刻字，让人认出来也是正常的。不知怎的，他觉得自己早就预想过这一幕，可心里又抱有一丝侥幸，想要自欺欺人下去。父亲说过什么来着？人心不足蛇吞象。这些人的贪欲一起，可是没完没了的。

杨老板察言观色，小心翼翼道：“梁家的东西流落到市面上，传出去到底不好听——”

梁逸蓝抬头，轻声打断了他：“她卖了多少钱？”

“不瞒您说，那妹子是个不识货的，开不出价，我又一眼就认出了您的刻字，就给了她两万块，权当做个顺水人情，这不……即刻就给您送过来了。”

他这才动了一下，将盒子盖上。

黄昏时分，隔着客室的落地窗，能瞧见远处波光潋滟。这坐拥石澳绝景的宅邸，没有一处、一时不美。他想起深水埗的脏乱，突然想知道，她这没心没肺举动的背后会不会有什么苦衷。

听到这里，岑念好奇道："您觉得是她经济上遇到了困难？"

"我不知道。"梁逸蓝答，"梁家给的钱应当足够了，我却不知道她为什么还要出来打工，又为什么要了我的手表又转手卖掉。"

他沉默片刻，苦笑道："我其实没有真正了解过她在想什么。如果我知道的话，或许……"

或许今时今日，也不至于如鲠在喉。

6

那天晚上，沈嘉芫拖着疲惫的身子往家走，快到的时候，一抬头，就猛地站定。

家门口的坡道边上，身形颀长的少年笔直地站在那里，正仰头往上看。这几幢楼挤挤挨挨，因是政府的公屋，住的人忙着糊口，无暇打理。杂物堆积在阳台上，窗口外挂满了东西，简直乱七八糟。他穿着最朴素的T恤、长裤，像是想把自己淹没在人群里。可他不知道，纤尘不染的鞋面首先就把他给出卖了。

她听到自己的心"怦怦"直跳，脸倏地通红，想找条地缝钻进去躲一躲。可是来不及了。

梁逸蓝一回头，就朝她微微一笑。

"沈小姐，"他说，"又见面了。"

她不知从哪儿来的勇气，抬头看他，迫不及待地开口认罪，好像这样就能占得先机。

"我把那块表给卖了。"她一副视死如归的表情，倒把梁逸蓝给逗笑了。

“我知道。”

他不质问，不恼也不怒，她费尽心思的一拳重重地打出去，却被轻飘飘地接住，她什么都没伤到，反倒自乱阵脚。

梁逸蓝朝她走过来，她下意识地想要退，又觉得这样更丢脸，硬逼着自己直视他的眼睛。

“沈嘉芫……你有什么难处吗？”

照常理，她就该借坡下驴，说生活艰辛、糊口困难……你看，理由多么充足，多么情真意切。可她偏偏没这么答，支吾了半天不吭声，转身想逃，又被他给拦下。

光线骤然暗下来，他伸展手臂就挡住了狭窄的楼梯不让她上去，似乎一定要问出个答案来。

她又气又恼，脱口而出：“卖了两万块，我还给你好了！反正那成安记的人也是乱要价！”原来她也知道，那表远远不止两万块。

沈嘉芫在一片漆黑里，手忙脚乱地翻自己的布包，终于扯出了两万块的支票来。支票还没兑，她心虚，早惦记着或许会有东窗事发的一天。这一刻她突然理直气壮起来，没头没脑地往他怀里一塞，就推开他的手往楼上走。

他被她一连串的脾气惊到，反应不及，亦步亦趋地跟上去，却听到女孩沙哑的声音。

“我这一生都会有难处，到死都会有，不是一块表能解决的。我卖掉你的表也不是有什么难处，就只是因为……”她忽地站住。

他站在台阶下，仰头望见她的背影。她那样瘦小，一点灯光透过天窗落下，她的影子也在随着呼吸颤抖。

“就因为我讨厌你。”

他心一揪，想开口，却终究没能出声。

她呼出一口气，冷冰冰地说了最后一番话。

“梁先生，我们早两清了，你不用记挂我怎么活，今天不用，以后也不用。

“请回吧。”

7

那块表还是回到了沈嘉芫手里。

梁逸蓝说，他的表沾了旁人的气，自己是不会再戴的。这回沈嘉芫没卖掉，而是小心翼翼地搁到了衣柜最底下。她想，自己和梁逸蓝的交集，是真的到此为止了。

后来沈嘉芫放弃了读大学，跟着练马师学起了练马和策骑。那时沙田马场刚兴建不久，赛马业空前壮大，急需各种人才。师父和她讲，等她出了师，就把她介绍给有头有脸的马主工作，到时候不愁赚不到钱。

她听得心向往之，为了给赛马做好晨操，没日没夜地练策骑。阴差阳错的是，有一天沙田跑马，一名策骑手在试闸时受了伤，正式跑马时就抓了沈嘉芫来凑数。沈嘉芫是第一次参加策骑比赛，却跑出了一个头马来。

香港人信运气，马主们认准了这莽莽撞撞、横空出世的见习策骑手是个福星，指名要她跑马的人一下子多起来。她有点手足无措，不知该不该应承。

师父却训斥她：“我为什么要你做练马师？因为骑师是要在日头底下玩命的，练马师只需要动脑子！做骑师是有年限的，练马师却是一辈子的饭碗！要你选，你选哪个？”

“我选一辈子。”沈嘉芫一秒都没犹豫。

那时候她还以为，梁逸蓝这样爱马如命的人，即便不策骑，也是会养一辈子马的。却不知，这世上的人事瞬息万变，许多以后根本无法预设。

沈嘉芜荣升副练马师那日，兴冲冲地跑回家同母亲报喜，收音机里却播报着一则消息。

“道亨银行疑陷入支票轮圈套，恒隆银行同时爆出内幕，其支票已遭到渣打银行拒付……”

她听不大懂，母亲却火急火燎地问她：“梁家给的钱，我们用了多少？”

她这时自觉事业有成，就坦白道：“妈妈，我们没用过梁家的钱……”

她天真地想象过，或许有那么一天，她能堂堂正正当着梁逸蓝的面把合约给撕毁，告诉他：我没用梁家的钱。我是想要钱，却不是你的钱。所以那户头自始至终完好如初，一分都没动过。

母亲闻言，颓然地坐下。

“你宁愿苦着自己也要硬生生扛过去，就为了争个脸面……这下可好，他们的银行倒了，又有谁知道你犯过这样的傻？”

她摸不着头脑：“什么银行倒了？”

“梁家！梁家……要完了。”

8

消息一时间传得沸沸扬扬，但都说百足之虫死而不僵，梁家这样的根基能顷刻覆灭，沈嘉芜是不信的。

可是当梁逸蓝突然出现在她工作的马房，她却忽然意识到，可能是真的。

他立在阴影里，静静地等她查看完马匹，关上门，再转过身。一眼回眸，视线相撞，连带着将她整个人也撞蒙了。

黄昏散去，蝉鸣在耳际炸响，天边落下薄薄一层夜色。她紧锁着眉头，他微勾着嘴角，两人好一阵子就只是傻傻地站着，什么也没说。

开了口，她才发现自己的声音是颤抖的。

“梁先生。”停了一下，她又勉强说，“好久不见。”

她撒了谎。她其实隔三岔五会在跑马地和沙田见着他，有时是晨操，有时是跑马，不过更多时候只是远远地一瞥，又不着痕迹地避开。

他没答她这句废话，开门见山地说：“我要走了。”

她脑子里仿佛打了个震天雷，轰隆不绝，嗡嗡作响，下意识地朝他走了半步，又停住。一句“去哪儿”在齿间徘徊，却无论如何也问不出口。

沈嘉芫，这一切与你有什么干系？

“我想拜托你一件事，阿芫。”他不知不觉换了称呼，表情却很认真，“我想把我的两匹马托付给你，可以吗？”

他用了“托付”二字，她只能点头。

趁夜，他驱车带她去山光道看那两匹马。她坐在他身侧，余光习惯性地打量他，看他轻轻敲打方向盘的手指，观察前方时微微抿起的唇，以及偏头的刹那间，目光如何洞穿她的眼底。

“阿芫，你有没有想过，自己到底想要什么？”车子停驻于山光道马房，他却迟迟不下来。

她答不出来。钱，钱，钱。这么俗，他是不会懂的。

“梁先生呢，有什么想要的吗？”她自觉明知故问，他这样的人当然是不懂得贪图什么的。一出世，除了天上的星星和月亮，恐怕什么都有了。

果然，他沉默片刻后说：“大概没有吧。”

那天她见到他的两匹马，一雄一雌，正在三龄的好时候。她问马的名字，他却说：“以后要跟着你的，你来重新取名。”

"叫王子和公主？"

"为什么？"

"这样才般配啊。"

"王子的对象难道不是王妃？"

"啊……"

她懊恼地低头，听到他轻声笑了，也忍不住咧开嘴。直到梁逸蓝放轻了声音道："这是我第一次见你笑，阿芜。"

她背过身去不吭声，突然，一双手臂将她自身后轻轻环住。脊背贴着他的胸口，连悸动都仿佛在共鸣。时间冻结了，身体也冻结了，他的呼吸散在耳后，是唯一鲜活的、温热的。

她想问为什么，又觉得无论为什么都不重要。他覆住她的手背，下巴磕在她的颈窝，良久才说："替我照顾好王子和公主，等我回来。"

沈嘉芜想，这一定是梦。

9

"我把爱马托付给她就走了。"梁逸蓝平静地说，"再见已经是十二年后。"

那时，银行破产的事早成了旧闻，政府即便要追究，他身为后代，也无责在身，于是率先返港。没料到狗仔跑去加多利山跟踪明星，却意外地拍下他花重金置业。即便他低调行事，也还是掀起不小的水花。

故人老友接二连三地登门，他最后只得称病谢客。

那日又有一通电话打到家里，他打好了回绝的腹稿，却在听到声音的那一刻，不由自主地屏住呼吸。

"梁先生吗？我是沈嘉芜。"

隔了十二年光景，他惊异于自己不甚敏锐的记忆，竟还对她留有印象。

沈嘉芜驱车开往加多利山的路上，脑子里乱成了一锅粥。

等真的进了他家院子，她却似粘在车上，久久不动。直到一个孩童轻拍着车门，喊她："阿姨，你怎么不出来？"

她下了车，蹲在男孩跟前，傻子一样盯着他的脸。任谁看，这都是又一个梁逸蓝，眉眼神态，如出一辙。

而后她抬起头，就瞧见了他。

他没怎么变，那十二年光景好像只是佯装经过。他的眼神一如既往温和，望向她的亲昵，犹如他与她已然纠葛了前生今世。可他身侧优雅的女人，却昭示着梦已经醒了。

"沈小姐，这是我太太，覃若诗。"

那年沈嘉芜三十岁，已是全港为数不多的练马师，手底下操纵着几个马房的运营，扣着大半个跑马产业的命脉，早就学会了八面玲珑。可在那个当下，她的反应看在他眼里，大概还是从前那个莽撞天真的野孩子。

她只顾发愣，还是小男孩拽了拽她的袖口："妈妈在和你握手呀。"她猛地回过神，一伸手，又使力太大，害得覃若诗低声呼痛。

沈嘉芜茫然地松开手，被迎进客室，却只觉魂魄离体，已听不清他们在说什么、问什么。唯一记得的，是他问起那两匹马。

她说："它们都死了，是我亲眼看着送走的。"

几人愕然，她却轻描淡写地一笑。

"梁先生你也知道，赛马浑身是伤嘛，活到十五岁还要平白受苦，倒不如人道处理，让它们也能去得痛快一点。"

那一刻，梁逸蓝的脸色着实复杂。

话到此处，已没有再说下去的必要。沈嘉芜起身告辞，回去的路上，她打电话给马房领班，要他当即将两匹马送去屠宰，说到一半却又哽住，矢口道："不用了，就当我没说过。"

她挂断电话，猛地朝前砸去。前车窗“哐当”一声，电话弹回来，滚到了座椅缝隙里。

她孤身停车在山光道公路的一侧，额头抵上冰凉的方向盘，许久都没能出声。那一刹那的梦醒，绝望和无助铺天盖地而来，犹如濒死之际。以至于多年后她同岑念讲起时，浑身都在颤抖。

“我想我是恨过他的。他用温柔让我误会成承诺，十二年来我重复做着那场梦，以为终有一日会得偿所愿。我异想天开地以为他把最记挂的东西都留给我，是为了设下牵绊，但原来……都是我的臆断。我恨他什么都没做，就把我变成了一个蠢货、一个傻瓜。”

“我最恨的，就是他没做错任何事，我却一路在错下去。念念……”沈嘉芜枯槁的手搭上她雪白的手腕，哑声道，“我错得太难看了，对吗？”

岑念看着病床上的女人，很久都没有言语。

梁逸蓝真的什么都没有做，又什么都没做错吗？

没有一场假象能将人蒙蔽住十二年，除非，那根本就是真的。

10

天色暗了，男人拧开书房的地灯，昏黄的光便沾染上他的眉眼。

“几年后，我去参加了她的婚礼。”梁逸蓝低声说，“别人都以为她是个不婚主义者，所以才单身到了三十几岁。收到请柬那日，我也很惊喜。”

岑念垂眼，轻声接道：“但很快她又离了婚，移居国外，再后来，香港就没有她的消息了。”

梁逸蓝微微惊愕：“你是……”

“她是我练马和策骑的老师。”岑念克制着颤抖的声线，关掉录音笔，抬头直视他，“根本就没有什么报道，我只是想来替她要一个答案。”

空气一时间凝滞，她看到梁逸蓝的脸色从震惊变为平静，最后又变成疏冷。

“岑小姐，到此为止吧。”他起身喊莱昂：“送客！”

她毫无畏惧地挡在他跟前，不让他走出去。

“你不想知道那十二年她是怎么过的吗？你不想知道，为什么在你的故事里，她的出场寥寥无几。可在她的故事里，你却贯穿了她的一生吗？！”

男人罕有地露出无奈甚至是仓皇的神情，退了几步，跌坐回沙发。

“她从来没有告诉过我。”

“她早就告诉过你了。”岑念有一瞬哽住了喉咙，要用尽全身力气才能将哭腔咽回去，“还记得……她为什么要卖掉你的表吗？”

梁逸蓝蓦地僵住了。

岑念一字一字道：“她说过，因为她讨厌你。”

早在十几岁初遇那一年，她就已经告诉过你了。

岑念抬手捂住脸，有泪水渗出指缝，那克制再三的哽咽，终于成了隐忍不住的低泣。

沈嘉芜此生未曾流过的泪，她替她流了。

沈嘉芜此生未曾出口的质问，她都替她问了。

她还想说，你只是囿于根深蒂固的门第之见，从未将她列入携手甚至是约会的范畴。所以你连自己都骗过去了，就只因为你知道喜欢上这样一个野丫头，会丢尽你梁逸蓝世家贵胄的脸面。

梁逸蓝，你这样自私和无耻，步步引她下到深渊，自己却全身而退。那有迹可循的一切在你嘴里，都变成“我忘了”和“我不知道”。

可事到如今，一切又都没有意义了。

男人愣怔地问道："她在哪里？"

昏黄的光映出她满脸泪水，岑念摇了摇头，在他意识到什么，刚要出口制止的时候，给出了极致平静的回答。

"她走了。晨操时意外坠马，临终前手腕上还戴着你的手表，任别人怎么劝说，都不肯摘下来。"

11

送走岑念那晚，莱昂发现书房的灯一直亮着。到了后半夜，他轻手轻脚地推开一条门缝，才惊觉父亲枯坐在沙发上，手撑着半张脸，似乎是睡着了。

他近前想唤醒他，要他回去卧房睡，待看清父亲的脸，却不由得屏住呼吸。

梦中的他，面上竟有泪痕斑驳。

梁逸蓝恍惚觉得自己醒了太久太久，是时候该回梦里了。

就让时光倒转二十年，回到山光道的那个静夜。车子停驻于山光道马房，头顶是漫天星辰，有风顺着半开的车窗吹进来，拂乱了她的发。那夜，她坐在他触手可及的地方，傻乎乎地问："梁先生呢？有什么想要的吗？"

他会伸手覆住她冰凉的手背，用最诚恳的语气回答。

"我想要你和我一起走，阿芜，可以吗？"

他屏住呼吸，等待她的答案。而她只是凝视他，从没有那样勇敢，那样真切地凝视他。

他想，不管她回答什么，都不重要。重要的是……

能不能，就让这场梦一直做下去？不要醒？

你没有如期归来

昨日无法重现，此后余生，
他再也没有如期归来。

文/久念

1

宋晏在十九岁那年，登上了从上海开往香港的轮渡。明晃晃的酷暑下，街市高厦霓虹，维港海风微湿，坐在三等舱铺位的宋晏料想中的香港就是如斯光景。乱哄哄的周遭里，宋晏边吸气边默念，很快就要抵港了，很快，她的生活就会不一样。

可比起污糟的三等舱，宋晏在香港入学后的生活并没有好到哪里去。身为港中大在内地录取的头一批交换生，她初进校就被叫“穷灿妹”，可八元的冻柠茶，二十元的云吞面，宋晏也是真吃不起。所幸入学第二个月，宋晏就找了份旺角百老汇的兼职——每天坐在柜台后检票，偶尔也能去深夜场看部文艺片。

世纪末的香港电影处于黄金时代，这年的十月初秋，金城武主演的《不夜城》在香港公映。下着秋雨的首映夜，旺角百老汇比平日更为混乱拥堵。

也是在这个不寻常的夜晚，宋晏第一次见到了顾侨之。

起初是在涌入影厅的大群女生中发现了端倪，她们手抱写真集，封面上的男人却并非电影男主角。宋晏心生疑惑，手还没停，检票柜却传来响动。

宋晏刚转头，像阵风一样，检票柜台下多了一道人影。穿着深棕风衣的男人匆匆躲进检票台，倚坐在宋晏脚边。他一抬头，英俊的一张脸，正是那写真集的封面人物。

宋晏一惊："你做什么？"

"嘘。"男人抬手噤声，"借你这里避一避，你也不希望影院闹事故吧？"

宋晏刚要开口，又是一批人涌入，学生妹脆生生地递过票，她赶紧面不改色地接过。人来人去，足有五分钟，她与柜台下的男人就这样沉默地共处。

直到面前终于空下来，宋晏才低头看他："你是明星？"

宋晏的粤语蹩脚，男人恍神时像是未听懂。见他轮廓深得像混血儿，宋晏试探性地换了英文，男人这才笑了："你认识我？"

"不认识。"

明明是最近正火的影界小生，顾侨之却在这里吃了瘪。他回答："我叫顾侨之。"

宋晏没闲心客套，刚刚的拥堵如果真闹出事故，检票的她少不了要挨批。如此想着，她嘴上便带了责备："知道自己亮眼，怎么还来这种公众场合？"

顾侨之又笑，他有着上挑的桃花眼，笑起来很好看。问题他没答，却伸手指向柱子上的电影画报："不觉得我和他有些像吗？"

顺着他手指的方向看，正是热映的《不夜城》，画报上的金城武一身深棕风衣，打扮与眉眼倒真有些相似。宋晏愣了一下："有一点。"

“就是因为像，我才来的这里。”

话外音不明，宋晏有些无奈：“那你准备在下面待多久？”

躲在狭窄的检票台下，顾侨之却坐得舒展。他思索道：“想请你帮个忙。”

原来是希望她开员工通道后门护他离开影院。

旺角的夜晚车水马龙，人潮涌动中，竖起风衣领的顾侨之朝宋晏走近。夜色里他略一低身，咫尺只存呼吸声。宋晏仰头看他，他顺势看到了她制服上的姓名牌。

他退了一步，这才朝宋晏笑道：“谢谢你，宋小姐，下次再见。”

不过是句客套话，霓虹光影中他的脸忽明忽暗，宋晏却看得出了神。下一秒，他已走入人流，像融入维港的一滴海水，无声无息，这一夜的奇遇到此为止。

2

遇上明星的插曲本不应记得，可次日的八卦消息传入宋晏耳中，她才知晓顾侨之是何人。热门小生被曝深夜观影，意图成为“金城武二代”。这标题引人发笑，偏偏宋晏留心多看了几行顾侨之的身世报道。

母亲是赌场里低微的葡萄牙女郎，父亲本是房产大亨但遭遇破产，他家道中落后从海外返港，靠一部老掉牙的爱情片出了道。小报笑他只能在学生妹里博得眼球，宋晏想起他那张英俊的脸，暗自笑了笑，不置可否。

一纸小报翻过，在港中大的日子还是漫长无边，除了打零工挣生活费，宋晏还要发奋温书。学院教授开口粤语、英文混杂，好在她铆足了劲次次周测拿A+，靠着成绩单进了新闻社团。

她进社团是为了锻炼自己“贫瘠”的粤语，但社团成员视宋晏为

“灿妹”，处处冷落她。宋晏也不介意，稿子照写，坐在社团阶梯室里权当练了听力。

又是孤单乏味的一天，宋晏一走进阶梯室便觉气氛生异。租金高昂的录像设备摆满桌面，社团里一众女生妆容光鲜，兴致高涨，派头好似要去走秀，不知是何许人物值得她们这样兴师动众。

宋晏跟着成员们出了门，这日风轻云薄，她远远便看见操场被围成了电影片场，堵得水泄不通。站在阶梯上，众人勉强看清被围拢的那个男人，白衬衫、黑西裤，灰领带懒散地搭在肩头，衬着天空的微云，好像一幅画。

宋晏一时看失了神。

见宋晏发愣，社长大发慈悲地解释：“George，顾侨之，大陆来的灿妹睇唔睇电影的呀？”

一众成员又笑了，举着摄像机就挤进了人群。宋晏还站在原地，料想要在人潮中靠近那个人，恐怕分外艰难。思及此，她毫不犹豫地转身回楼，不打算浪费大好光阴。

新闻社的阶梯室在顶楼，往上绕去便是天台。宋晏坐在天台顶上，拎着社团的老式收音机放起了粤语磁带。旋律悠扬，她在风中晃着腿跟唱粤语，这是难得的私人时光。

黄昏漫长，夕阳晚风，推开天台的门，收工的顾侨之看到的就是这个画面——穿蓝白制服裙的少女坐在暖融的光里，世界仅剩她一人。

可惜少女浑然不觉，回头时还以为天台来了贼，惊叫一声，差点跌下来。

她刚刚凝好神，就见顾侨之笑弯了腰。

“Miss Song，又见面了。”

还是白衬衫、黑西裤，手里却拎着片场食盒。当红小生身上多了烟火气，食盒打开，是热腾腾的鲜虾云吞。顾侨之看过来：“搭个伙？”

十六颗大云吞每人八颗，香气四溢，宋晏吞了口口水：“怎么不在片场吃？”

“刚刚被导演骂了个狗血淋头。”顾侨之说得轻巧，却透出些许委屈，“分好了，开吃吧。”

已是饭点，宋晏倒也没客气，默默地坐在了他对面。

天色将晚，一碗云吞分食见底，顾侨之才问：“你刚刚在听……*Yesterday Once More*？”

“粤语版，我在学粤语。”

对面的人若有所思，半晌抬头，一张中葡混血的脸无比认真：“那我的粤语，很差劲？”

原来这就是当红小生被骂的原因，宋晏听他讲话的确怪腔怪调，想笑之余只答：“跟我差不多吧，我是大陆人。”

原来同是异客，顾侨之对粤语磁带来了兴趣：“能听吗？”

磁带倒放，悠扬的歌声踩着余晖漫出来，两个萍水相逢的人靠坐在天台上轻哼。直至磁带放完，天色暮蓝，宋晏偏头想要唤他，却发现拍了一天戏的顾侨之不知何时已累得睡着了。

矮楼路灯微亮，画报里的男人近在眼前，宋晏盯着他的眉眼看了一会儿。夜幕降临，天台原来只剩下她的心跳声，砰砰似鼓点。

3

第二日，第三日，连着一周，宋晏没料到顾侨之还会来天台找她。

“收工早，当然是来找你学粤语呀。”顾侨之熟练地拌着鱼蛋车仔面，在天台上说起片场见闻。他学着宋晏的路子对着粤语磁带纠正台词发音，竟也小有进步。

“好在我戏份不多，不过是个花瓶男配角。”顾侨之递过来半盒车仔面，顺带扶了扶自己的金丝框眼镜。

金丝框眼镜也是戏服道具之一，宋晏看他这一脸斯文气，觉得新奇：“你演的是个什么样的人？”

“富家公子爷，被女主角迷得昏了头，成日拿着胶片机在她后头追，肤浅。”

宋晏听出了他的无奈：“既然不喜欢，又为什么要演？”

“签了合同，就要为公司卖命挣快钱。”顾侨之嚼着鱼蛋，语气平静下来，“初来乍到，哪怕是博眼球，也要努力在香港站住脚。”

这话说得认真而通透。这一年的香港娱乐圈百花齐放，宋晏放课后总爱买晚报。顾侨之初火不过半月，落在娱乐版面上也不过方块大的短讯。学生妹迷恋他的混血脸庞，可追起星来总是短暂薄情。

香港入了深秋，天台起了风，阴沉的天好似要落雨，只有鱼蛋车仔面还冒着热气。两个人对着低压的云，一时无话。

默了半晌，顾侨之才问：“Miss Song，你怎么也千里迢迢来香港？”

“我啊，”宋晏想起上海潮湿狭窄的弄堂，筒子楼里窥得的半角天光，“我从前过得很苦，所以对自己立誓，我要过不一样的生活。”

宋晏自幼失了双亲，跟着舅舅一家讨生计。一家人拿她当累赘，她只得铆足了劲读书攒钱，终于登上了开往香港的大船。抵港数月，形单影只，顾侨之竟成了她唯一说得上话的人。

思及此，她掏出一个准备好的荷包：“给你。”

“是什么？”

“这几日的伙食费。”

顾侨之笑着摆手，见宋晏执意要给，思考了一会儿才说：“要下大雨啦，真要抵消，就同我去一个地方吧。”

淅沥的雨在夜晚下了起来，两个人穿行在铜锣湾密布的霓虹灯箱下，终于走进了一条小巷。推开没有招牌的店门，这是一家尚未营业的照相馆，暗室被电影剧组租了下来冲洗胶卷。暗室狭小，宋晏搬了张小凳坐在墙角，安静地看顾侨之在盛满药水的瓷盆里洗照片。

“电影开拍后，场置组太忙，我就把冲洗胶片的活给揽了下来。”顾侨之在黑暗里说，“我常常一个人来这里，一待就是大半日。”

暗室无光，顾侨之用镊子夹起一张湿漉漉的照片，明丽的颜色质感浮现出来，像是绯红的魔法，宋晏一时觉得神奇。

“之所以接下这个角色，也有我爱拍照的原因。”顾侨之默了半晌，“我没有跟任何人提起过，其实我想做的不是演员，而是摄影师。”

最初去剧组应聘，顾侨之准备了一整册摄影作品，他本人却被稀里糊涂推上了选角场。他迫于生计签下了演员合同，却处处受公司制约，拍烂片挣花边绯闻，竟把自己从理想上越推越远。

“我也曾像你一样对自己立誓，要过不一样的生活。”

顾侨之的侧脸埋进阴影里，话语间竟说不清是什么滋味。宋晏这才知晓他与她何其相似，身在香港，却都是异乡人。

“喏，看这张。”

许是话题太过沉重，顾侨之故意转移了话题。黑暗中，一张照片被举起。宋晏凑过去看，画面还未显影，顾侨之又快速往后一退，露出狡黠的笑容。

宋晏的好奇心被吊起：“是什么？”

“这一段是电影戏码，我的角色呢，为了吸引女主角的注意，故意不给她看照片。”顾侨之故作高深地用手虚掩，“你想知道他怎么做的吗？”

“怎么……”

下一秒，四周静了下来。

暗室漆黑逼仄，顾侨之俯身将宋晏抵在墙边，呼吸滚烫，男与女的咫尺间有暗流涌动。宋晏的身体发软，她闭上眼睛，可想象中的吻并没有落下来。

许是姿势太过暧昧，顾侨之揉了揉她的头发，轻笑着往后一靠："就是这样。"

眼神交集，两个人都不由自主地移开目光，夜风里没有人再开口。无人知晓在下着大雨的夜晚，两颗空荡荡的心正在暗室里悄悄靠近，无声地填满彼此。

4

天越发湿冷，这种阴雨绵绵的日子一直持续到了初冬。彼时顾侨之在港中大的戏份杀青了，宋晏也迎来了期末周。哪怕写论文写得昏天黑地，她也不忘去百老汇兼职夜班。

夜场电影人少，柜台前的宋晏手托下巴打起了瞌睡。她眼睛几欲闭上时，面前晃过一道高大的人影。脑中警铃启动，宋晏回过神来，柜台面上出现一杯热丝袜奶茶，还有《玻璃之城》电影票一张。

举起电影票，9排12座，影厅最偏的边位，宋晏一下子就猜到了来人是谁。

也有好些天没见到顾侨之了，一身黑大衣的他斜靠在角落里，宋晏捧着奶茶在他的邻座坐下。她小声问："你怎么来了？"

"算准了你的换班表。"

原来是初次见面的同一时间点，宋晏恍然，眼下她已交班，便也看起了深夜场的《玻璃之城》。1998年，青涩的舒淇与黎明穿行在午夜的校园亭廊间，骑着自行车在路灯下谈天。看着看着，竟有几分像她与顾侨之在港中大的日子。

宋晏在黑暗中烧红了脸，偏头去看顾侨之。他正全神贯注地观影，顺着他的目光看去，穿红毛衣的黎明露出了招牌笑容。

顾侨之指向荧幕："他看起来怎么样？"

"没你靓。"

顾侨之果然被逗笑，目光却有几分暗淡。宋晏后知后觉他的失落，经纪公司向来世俗，顾侨之没有后台，只能出演一些肥皂爱情片。她看过其中的桥段，他的戏份烂俗肤浅，平白浪费了一张俊脸。

可是他也没有办法。

电影以遗憾落幕，影厅的暖灯亮起。顾侨之收起思绪，看向宋晏手中的丝袜奶茶："好喝吗？"

"很好喝。"

"走，带你去这家店吃。"

油麻地是香港平民天堂，庙街夜市兴旺，宋晏跟着顾侨之在庙街里绕来绕去，最后停在一家冰室前。

鸡扒捞面配港式奶茶，味道好到深夜也坐满了食客。两个人在角落的小桌边大快朵颐，顾侨之边吃边说："我刚来香港时，成日跑剧组递简历，那时候好穷，穷到只能来夜市吃饭。"

"在香港最大的心愿，除了出人头地，就是庙街冰室别涨价。"

宋晏跟着笑，环顾四周："这是我第一次来庙街。"

"不会吧，难道学生妹最大的乐趣是逛校园吃食堂？"顾侨之挑眉，"旺角女人街，去了吗？"

宋晏摇头。

"太平山顶？

"维多利亚港？"

宋晏认真思考："我看过报道，每年跨年维港都会放烟花。"

"学生妹不能死读书啊，"顾侨之长叹，"想看跨年烟花吗？"

宋晏眼神闪烁，最初的自己也曾构想过维港的繁华，于是点点头："想。"

顾侨之答应得没头没尾：“好。”

一顿夜宵吃完已是午夜，顾侨之送宋晏回到港中大的校墙外，她早已习惯了翻墙回校。但看到路灯下一身大衣的顾侨之，有一瞬间，她竟有些舍不得告别。

时间倒流回初次见面，本以为只是一次偶然的邂逅，可抛开一切，多日的相处竟让宋晏生出了一丝错觉。他们好像一对正在拍拖的情侣。

这样不切实际的念头被迅速压下来，顾侨之站在原地挥手，他的档期排在晚间，不知两个人何时才能再见面。宋晏心中失落，却还是摆出笑容，在夜色里跟他说再见。

少女总有诸多幻想，世间最纯洁深刻的浪漫，不过是让普普通通的少女思春梦成真。

所以当跨年日悄然到来时，宋晏也没有想到，真的会有一个戴墨镜穿黑夹克的英俊男人骑着哈雷摩托车，一路高调地驶入港中大校园，只为接她放学。

“Miss Song，上车。”

发动机轰鸣，在人群的一片艳羡声中，宋晏戴好头盔，环住了男人结实的腰身。

趁着众人还未认出，顾侨之载着她一脚油门驶离学校。紫蓝色的天空下车流汹涌，风在耳边呼啸，宋晏大声问他：“我们去哪里？”

“上太平山顶，看维港烟花！”

1998年就要过去，太平山顶起了薄雾，俯瞰维港一片璀璨夜景，新年倒计时进入了尾声。

“三。”

维港人头攒动，无数人在霓虹下等待。

“二。”

大片烟花在此刻划破天际，一瞬亮如白昼。

“一。”

顾侨之轻轻靠近，给宋晏披上黑夹克。发丝与耳尖相碰，他在她的脸颊上落下一吻。

他对她说：“新年快乐，宋晏。”

5

宋晏一生许下过好多愿望，在破败的筒子楼里，在抵港的吵嚷轮渡上，她立的誓忠于自己，未曾想过她也会将另一个人放进期许的明天。

1999年的第一天，她与顾侨之秘密相恋了。

少女情窦初开，美梦也显得如此不真实。宋晏在学院大会上走了神，差点漏掉督导发给她的全优成绩单。这份明晃晃的喜悦，宋晏只想分享给唯一的那个人，顾侨之。

冬假漫长，宋晏直奔湾仔的橙色唐楼。那是顾侨之落脚的出租屋，虽破又小，足以容纳一对年轻眷侣。宋晏躺在沙发上，举起成绩单畅想未来：“港中大的优秀生，足够去最好的《东方日报》实习。这份工做得好呢，以后我就在香港留下来……”

顾侨之跟着笑：“是是是，一定要留下，做全港第一才女。”

他们在小屋里吃着牛腩面配冻柠茶，夜里拉着窗帘放碟片。宋晏看得困了，揉着眼睛端详起小屋墙面来。墙上挂满了顾侨之的摄影作品，拍摄地在葡萄牙、巴黎、瑞士……宋晏整面墙看下去，觉得不可思议：“顾侨之，你每一张都拍得好有灵气。”

“读书比不过你，总还是有点影相的天赋在啦。”

“那之前递出去的摄影集有着落了吗？”

顾侨之曾带着那本摄影集跑遍剧组，出名后也不忘委托公司帮忙联系，可看着顾侨之一瞬间落寞的神情，宋晏知道，它们也许都石沉了大海。

"没关系。"宋晏识趣地垂下眼，屋里的电视适时播起顾侨之的处女作，肥皂戏码，台词老土，全靠女一号阮嘉仪带动人气，他也借此火了一把。

可连顾侨之自己也不愿多看下去，他伸手关了电视，房间陷入寂静。

宋晏在一片昏暗中坐起身，她扳正了顾侨之的肩膀，想说些话加油打气。顾侨之也认真地与她对视，对视得久了，两个人都忍不住笑出声来，躺倒成一片。

顾侨之无声地揉了揉她的头发，他们是何其相似的人，吃过谷底的苦，平步直上的路不易，那些她没说出口的话，他都懂。

他们都要为未知的命运努力。

大三下半年是实习期，宋晏攒钱在崇光百货买下一套西装格裙，穿着它踏上了前往日报社的电车。《东方日报》的编辑对着宋晏的简历看了又看，用粤语和英文连珠炮似的发问，宋晏顶住压力，一一流利地回答了下来。

日光照在玻璃大厦上，言辞犀利的编辑终于对宋晏点了点头。

听闻喜讯的顾侨之收工后赶来，戏里的一身黑西装也来不及脱，刚好与宋晏凑成一对。他大手一挥，潇洒地请她去旋转餐厅吃西餐。

落地窗外夜景斑斓，宋晏兴奋地讲起今日的面试经过，顾侨之手托下巴认真倾听，两个人的眼里都带着光，万物流光溢彩，世界像为他们铺开了新的道路。

二十岁，这是他们人生中最好的时光。

然而宋晏在东方日报社的日子并不那么顺遂。她入职了经济新闻组，组内前辈众多，无人在意新人，她的稿件更是被屡屡质疑专业度。宋晏不甘心在组里打杂，于是咬咬牙，从头啃起了国际经济材料学习，一熬就是许多个深夜。

也是在公司加班时，宋晏认识了娱乐版面组的新人杰西卡。都是年轻上进的名校女孩，她们顺畅地在茶水间聊了起来。就着咖啡香气，两个人聊到了顾侨之。

“顾侨之，《最佳熟女》里的那个混血男主角？”杰西卡略作思考，“他不是拍完这部戏后，就傍上了女一号阮嘉仪吗？最近似乎和她还有新戏来着……我是不是说漏了嘴？”

宋晏陷入沉默，她忽然想起自己忙于工作，已有两周没和顾侨之联系。而他与大热女星的绯闻，自己更是无从知晓。

见她脸色不佳，杰西卡面露困惑。

“小女生才中意他那一款啦……”杰西卡的语气里透出一丝惊讶，“你也喜欢他吗？”

宋晏张口想要辩解，她想告诉杰西卡，顾侨之是非常有才华的摄影师，绝不会甘心当花瓶。但这些话到了嘴边，她又咽了下去。因为就连她也不知道，顾侨之最近在忙些什么。

四月台风季，天文台挂七号风球，宋晏与杰西卡已结为好友。午休时分杰西卡悄悄告诉她，港圈名导正在物色摄影师。宋晏听完眼睛发亮，央求着杰西卡给她一份试拍函。

台风吹得唐楼摇摇欲坠，宋晏在夜里去找顾侨之，门敲了又敲，却无人在家。她将试拍函严实地夹进窗缝里，又给顾侨之打去电话。那头的他也很兴奋，却也因在拍戏而匆匆挂断来电。

试拍当日，宋晏特意到了现场。可她从白天等到黑夜，始终没有等来那个人。顾侨之始终没有在试拍中露面。

6

台风“利奥”袭港数日，大雨滂沱，顾侨之于午夜回到了潮湿的唐楼，小屋里却已有人在等他。一身职场灰套裙的宋晏坐在沙发上，清秀的脸庞透出一丝疲倦。顾侨之其实早就给了她唐楼钥匙，平日里她鲜少过来住，可这一天太特殊。

那张她费心求来的试拍函摆在桌面上，原来无人打开过。

顾侨之顿时明白了一切："阿晏，对唔住，是我最近太忙……"

"你知道你错过的是哪个大导吗？"

试拍函上的名字金灿灿，宋晏实在是为他感到可惜。这是多么好的一次机会啊，或许他认真准备就能扭转圈内形象，跨行飞升。可他却生生浪费了。

两个人许久没有见面了，重逢时却都沉着脸，气氛一下子降到了冰点，只剩午夜的雨声还在助演。

"其实……我这么忙，是有原因的。"

沉默良久，顾侨之可怜兮兮地背过身，从包里翻出他精心买下的礼物——一条华美的珍珠项链。

"你认识阮嘉仪吗？在和她对戏的时候，她戴了一条这样的项链。"顾侨之露出笑容，"真的好漂亮，我想你皮肤那么白，戴上去一定比她还好看……"

"阿晏，我拍戏攒了好久的钱，就是想给你买份礼物。"

看着顾侨之诚恳的脸，宋晏心里说不清有没有失望。她不贪图礼物，唯一想见到的，不过是两个人都在为想过的生活奋斗而已。

偏偏顾侨之驶离了轨道，宋晏的视线掠过珍珠项链，停在了整片照片墙上。她问得没头没尾："你上一次举起相机是什么时候？"

回应她的是沉默。她一时有些着急："我只是不希望你一直拍《最佳熟女》这种片子。"

"什么意思？"

话一出口，空气都好似凝固了。宋晏突然意识到这话带上了鄙夷，顾侨之被狗仔嘲讽已是司空见惯，竟没料到会在恋人口中听到同样的话。

“不怪你，”顾侨之平静地盯着宋晏的脸，将珠宝盒缓缓推到她面前，“只是我费尽力气，或许也只能拍上《最佳熟女》这种片子。”

他起身穿上了外套，屋外台风肆虐，他开了门，无声地走进了暴雨中。

这是宋晏与顾侨之爆发的第一次矛盾，身处黑夜里，宋晏内心有一丝慌乱。她注意到了顾侨之乌青的眼眶，他卖命地不停工作似乎还有更深的难处，可他并不愿跟她提起。

有那么一瞬间，宋晏开始害怕，怕她与顾侨之之间会生出一条裂缝，彼此会越来越远。

宋晏的预感真的开始应验。

顾侨之轧戏轧得越来越频繁，常常在杀青酒局后一身香水气地回家，坐在沙发上对着照片墙抽烟，一抽就是一整夜。与之相反，宋晏的实习逐渐步入正轨，两个人忙得挤不出时间见面，见了面也总是沉默。

香港长夏无边，相识快一年了，宋晏与顾侨之约在铜锣湾碰头，那家曾被剧组租用的照相馆已经开业，他们坐在蓝幕前拍下合照。摄影师笑戴着墨镜的顾侨之长得像明星，闪光灯乍现，他却始终没有把墨镜摘下来。

离开的时候，他们路过了那间暗室。顾侨之的行程排得满，步伐匆匆，宋晏却暗自停下脚步，朝暗室望去。那时的他们还有整个夜晚，她唯一想做的事，其实只是安静地看他在瓷盆里洗喜欢的照片。

不知何时起，她与顾侨之共同的信念在慢慢地碎掉。

宋晏将那张合照放进了钱包夹层里作纪念，不久后的一天，她与杰西卡在崇光百货用餐，争着结账时杰西卡的视线掠过宋晏的钱包，动作突然停了下来。娱乐编辑的眼光何等犀利，杰西卡却没有戳破，许多蛛丝马迹串在一起，成了一句好心的提点。

杰西卡叹了口气：“男明星与灰姑娘的童话，现实中怎么会存在呢?”

真的不存在吗?宋晏的心也犹疑了。可她曾经的梦是真的,她曾笃定地将顾侨之放进未来蓝图里。他们坐在天台上,相信伸手就能抓住整座城市的光芒。

可这样的光最后还是消散了。那是一个平常的傍晚,宋晏接到了上海打来的一通电话。原来是舅舅做工时摔下了楼,在医院急需照料。那头的舅妈骂宋晏白眼狼,语调急了,更是责令她立刻赶回上海。看来舅舅一家还是老样子,使唤起她时凉薄得不像亲人。

挂断电话,宋晏只剩苦笑。她在宿舍沉默地收拾行李,告诫自己要懂得感恩。但临行前,她还是忍不住去了一趟唐楼。

宋晏有满腹的委屈,她想说舍不得顾侨之,想说她已经快要实习转正,明明只差一步就能在香港留下来,可一切还是出了差池。她一边敲门一边掉眼泪,满心只想得到顾侨之的一个拥抱——

房东打开了门,在他的身后,屋内空空荡荡,没有碟片机,没有照片墙,也没有顾侨之。

房东解释道,前几日这个租户就搬家了。他的声音断断续续落入宋晏的耳中,她却难以辨清。宋晏只知道,原来顾侨之也走了,他不告而别。

7

其实宋晏一直没有放弃过寻找顾侨之。

回上海后的数月,舅舅始终卧床不起,医药费更是一个天文数字。一时间,港中大的学业被搁置,宋晏只能回到筒子楼里艰难度日,打着零工照顾舅舅一家。

港陆通信不畅,宋晏于是寄信给杰西卡,请她帮忙联络顾侨之。收到回信的那日正好是世纪末，千禧年到来，维港的烟花一定空前盛大。宋晏一边想象着那浪漫的画面，一边拆开了信。

信封里是一张剪下来的娱乐报讯。

《熟女掌门人阮嘉仪恋情曝光》，剪报上的女星甜蜜偎依在男人身旁。宋晏看了许久终于认出，那个男人是顾侨之。那个陪她深夜轧马路，带她去看维港烟花的顾侨之。

小报仍笑他是花瓶男星，这一次连宋晏都想骂他肤浅。她气呼呼地连坐起杰西卡，索性负气地没有回信，可心里还存了一丝念想。她执着地想，或许顾侨之会来找她，她只是要等一等。

可这一等又是几年，这几年里舅舅过世，宋晏转到复旦完成了剩余学业，毕业后留在了上海工作。她始终没有得到顾侨之的消息，所幸二十一世纪的网络发达起来，她试图在网上搜索顾侨之这个名字，可弹出的资讯只有一堆肥皂爱情片，以及一个词，退圈。

2000年末，顾侨之与阮嘉仪和平分手，后宣布退圈。他的粉丝热情消退，没有人再记得他，除了宋晏。她留意到顾侨之在这一年后，便杳无音信了。

2000年发生了什么？

那年香港最大的事故，是一艘开往内地的轮渡意外沉没，船况之惨烈，被港媒称为千禧岁末的惨案，港版铁达尼号。

再后来，宋晏养成了每日收看翡翠台新闻的习惯。她也不知道自己在固执地等待什么，但心愿终于得到了应验。平常的一天，她接到了多年老友杰西卡的来电。

如今的杰西卡已经当上了日报社主编，这一年的香港被金融风暴席卷，湾仔唐楼一带也面临拆迁。

在那片破败的橙色唐楼里，有一间笼屋数年无人，却贴满了灵气的摄影作品。记者闻风赶至，在里头大量搜寻，终于知晓了摄影师的身份——隐退多年的男星顾侨之。

那顾侨之去了哪里呢?

无数人开始探寻顾侨之的踪影，才得知他令人唏嘘的故事。他在父亲破产后出道，与公司秘密签订了对赌协议，量产拍烂片，与女星协议恋爱，终于在两年后还清了父亲的债款，后宣布退圈。

2000年末，顾侨之登上了香港开往上海的轮渡，这艘轮渡也被称为港版铁达尼号。

“那一年，是我告诉了他你在上海，”杰西卡在电话里说，“但没有人知道他踏上了那艘船……”

无人知晓当年顾侨之与宋晏的相恋，他的不告而别只因债主追进了唐楼，他不得已选择了搬家，却无意中与宋晏错过。于是顾侨之花了两年时间终于成了自由人，去寻找他爱的女孩。

临行前，他买下了唐楼小屋精心布置了一个惊喜，他想宋晏一定还记得，在那个暗室的夜晚，他虚掩了一张不让她看的照片。

杰西卡挂断电话前，突然想起了唐楼里的一件事。

“阿晏，在那片墙的中心，那张照片上的人，是你。”

男明星与灰姑娘的童话成了真，在童话的最初，顾侨之曾悄悄拍下了一张宋晏坐在天台的照片。他始终记得那日黄昏，他们坐在天台上无忧无虑地哼唱《昨日重现》。

也是在一个相似的黄昏，顾侨之登上了一艘永远留在了千禧年的船。

昨日无法重现，此后余生，他再也没有如期归来。

茉莉与蔷薇

她是城堡里的茉莉公主，
而他是城堡外风尘仆仆的普罗大众。

文/沈鱼藻

1

她叫贾思敏，没错，和迪士尼知名动画电影《阿拉丁》里的茉莉公主同名。

巧的是，顾嘉烈遇到她的那一年，距离《阿拉丁》上映刚刚过去半年，神灯和阿拉伯公主余烬未熄。所以当坐在“荣记”门口的榕树下，一听到“贾思敏”三个字，顾嘉烈便忍不住扭过头去看。

那是香港1993年7月初的庙街，恰是月上梢头，盛夏的夜晚，最是庙街灯火辉煌生意鼎盛的时候。人来人往、摩肩接踵，气味混杂、烟火重重，好似顾嘉烈桌子上那一砂锅熬煮得浓浓的潮汕粥。顾嘉烈单坐一桌对着粥抽烟，扭头的那一瞬间，隔着幢幢树影和缈缈灰烟，十八岁的少女贾思敏像一只蝴蝶般旋转着闯入了他的视线。

1993年夏天的贾思敏是标准的香港学生妹模样，留半长及肩的妹妹头，有乌黑似墨蓬松如云的一头秀发，白色半圆发卡下溜出一缕微厚的斜刘海，随着亚热带燠热的夜风微微鼓动。她身上的连衣裙与发卡同色，下摆长及膝盖，露出少女莹白圆细而又力量感十足的小腿与双臂。脚踩一双白色球鞋，那球鞋洁白耀眼，踩在庙街污秽的地面上，显得那样不相宜。

就仿佛贾思敏和庙街，这样一朵看似不食人间烟火的小茉莉，为什么会出现在这烟火呛人的庙街？属于她的场景应当是校园、湖畔，以及藤萝为绳的秋千。

老荣看出他的心思来，出声道："毕业季呢，多半是预科毕业的学生仔，以为自己已经成年，跑到这里来见世面。"

可不是，贾思敏并非单独一人，与她一起的还有一个少女和一个少年，都有着不识人间烟火的稚气小脸。那男孩挽着贾思敏的手臂神态亲昵，毫无疑问是她的男朋友。而另外那个少女，多半是贾思敏的闺密，那一声吸引顾嘉烈注意的"贾思敏"正是由她喊出口的。

三个人嘻嘻哈哈推搡着走到"荣记"，在背对着顾嘉烈的那张桌子前坐下来。顾嘉烈听到他们的菜单，呵，果然是"成年人"来见世面，还点了酒呢。

然而到底是良家少年，未几时，便听得话里带了醉意，尾音长了、鼻音重了，初来乍到时的那点羞涩也被酒精烧了个干干净净。顾嘉烈背对着他们，只听见少女甜俏的声音："今天晚上这么开心，不如我给大家唱一首歌助兴吧。"

顾嘉烈暗自一笑，怕又是醉鬼酒后失德，他已做好了堵住耳朵的准备。

然而出乎他的意料，清脆的一声叮响过后，那女孩的歌声从他背后飘来。贾思敏的歌声与她说话时的声音截然不同，她的气声宽厚却不乏青春感，像是一个有故事的夏天，声音条件已是绝佳。更令顾嘉烈惊奇的是，她唱的并不是本港任何一支流行曲，而是将日本某歌手新近发行的某支歌重新自行编曲填词，唱出了与原曲截然不同的感觉。

顾嘉烈忍不住转过身去。

醉鬼贾思敏正击节高歌，真正是击节高歌啊，像古人那样，用筷子敲击着酒杯为自己伴奏，把一首歌唱得声色饱满、味道淋漓。

一曲终了，顾嘉烈冒昧地开口："小姐，你好，我叫顾嘉烈。"

贾思敏被这突如其来的声音吓了一跳，扭过头来看顾嘉烈。她当真是喝醉了，脸色酡红如胭脂乱涂，睁大一双圆眼，波光粼粼，茫然无辜地看着顾嘉烈。

顾嘉烈做自我介绍："贾思敏小姐对吗？你好，我叫顾嘉烈，是英格丽唱片公司的员工，我认为你很有歌唱的天赋……"

不等他说完，贾思敏的男朋友便插嘴打断了他的话："对不起顾先生，我女朋友马上要去英国读书了，是不会进娱乐圈的。"

这年轻男孩的语气虽然貌似客气，却掩盖不住他对娱乐圈的鄙夷。男友既已出面代为回绝，贾思敏也只是抱歉地一笑。顾嘉烈只得微笑着冲贾思敏点点头，然后背过身去。

然而贾思敏的歌声吸引到的不只是顾嘉烈。过了一会儿，几个穿花衫的男人握着酒瓶摇摇晃晃地围过来。为首的那个面目可憎，脸上带着无赖的涎笑："刚才是哪个小妹妹在唱歌？唱得不错呀，听得人骨头都酥了，不如再给我唱一曲？"

十七八岁的良家少年哪里见过这种场面，一时间，贾思敏和她的朋友们吓得呆若木鸡。直到男人伸手去摸贾思敏的脸颊，男友才鼓起勇气小声说："这位先生……"

他的话引来哄堂大笑，笑够了，男人把手里的酒瓶往桌子上一砸，锋利的瓶口抵住他的脸："小东西，胡须还没长出来也敢学人充好汉，不想死就快滚！"

男孩的脸瞬间煞白。

下一秒，他在轻佻的口哨声与倒彩声中转身落荒而逃，只留两个女孩在狼群里瑟瑟发抖。

更滑稽的是，男孩逃跑后，贾思敏的闺密也颤抖着举起手，带着哭腔问："唱歌的不是我，可不可以放我走？"

啧，你看，人性之丑恶，原来是不分成年人与孩子的。顾嘉烈叹了一口气，站起身来："靓坤，舞厅里的女孩不够靓吗？何苦跟个学生妹过不去？"

他拨开围观的人群，一步步朝着贾思敏走过去，站到她身边握住她凉汗津津的小手，笑着对靓坤说："不如看在我的面子上放她一马，有空请你饮茶啊。"

那天晚上顾嘉烈一直把贾思敏送到家。贾思敏家住浅水湾，可爱如画报般的白色房子里透出暖黄的灯光，仿佛一块杧果夹心的奶油小方。沿墙种着茉莉，隔着一条马路都能闻到茉莉花香。

道别后，贾思敏朝家跑去，过了马路又停下来，转身朝顾嘉烈挥了挥手，嘴角漾起两枚酒酿圆子般醉人的笑窝。顾嘉烈望着她，一直到她进了门。

这小小的女孩，果真是人如其名啊。贾思敏，茉莉公主一般无限娇宠的小姑娘。

2

再遇贾思敏是在英格丽唱片公司。

庙街事件后的第二天，顾嘉烈就因公出差去了台湾，待了大半个月才回来。他是唱片公司中层里的大忙人，刚下飞机就被召唤去公司开会，于是一身仆仆风尘，在会议室外的走廊拐角处与风风火火的贾思敏撞了个正着。

贾思敏依旧是一派学生妹的娇憨，但显然又与上次有些不同——她取下发卡涂了口红，白裙换成了红色波点裙，配一双红色高跟鞋。她在努力装大人，但是太过努力，落在顾嘉烈的眼里，倒让他想起斯坦利·库布里克的电影《洛丽塔》里，那艳丽而童真的少女洛丽塔。

贾思敏也认出了他，惊喜得尖叫一声："你总算回来啦！"

顾嘉烈十分惊讶。

他惊讶的不是这个女孩是为他而来，而是她竟然敢这样坦荡地自白。她真的还是个孩子呢，不知道成年人的世界里充满欲迎还拒、犹抱琵琶、指桑骂槐、顾左右而言他，唯一缺少的就是坦荡和赤诚。

贾思敏告诉他，庙街事件后的第二天她就跑去录了demo，邮寄给了英格丽唱片，包裹上写的是"英格丽唱片公司顾嘉烈先生收"。没过几天她便接到英格丽艺人部的面试电话，兴冲冲地去赴约，却发现面试自己的人不是顾嘉烈。

顾嘉烈微微一笑："是Justin吧，他是英格丽的音乐总监，这些事情一向是由他管的。"

Justin是个自来熟，八成包裹送到都是他代顾嘉烈签收，顺手也就打开看了个究竟。

Justin很欣赏贾思敏的天分，他做主签下了她，现在贾思敏已经是英格丽的签约艺人了。

当然，像所有后来无论声名大噪或籍籍无名的歌手前辈那样，她也得先从制作助理做起。

顾嘉烈问她："你怎么突然改主意了？上次在庙街不还说要出国读书？"

贾思敏的笑容一沉，小脸一拉："原本是要和他一起出国的，没想到他那么没担当。在香港都保护不了我，去到国外遇到事情那还了得？

我才不想和他呼吸同一座城市的空气呢。”

哟，这小小的茉莉公主还是位烈女。顾嘉烈扑哧一笑：“那你要好好加油了，未来的天后小姐。”

贾思敏羞涩地摸摸鼻尖，恭维他：“Justin说你的耳朵是英格丽第一毒，凡是你发掘的人都会大红大紫。他说阮蔷薇就是你一手捧红的……”

阮蔷薇，1993年香港歌坛最为璀璨的明星，英格丽唱片公司当之无愧的“一姐”，连续七届香港年度金唱片的获得者。她从庙街起步，一路披荆斩棘封后封皇、称王称霸，是香港乐坛的励志神话。1993年的阮蔷薇有多红？宋人说柳永“凡有井水处，皆可歌柳词”，而九十年代初的港人说阮蔷薇“凡有人烟处皆在听蔷薇”。

然而听到她的名字，顾嘉烈的脸上却淡去了笑容。他淡淡地对贾思敏说：“你记住了，在英格丽，人人都只喊她薇姐。”

贾思敏懵懂：“为什么？她也只有二十五岁呀。”

顾嘉烈一怔。

是啊，香港歌坛人人尊称“薇姐”的阮蔷薇，也不过只有二十五岁。她三岁在庙街榕树头出道，十五岁参加选秀，十六岁发片，十七岁大红，听上去仿佛已经走完了别人遥不可及的一生，然而她也只不过是个二十五岁的年轻女孩罢了。

开完会回到办公室，顾嘉烈让秘书调来贾思敏的档案册，细细看去，这个资质卓越的女孩从小到大竟然连一次歌唱比赛都未参加过，只参加过钢琴比赛、大提琴比赛……全是富有之家娇养女儿的昂贵玩意儿。

是他把她带上唱歌这条路的，此后无论荆棘满地还是星光漫天，都是他引她到这个路口来的，他对她有不可推卸的责任。

顾嘉烈拨通了Justin办公室的电话："那个叫贾思敏的小女孩，麻烦你多多费心。"

3

Justin一向是个放浪不羁的人，对于顾嘉烈的请求他满口答应："还用你说？她叫贾思敏，我叫贾斯汀，听名字我们还是半个兄妹呢。"

然而很快顾嘉烈却发现，贾思敏并未得到这"半个妹妹"的优待。

他又一次从内地出差回来，路过卫生间时，突然听到里面传来嘤嘤的啜泣声，似是女孩的声音，却是从男卫生间传出来的。

顾嘉烈觉得好奇，推门进去就看见贾思敏正握着墩布拖地，一边拖一边哭，眼泪像断了线的珍珠，一串串吧嗒吧嗒往下落，衣襟都被眼泪湿透了。

看到顾嘉烈，贾思敏如受了委屈的雏鸟见到母亲，抛开墩布扑进顾嘉烈的怀里，抱着他专心致志地大哭。她哭得可真认真，鼻涕泡冒出来，把他身上的衬衫都浸湿了。顾嘉烈虚虚地拍她的背，一颗心被她的眼泪浸泡着，忍不住变得酸楚而柔软。

贾思敏是被罚来打扫男卫生间的。

作为制作助理，虽然跑腿打杂、打扫卫生也是工作的一部分，但英格丽向来对未来的大明星们尽量客气，派花季少女打扫男卫生间这种事前所未有。

而贾思敏，她被罚的理由是送错了唱片给电台。

这几天阮蔷薇发新片，九十年代初的香港，歌曲的传播很大程度上仍有赖于电台的宣传。

英格丽对这张唱片极为重视，特地疏通关系，把首发安排在雷霆881商业一台的黄金时段。

谁晓得万事俱备，却在送唱片这个环节上出了岔子。贾思敏被安排去电台送唱片，哪知她送到的不是阮蔷薇的新唱片，而是另一位女星的。幸亏电台发现得早，才不至于造成重大损失。

但无论后果如何，贾思敏毕竟是犯了错，上头一怒之下就想出打扫男卫生间这个颇带侮辱性质的方式来惩罚她。

安抚好贾思敏后，顾嘉烈去制作部找Justin："这就是你说的半个兄妹？"

Justin一脸无奈："这件事情怪不到我，我可做不了主。"

他环顾一眼四周，站起来探过身子，在顾嘉烈耳边轻声说："这里不好说话，我们去酒吧。"

酒吧里，Justin晃荡着手里的血腥玛丽："听兄弟一句话，你如果真的为那小女孩好，或者让她离开歌坛，或者让她离开英格丽。怎么就那么凑巧，薇姐新片首发这么大的事，唱片却交给一个毛毛躁躁的小女孩去送？薇姐身边那么多助理都是死的吗？"

他言下之意，这件事情有蹊跷，贾思敏是被人设计陷害了。

Justin一口饮尽杯中酒，亮了杯底："薇姐那个人，你是最清楚不过的了。"

顾嘉烈沉默不语。

回到公司时已是晚上十二点。

出乎他的意料，贾思敏竟然还在。

她趴在他的办公室里睡着了，侧脸枕着手臂，眉头紧皱，嘴巴微张，睡得极不安稳。有亮晶晶的涎水润湿嘴角，顾嘉烈伸手去揩涎水，尽管他的动作很轻微，却还是惊醒了贾思敏。

贾思敏睁开眼睛，见是他，粲然一笑："你总算回来啦。"

顾嘉烈用了一路时间才硬起的心肠蓦地酸软，他俯下身去直视贾思敏的双眼，轻声问："如果，我是说如果，我有一个去别处发展的机会，你愿不愿意跟我一起？"

4

1993年，顾嘉烈已经入行十年，阮蔷薇的走红军功章上有他的一半，他还先后为英格丽发掘过不少日后混出头来的红歌星，在香港歌坛可谓颇有盛名。那夜之后没多久，就有新的机会找上门来——星辉唱片艺人部主管离职移民，于是星辉向顾嘉烈抛出了橄榄枝。

顾嘉烈牵着贾思敏的手，握住了星辉的这根橄榄枝。

作为顾嘉烈带去的唯一"老臣"，贾思敏在星辉自然获得了特殊待遇。不到半年，星辉就决定给她发片。首次发片由顾嘉烈担任总策划，配备星辉旗下最一流班底，誓要把贾思敏一炮捧红。

然而在主打歌的选择上，两个人却出现了分歧。

顾嘉烈原本打算找知名词曲人写一首新歌做主打歌，贾思敏却想翻唱初见那晚她在庙街唱的那首日语歌。

八九十年代的香港台湾乐坛，翻唱日语歌几乎可以说是一种流行趋势。贾思敏的想法并不怪诞，顾嘉烈却不同意："为什么要唱别人唱过的歌呢？原创不好吗？"

他们在海边吹海风，贾思敏面朝大海抱腿坐着，不说话，只看得见棒棒糖在她嘴里从左边滚到右边，又从右边滚回左边，她在生闷气。

等到闷气生够了，贾思敏霍地起身，没头没脑地扔下一句话："你别以为我不知道，薇姐的新专辑也打算用这首歌。"

说完她转身就跑了，留顾嘉烈一个人在海边苦笑。

顾嘉烈原以为这场气贾思敏会生好久。

没想到当天夜里，他正睡觉，突然电话铃声大作，接起后是贾思敏："顾嘉烈，我在你家楼下。"

顾嘉烈翻身起来拉窗帘，果然，楼下电话亭边的人不是贾思敏又是谁？她斜靠着电话亭站着，穿薄薄的春衫，被凉凉的夜风刮得直搓手臂，而垂下的那只手紧紧握着行李箱的拉杆。觉察到顾嘉烈正在窗口看自己，她抬起头来，冲着他傻乎乎地一笑。

贾思敏是离家出走的。

原来她签约唱片公司这件事竟一直瞒着家里，给英格丽寄demo时她才刚成年，因此签合同无须经监护人的同意，由此让她钻了这个空子。这将近一年的时间里，她一直骗家里人自己在做文员。但谎言终究有被拆穿的那一天，这不，到底还是被发现了。

贾思敏家是个传统家庭，自然视娱乐圈为洪水猛兽，听闻女儿要做歌星，父亲几乎气到心脏病发。他威逼贾思敏立刻和公司解约准备再次申请出国读书，否则就要和贾思敏断绝父女关系。

"所以我就跑来投奔你啦，我现在可是无家可归了。"

贾思敏的眼里星光灿烂，顾嘉烈好笑又好气："你还真是心宽，你爸爸那里怎么办？你真要和他断绝关系？我怕人家会说我拐带良家少女。"

贾思敏笑嘻嘻地道："他嘴上说说而已，就算现在生我的气，过两年气消了，不一样还是我爹地。"

她的话好有道理，自古父母与儿女的斗争，都是父母满盘皆输。

顾嘉烈听了这话，却不禁怔住了。

5

或许是出于愧疚，顾嘉烈到底还是同意了贾思敏的要求，决定用那首日语歌做主打。

但很快就遇到了新难题，这首歌的曲作者是一位性格乖僻的大师，他不愿随便授权。想要翻唱？可以，必须先向他证明自己有这个资格。

于是1994年的春天，顾嘉烈和贾思敏一起来到日本和歌山。

和歌山正是樱花绽放的时节，和大师一起坐在前廊深檐下，风送樱花香，贾思敏赤脚打拍子轻声哼唱起那首经她改编的歌。听完后，大师微微一笑："小女孩，你的这一首会红过阮蔷薇那一首。"

贾思敏吓了一大跳，她并未存着这样的野心。她睁大懵懂的双眼看向大师："为什么？"

大师声音淡淡的："因为她唱的是人生，而你唱的是青春。每个活着的人都有过青春，但不是每个人都已经活到能领悟人生的年龄，因此听懂你的人会比听懂她的人多。小女孩，你是个很幸运的人，祝愿你可以一直这样幸运下去。"

贾思敏没有听懂。

她只知道，她拿到了这首歌的改编授权，即将和歌坛大姐大阮蔷薇来一场公开较量，而这首歌的原曲作者断定她会赢。

大师果然是大师。

1994年的秋天，歌坛新人贾思敏与歌坛大姐大阮蔷薇同时发片，主打歌皆是翻唱自某支日文歌。发片后一周，权威音乐杂志公布销量榜单，贾思敏领先阮蔷薇一万张，一个月后，这个数字变成了三万张。

等到三个月后，金唱片揭晓之前，贾思敏的唱片销量已累计超过阮蔷薇十万张。

贾思敏与阮蔷薇的唱片之争成为那一年香港娱乐圈最热门的话题，街头巷尾热议的焦点。

贾思敏是谁？哪里跑出来的新人，竟然一出道就打败了大姐大阮蔷薇？可是她的歌真好听啊，带着一股青春轻快的怅惘，和阮蔷薇给人的沉重感觉全然不一样。

1994年秋天的贾思敏实在太红了，几乎所有人都以为，那一年的金唱片一定会是贾思敏的囊中之物。

然而出乎所有人的意料，组委会最终把奖颁给了阮蔷薇。

贾思敏和阮蔷薇的一场大战，从这天起才正式拉开帷幕。

6

金唱片公布后，贾思敏和阮蔷薇之间原本就躁动不已的暗潮终于决堤上岸。

颁奖典礼的第二天，各大报纸旗帜鲜明地刊出两种意见。

一种认为金唱片暗箱操作内定阮蔷薇，在贾思敏如此受欢迎的情况下颁奖给阮蔷薇，有违公正原则，实属利益勾结。

而另一种却认为阮蔷薇是实至名归，虽然在销量上输给了贾思敏，但阮蔷薇的歌显然在思想性和艺术性上更胜一筹。贾思敏不过是以浅显易懂取悦大众，但金唱片并非销量奖，如果只按销量来评判，又何必设置金唱片奖？只看周刊排行岂不省事？

公说公有理，婆说婆有理，港人一向好事，很快，这场争论波及了全港师奶，大家你同情贾思敏、我可怜阮蔷薇，从报纸到街头，吵得不可开交。

不过再激烈的争吵，也总有偃旗息鼓的时候。

这场争斗，最终以一种非常诡异的姿态宣告终结——1995年初，贾思敏宣布退出歌坛赴英国继续读书。次月，阮蔷薇也宣布退出歌坛。

一个是高潮时戛然而止，一个是刚出场就宣布落幕。

香港乐坛同时失去了它的老将与新星。

贾思敏离开乐坛的真正原因从未对外公开过，读书不过是个幌子。

原因是她的精神状态出了一点问题。

她从小就是养在富贵之家的小茉莉，母慈父爱一生顺遂，从不知人间坎坷为何物。长到十八岁，她遇到的最大挫折也不过是发现男朋友面目可憎。但唱片的成功骤然把一个毫无准备的她推入了成人世界的旋涡，卷入和阮蔷薇的高低之争后，她频频收到阮蔷薇狂热歌迷寄来的恐吓信，有血书、诅咒娃娃，甚至还有死老鼠——或许她的歌迷也在对阮蔷薇做同样的事情。

直到贾思敏那“断绝父女关系”的爸爸拿着支票簿找上星辉。

贾思敏与星辉的合约还有四年才到期，临时解约实属违约。但星辉自觉没能保护好贾思敏心中有愧，于是同意解约，也并未收取违约金。

顾嘉烈送贾思敏的爸爸出公司，走到大门口，那位儒雅的中年人突然停下脚步转过身来，一双炯炯有神的眼睛直视顾嘉烈：“顾先生，星辉自觉对敏儿心有愧疚，那你呢？”

顾嘉烈怔住了。

1995年的夏天，迟了整整两年，贾思敏到底还是来到了英国。

而顾嘉烈，陪在她身边。

7

去英国前，贾思敏还没有拿到大学的录取通知，之所以急着离开香港，不过是为换个地方、换种心情。在英国，贾思敏一边温书准备考试，一边定时去看心理医生。

剩下的时间，就花在了和顾嘉烈如观光客一样的到处乱逛上。

有时贾思敏会问顾嘉烈：“你会不会后悔？”

他原本可以待在香港，他在香港已经有自己如日中天的事业，歌坛人人尊称一句“烈哥”。和她一同来伦敦，就意味着他要放弃前半生的事业。

顾嘉烈不以为意：“没什么，反正我本身也不是很喜欢做音乐。”

贾思敏笑他：“哇，你好嚣张，不喜欢还做到这种地步，要人家那些喜欢又没有成就的人怎么活？”

顾嘉烈淡淡一笑，没有回答。

初到英国，1994年最红歌手的余温未散，还是有好事的媒体意图用贾思敏来博眼球，偷偷跟踪到英国来，拍下贾思敏与顾嘉烈一起游玩时的影像。第二天港媒便登出新闻：赌场失去情场得，贾思敏牵手顾嘉烈。

贾思敏也在伦敦当地的中文报纸上看到了这则新闻，自然，顾嘉烈也一样。

但谁也没有提起要去向媒体澄清。

澄清什么呢？如果说他们并非恋人，不是恋人又怎么能做到放下打拼半生的江山陪她到别处落地生根呢？

可只有顾嘉烈自己明白，他的所作所为，不过是因为四个字——心中有愧。

渐渐地，媒体不再打扰贾思敏，她的精神裂痕在异国的雾雨中渐渐得到修复。第二年，她成功拿到了录取通知进入大学。

顾嘉烈有时会去学校看她，校园里的贾思敏穿着白裙和白鞋，乌发蓬蓬、笑靥如花，恍惚依旧是1993年庙街初见时的模样。中间的滔滔岁月仿佛皆不存在，所有故事也未曾发生。

而顾嘉烈呢？曾经在香港歌坛颇负盛名的音乐人顾嘉烈，他在英国的岁月与音乐毫不相干。他和贾思敏租住的公寓在苏活区，距离中国城颇近，有时顾嘉烈喜欢走路去中国城吃午餐。他常去一家潮汕移民开的餐厅，后来老板生病急需用钱，打算把铺子盘出去，顾嘉烈索性接手了这家餐厅。

谁也不知道，音乐人顾嘉烈做得一手好潮汕菜。他一个人又做厨子又当老板，把餐厅经营得有声有色。人间烟火缭绕里，维多利亚的星光恍如前世。

如果日子这样继续下去……然而日子并未能这样继续。

8

那是伦敦难得晴朗的一天，午饭时间已过，晚饭时间又未到，顾嘉烈在餐厅里闲坐。突然间，叽叽喳喳一帮人涌进来，带头的是贾思敏，她带了一帮同学来，都是她戏剧社的社友。

顾嘉烈忙挂上“暂停营业”的招牌，亲自张罗盛宴款待这群小友。

顾嘉烈手艺绝顶，大家都吃得很尽兴。贾思敏尤其兴高采烈：“顾嘉烈，我们戏剧社打算排演罗密欧与朱丽叶，我演朱丽叶，到时候你一定要来看！”

贾思敏学校的校园戏剧社颇负盛名，出过不少小有名气的戏剧演员，甚至还有人获得过托尼奖提名。顾嘉烈去看过他们排练，他过去是做流行乐的，看不太懂，但也能觉察出与流行乐的区别。有时坐在舞台下看着贾思敏在台上表演，他会有一种感觉——这才是贾思敏真正应该，也是原本应该走的道路。

顾嘉烈微笑着答应了贾思敏。

突然间，背后的电视上“阮蔷薇”三个字飘进他的耳朵里。

他转过头去，猝不及防的，阮蔷薇苍白的面容闯入他的视线里。

满桌的小友们还在笑闹，但那嘈杂的笑闹声却掩盖不住电视里传来的播报声：“据可靠消息，曾经誉满香港的华人女歌手阮蔷薇罹患癌症，正在医院接受治疗……有传言称，阮蔷薇早在两年前就已患病，有猜测认为，当年阮蔷薇突然退出歌坛或许正与此相关……”

一个月后，贾思敏在戏剧社的校园演出里演《罗密欧与朱丽叶》。

顾嘉烈去看了这场表演。

然后，他离开伦敦，回了香港。

离开前的最后一夜，顾嘉烈与贾思敏在餐厅里道别，一桌子都是他烹炒的潮汕味道。保险丝烧断了，屋子里没有灯光，只有月光从半掩的窗子里溜进来，朦胧地照着顾嘉烈一双似有水光的眼睛。

“小时候在庙街，给荣记当伙计，老板看我手脚麻利又勤快，时常传我两手绝活，想把我当传人培养。有一回蔷薇生日，我使尽浑身解数给她炒了一桌子菜，想向她证明，我有养活她的本事。可是她拿了一张歌唱比赛的传单跟我讲，顾嘉烈，我想当歌星。

“就这样，我辜负了老板的期望，和她一起一头扎进娱乐圈。我们吃过很多苦，到最后终于变成别人口中的薇姐和烈哥。

“我对音乐没有像她那样的热情，我总觉得已经够了，她却总觉得还不够。就这样，我们之间的分歧越来越大，让我总是怀念起相濡以沫的少年时光。就在这时，我在庙街遇到了你。

“同你搭讪，是十年里积累下来的职业病。小茉莉，如果时光可以倒流，如果能回到那天晚上，我一定不会去打扰你。

“你的人生里本来就不该有我。如果我没有强行闯进你的世界，你会按部就班地出国读书，恋爱结婚，组建家庭，生儿育女，从一个快乐的少女直到变成一个快乐的老太太，永远顺遂，永远矜贵。”

他和她，原本就不是一个世界的人。

她是城堡里的茉莉公主，而他是城堡外风尘仆仆的普罗大众。阿拉丁与茉莉公主的故事只存在于神话传说里，现实是，即使与茉莉公主有过短暂的交集，阿拉丁惦念的，却始终是那个曾与自己相濡以沫的平民姑娘。哪怕他们曾经分道扬镳，哪怕他们曾经决裂，哪怕他们一直在冷战。

不能再任性了啊，他的姑娘如今已经时日不多。

想当初，他因为心中有愧而随着贾思敏远走英国。如今，贾思敏因为他而错位的人生终于重归原位，他是时候离开了。

他真庆幸，贾思敏如茉莉公主一般的人生即使偶尔脱轨，也永远都来得及逆转。

他真悲哀，阮蔷薇的一生从来都只是一条驶向未知的单行道。

9

1997年的冬天，顾嘉烈回到香港。

阮蔷薇病逝于1998年的秋天。

她生命中最后的岁月，顾嘉烈都陪在她身边。

曾经那样明艳而强势的薇姐，在生命的尽头瘦成那样小小的、可怜的一团。顾嘉烈抱着她在屋檐下看秋风落叶，半睡半醒间，阮蔷薇突然开口说："那年送错唱片的事，是我故意诬陷她的。"

顾嘉烈温柔地回答她："我知道。"

阮蔷薇继续说下去："我听到别人说你交代Justin优待她，觉得好生气，听了她的demo后又好担心。那时候我已经隐约知道自己得了病，我想在最后的岁月里独霸你的关心，也独霸歌迷的耳朵。但是到头来，什么都被那个小女孩分了一杯羹……"

她攥着顾嘉烈胸口的毛衣，打了个哈欠，声音绵软："她现在在哪里呢……"

顾嘉烈回答她："她回她的城堡去了。"

阮蔷薇没有再说话。

她抓住他毛衣的手也松开了。

1998年的秋天，贾思敏回去了她的城堡。而阮蔷薇，也回到了她的天上。

10

后来，贾思敏再未回过香港，她在异国读书、毕业、恋爱、结婚，按照她原本应有的轨迹按部就班地走了下去。

而顾嘉烈却回到了庙街。

老荣已经彻底老了，他把荣记交给了顾嘉烈，自己回潮汕乡下养老去了。

顾嘉烈一生中有三段烹炒岁月，第一段是少年时的庙街，那时身边有阮蔷薇；第二段是而立之年的伦敦，那时身边有贾思敏；第三段是整个余生，他的身边空无一人。

1997年以后，来香港旅游的内地人越来越多，庙街也成了热门的观光景点。顾嘉烈的潮汕馆每天客似云来，有时他会听到客人的手机里在放老的粤语歌，贾思敏那首歌出现的频率总是很高。

然而有谁知道呢，多年前，这首歌的“首发”就是在这里，就在他们坐着的这张长凳上。

老去的顾嘉烈笑而不语，倚着已经老去的树，轻轻吐出一个淡蓝色的烟圈。

鹀童

我 会 一 直 记 得 ，

那 个 小 时 候 的 你 。

文/林稚子

壹 · 1971

夜雨潇潇，近新年了，台北木栅才一夜入秋。梳着童花头的孩子清早站在中庭，残更的冷雨从枝叶间随风而落，打湿了她的衣裳。碎白石铺就的枯山水庭院两侧，木槿花经受一夜风雨，淡紫色的花瓣变得微微有些透明。孩子百无聊赖地剪了几枝，发现灌木深处新绽放的花朵，这一支却是纯白的，忍不住斜身探过去。

"霜玉，霜玉——"

藤萝掩隐的日式旧宅子里传来妇人嘶哑的呼唤声，那个叫霜玉的女童却不知跑去了哪里，潮湿的小径上徒留一盘新剪的木槿。

天光渐亮，从内室传来留声机咿咿呀呀的唱腔。一箱子黑胶唱片用了多年，音质虽有些破损，却还是不妨碍听出杨太真低回的媚态："海岛冰轮、初转腾——"长长的尾音拖着，像旧年的蛛丝，飘飘荡荡拂了人一脸。

霜玉此时躲在树篱下，无声地撇了撇嘴。她在同学家里见过录音机，什么样的歌磁带里都有，比家里的破京剧好听多了。但十九姑娘总不愿换，世界的一切都在滚滚向前，郑宅里却沉寂得近乎破败。她略等了片刻，知道十九姑娘一旦开始听曲儿，任外面什么事也就不闻不问了，这才轻手轻脚地从藏身的灌木阴影里爬了出来。

身后花木的枝条随之窸窣摇动，霜玉偏过头，食指贴着嘴唇比了个噤声的手势，又凝神听了片刻。楼梯上并无声息，她这才放心地牵过身后那小小的影子，溜进了檐廊。

入了夜，郑十九坐在床榻上，霜玉端来盛满热水的铜盆。一只蛾子随之从纱门外跟进来，扑棱着双翅，朝着微黄的电灯一次又一次冲击。十九姑娘接过毛巾，将面上粉妆就着香皂慢慢揩洗干净。她迷信滚烫的毛巾按摩身子能延缓衰老，因此霜玉不得不一次次端着铜盆换过新的热水，以至于绞着毛巾的手心已然烫得通红。

秋夜漫长，那只蛾子仿佛不知疲倦，仍“砰砰”撞着灯泡。霜玉蹲在地上，将十九姑娘的双脚擦拭干净。

“是不是什么东西进来了？”预备安歇的十九姑娘坐在床头，卸过妆后的脸少了脂粉掩饰，此刻遮在壁灯影里，显出一种冷青的面色，乍一看有些吓人。她见霜玉并不吭声，一只手伸过去托起孩子的下巴，孩子的眼睛正对上她的眼睛。妇人手指上戴着硕大的宝石戒指，冰得霜玉不自觉地颤抖。

“姑娘，是飞进来了一只大夜蛾。”

“你骗我。”她凑近了。

霜玉的脸白了白，不自觉地闭上眼睛。

“我问着玩的。你怕什么？去吧。”十九姑娘忽然不耐烦地挥了挥手，霜玉小心翼翼地熄了灯，又合上门，抬头一看，她仍然笔直地坐在床头。以至于霜玉下楼时，想起方才对视的眼睛，脚软得差点走不动路。

其实她现在已经很少挨打了，即便是挨打，她也不怕痛，她只怕鞭子挥下来之前那漫长的恐惧。那时十九姑娘还没有全瞎，很有耐性地看着霜玉在屋子里逃，就像一只蹲伏在网子中心的蜘蛛，无论霜玉躲在哪一个房间，总能打开柜子，掀开帘布找到她，并盯着她。十九姑娘从不怕她跑了，就算跑出了这个院子，台北那么大，她一个无依无靠的小女孩还能去哪儿呢？

等到霜玉将那个从矮墙狗洞里爬进来的孩子领到十九姑娘面前时，已经是第二天早上。那孩子老实，她忘了给他留晚饭，他也只是睡，睡在壁橱里，隔着薄薄的拉门，听不到他一点呼吸。好几次霜玉惊醒过来，疑心会不会将那个孩子闷死了，翻来覆去不安心，索性将孩子抱出来放在自己身边。如此折腾了一夜，等到天亮，一点点睡意刚扫过眼皮，就听见十九姑娘在喊要马桶。霜玉一个激灵爬起来，迷迷糊糊间踩着孩子的胸口，吓得大叫起来。

事情就此暴露了。

这些琐碎的事霜玉后来都不记得了，还是汪亥握着梳子给她梳头，一点一点说起来的。她一生都是少年时那样，清汤寡水的童花头。

“阿姊，你想起来没有，那时你踩得我好痛。我没哭，你倒是哭了。”

名叫霜玉的女子在台北冬季熹微的天光里仰头，蓝黑色的眸子在冷空气里睁得大大的，如寒潭一般，把很多幽微的往事都沉下去，难觅踪迹。她果然忘记了——汪亥心里一酸，那时的回忆虽然大多都不快乐，可那个时候她眼睛里还有一点暖意。他自己这些年也并不是一帆风顺，可想到那一点暖意，就足够他挨过无数寒冬。

贰 · 1973

不知是不是幼年被踩踏过的缘故，后来的汪亥瘦瘦小小的，总是不长个子。当初十九姑娘留下他，说既是辛亥年来这儿的，就叫他汪亥："小猪多好啊，到哪儿都有吃有睡，福气着呢。"说完她用扇子掩着嘴笑，两个孩子不懂，只觉得十九姑娘难得肯笑，必然是好的。

这年夏天，十九姑娘一向信赖的茂先生，说台北东区将来一定会有大发展，劝她把银行里的钱都取出来做投资，搞房地产。茂先生和十九姑娘同是苏州人，早年间又是同乘一条船来的台湾，一路上彼此很照应。后来十九姑娘定居木栅，茂先生也跟来木栅开药店，直到如今都没有娶妻。十九姑娘私下里觉得茂先生对自己是有意思的，然而她可是有身份的，是郑家订了婚还未过门的妻——为了这个名分，十九姑娘便总是点到即止，忽冷忽热，让自己在异乡有个依靠，也好让茂先生对自己没有过分的表示。

来台湾二十几年，忠心耿耿陪着十九姑娘的只有茂先生一个人。连她后来患了眼疾，从他药房里拿的西药一律都是不要钱的。为此，十九姑娘把养老的本钱都取给了阿茂。

但那些钱连着茂先生这个人，自此便在台北蒸发了。

这一年霜玉刚念完小学，十九姑娘说女孩念书多也没用，又不能像男孩一样考学去做官，就把霜玉的学给停了。那时台湾刚推行九年制义务教育不久，霜玉的老师过来家访，她们家住得偏远，十九姑娘见了老师又没什么好声气，渐渐老师也不管了。

饶是她看不上女孩，却也不让汪亥念书，一家人关起门来过日子，空吃内耗，渐渐三餐都有些不继了。

十九姑娘不信有人肯花二十年的时间骗她，更不信那个人是阿茂，每天都让汪亥去茂先生的店门口守着。汪亥回来后总说，那房子落着锁，没有人。十九姑娘疑心他贪玩，并没有好好去看，对汪亥非打即骂。有一天霜玉端上来夜饭，是家里剩的最后一把米煮的粥。汪亥走进来，说今天蹲了一天还是没看见阿茂。十九姑娘闻声，扬手就把碗朝他身上扔过去。

“都是你这个报灾童子，丧门星，自你一来就没啥好事发生。滚，滚出去！”

那一下砸得重，汪亥跑了。

夜里霜玉等十九姑娘睡下，掩了门出来找汪亥。他并没有跑远，一个人缩在矮墙底下坐着，手里还抱着那个碗。

“你怎么样？”月色里，霜玉的声音几不可闻。

“没事的阿姊，她扔过来的时候我接住了，还剩了些在碗里，留给阿姊喝。”汪亥小鬼精灵，邀功似的把半碗粥举到霜玉面前。

“你傻呀，那粥多烫，伤着了没有？”

“伤不了我，我福大命大。”汪亥嬉笑。

霜玉掀起他的衣服看，就着淡淡的月光，也能看出来那大半个胸脯红扑扑的。疼成这样他都不舍得撒手，就想着给她留那半碗粥。

慢慢地，家里能卖的都卖了，十九姑娘每日躺在摇椅上，听她那部坏到发出“吱吱呀呀”声音的留声机。有一日天气晴，太阳蒸得外面的蝉都不叫了，十九姑娘要霜玉把阁楼上樟木箱子里的衣裳拿出去晒晒。

汪亥从来没有上过阁楼，这时跟在霜玉后面打下手，攀了梯子上来，才发现这里一箱一箱都是极精致的戏服行头。

有簪翠的凤冠霞帔，有连珠的锦绣宫衣，梅兰竹菊，光耀琳琅，映入眼里再抱起来，是云霞一般不真实的触感。

汪亥问霜玉这些衣服都是谁的。

“当然是姑娘的，除了她还有谁？”霜玉小心地在院子两头撑开篷布，戏服不能暴晒，年年都要趁着最热的时候借这一地的暑气烘衣裳。

“怎么从来没见她穿过？”

霜玉摇摇头，自她记事起，十九姑娘的眼睛便有些不好，既没听过她唱，也没见过她穿。

“她是不是骗你的？”汪亥恍然大悟。

一院子珠光丝滑的彩衣绣帔在晴天底下晾着，花团锦簇，却如挂历一般，有种哑然的美。屋子里有穿堂风，十九姑娘坐在凉风里，倒像那冷气不是风而是自她心底生出。

十九姑娘说：“汪亥，你多嘴多舌，要晒坏了我的衣裳，仔细你的皮。”

两个孩子立时噤了声，十九姑娘又说：“汪亥，你喜不喜欢这些衣裳？”

自始至终她都闭着眼，可她的眼睛仿佛不是长在脸上。汪亥一愣，有些讪讪地走到一旁。

“你要是喜欢，就去学戏，这屋子里的一切将来就好交给你了。”十九姑娘突然意味深长地一笑。

“我去。”

“事先讲明，学戏可是要吃很多苦头的，将来你可不要怨我。要怪，就怪你自己的命。”

“我去。”

霜玉一惊，转过身看着汪亥，他一双亮亮的眼睛也望着她。十九姑娘的意思他再明白不过，可是他没得选。

叁·1975

汪亥被十九姑娘带去了“台北好戏看”，却不是唱京戏的戏，而是游走在台湾各地巡回演出的马戏团。

汪亥的样貌好，花瓣一样鲜润的圆脸，带着点婴儿肥，是男孩中少有的可爱和漂亮。马戏团班主先要汪亥扮丘比特，吊着威亚在大帐篷上空飞来飞去，荡秋千、跳火圈，向观众发射彩纸和糖果。金色的鬈发头套紧紧箍着汪亥的脑袋，一双圆眼的眼角被吊得狭长。

汪亥首演的时候，马戏团老板让人过来送票。十九姑娘让霜玉在戏院门口把那两张票卖掉，换胭脂水粉回来。

她一天也不肯让自己不化妆。汪亥没演出之前，哪怕没饭吃，把屋子里一堂红木家具卖掉，她也要每天早晨坐在梳妆镜前，让霜玉替她描眉打扮。

十九姑娘早年也是个美人，尖尖的下巴，五官小巧玲珑，整个人像是冰雪雕琢出来的。她生眼疾以后看不清了，还以为自己是美的。然而瘦的人年纪一上去，从前玲珑的面相便脱胎成刻薄，渐渐有些鼠相，加上两鬓疏白，还像年轻时候那样打扮，就有些不伦不类了。

霜玉便有意把脂粉打得淡薄些，十九姑娘察觉了，没头没脑地拧她，骂她是没教养的东西，把好东西搽在自己脸上，是不是想去诱惑男人。

霜玉这年刚满十五岁，被骂到难听时不再像小时候那样动不动就掉眼泪，只是紧抿着嘴唇。她一张脸上几乎没有好地方，两腮都是被十九姑娘掐出的指甲印子。汪亥有一次放假回家看见了，直接上楼找十九姑娘说理。

“你不能这么欺负霜玉。”

躺在摇椅上的十九姑娘一愣，微微笑着，却不是对着汪亥：“郑霜玉，原来你的本事都长在这儿了。”

她轻笑一声，汪亥还没有明白过来，霜玉却恼羞成怒地一把拉着汪亥就飞跑下楼。

汪亥离开家去马戏团两年，吃住都伙着一帮子下九流的江湖客。那里比郑宅寒酸、辛苦，却也比郑宅坦诚、热烈。如果不是霜玉，他根本就不想再回来看见十九姑娘。

霜玉小时候搂着他睡觉、给他讲故事，替他擦洗从树上掉下来的伤口，给他做新衣服，这些事他都记得。霜玉曾牵着他去下面的街市买菜，药房拿药，也并不是第一次。但此时此刻，他却觉得十分陌生，霜玉抓着他的手腕而不是手心，看着他的身后也不肯看他的眼睛，甚至还说："以后你不要再回来了。"

"为什么？"

"你知道。"

"我不知道。"

"那就算了。"

两个人谁都没再说话，汪亥忽然怨恨地甩开手。

霜玉愣了一下，脸变得通红，整张脸从脖子一直红到头顶："总之，你在外面好好照顾自己。十九姑娘她没有坏心，她就是这样……"

"你傻吗？她根本就是在虐待你。那你告诉我什么才是坏，把我卖给马戏团，每个月拿光我的薪水，不让你念书，把你当免费用人，这样不算坏？我知道是她养大我们的，可这样的人生你觉得幸福吗？霜玉，你告诉我，就因为她养了我们，我们就必须把这种变态一样的唯命是从当成最大的恩典，一辈子也不反抗吗？"

"我不知道你在说什么，也不想懂你的意思。我要进去了，以后你别再来了。"

"总有一天我会带你走！"

汪亥看着眼前的少女走进院门，又把门轻轻上了锁。他站了很久，里面悄无声息，连灯光仿佛都凝固在水底。这扇门曾经在夜里打开，只为找他回去，也在夜里当着他的面关上。他想起很久很久以前，自己被遗忘了面容的母亲带到院门前，母亲嘱咐他等着，于是他从天黑等到天亮，不见母亲回来，四处寻觅之下爬进了狗洞。那是他和霜玉的第一次照面，她从微明的天光中垂下头，她的脸是那么温柔美丽，甚至让他忘记了母亲。

为什么母亲要将自己抛弃在这儿，已经永远成了谜。事实上这是汪亥第二次被抛弃了，他揉了揉站得发麻的膝盖，带着少年的叛逆和决然，转身朝山下走去。

肆·1977

1976年，信义新区开启了轰轰烈烈的地产开发运动。连绵的眷村和郊区被铲平，自此成就了台北的黄金商圈。茂先生当初行骗用的预言，在这一刻成了事实。

汪亥在报纸上看到地产热的消息时，不由得一笑，想茂先生如果知道自己的嘴这么灵光，会不会半夜气到胸闷，毕竟一块地皮的价值可比十九姑娘那点压箱底的私房钱贵重多了。

汪亥早已不再扮丘比特，而是成为马戏团的脱口秀台柱子。他从来不知道自己的年龄，时间一年一年过去，他的身高仿佛永远停留在六年前的孩童期。有时连他也不确定，那些年究竟算不算自己的童年？如果他一直都是这么高，那他真实的年龄是多大？

班主却不在乎，汪亥有一张人见人爱的天使脸，加上近乎成人的敏捷思维，常常在脱口秀中临时发挥，金句频出，逗得满场观众捧腹大笑。甚至还有日本的落语专家专门搭飞机来台北看汪亥的演出。

夜间黄金剧场的时段，逐渐被“台北好戏看”包圆。从高雄到基隆，甚至连台中山区的阿公阿嬷都知道巡回马戏团“台北好戏看”有个出名的搞笑艺人汪亥。

只是每当有记者问起汪亥的名字是真名还是艺名时，他总是微微一笑：“汪乃深广，亥为海水，希望我给诸位带来的快乐也同汪洋大海一样深广。”鞠躬谢幕，儿童式三件套西装底下是汪亥那颗说一遍就痛一次的心：十九姑娘给他取这个字，无非嘲笑他从狗洞出来，猪狗一般的人生。

从前他一无所知，对这个名字视若寻常，只当是张三李四一类的称号。待他结交的江湖佬多了，再没有念过书的人也知道“世事洞明皆学问”，慢慢懂得了名字里的恶意，可这时的汪亥却不想改。既然十九姑娘看不起他，他就偏要活得人模人样。

他赚得越来越多，也的确再没回去过一次。班主依赖汪亥捞金，对他言听计从，不知从何时起，也就默默断了按月给郑十九姑娘上交的那份薪资。

汪亥自己攒着钱，趁信义计划区的地产热，将收入尽数投进去。他等着那所宅子里的人活不下去，自然就会出来。他要证明给那个人看，即使脱离了十九姑娘的掌控，他仍然能过得很好。只要她愿意，也可以做到。

那时他还年轻，心高气傲，以为世界会向自己的才华屈膝。可红尘从来不如人所愿，台北人对马戏团的热爱，逐渐被新兴的电子游戏和彩色电视机所替代。俊男美女成为夜间肥皂剧的椒房专宠，戏院时代逐渐黯淡离场。以临场发挥著称的汪亥，在死气沉沉的摄像机镜头前，抛出的笑点不再有及时回应，也如丧失了灵气。不过几年时间，汪亥这个名字，就从台北人的口中，如嚼过的槟榔渣一样淡去了。

伍・1980

霜玉二十岁这年去参选了台北小姐。那时她们沦落到连阁楼上的几个装戏服的大衣箱都没保住，要卖掉最后一件对襟帔衣时，十九姑娘执意要霜玉领着她一同去。

她疑心价钱压得这么低，是霜玉私吞了大部分。于是一个少女领着盲眼的老太太，坐巴士四处打听奔波，可就是没人愿意以十九姑娘说定的价格收货。两个人走累了，在橱窗前歇脚，就听见身后电视机里传来台北小姐选拔的消息。

十九姑娘自此留了心。

霜玉起初不愿去，最后将将拿了个第四名。有好心的电视台清洁阿嫂告诉霜玉，前三甲都是某某赞助商、某某财团的亲眷，霜玉把这话告诉十九姑娘，但愿自己可以少挨一顿斥责。

但十九姑娘并不心急，一反常态地坐在院子里晒太阳。两年前开始卖戏装时，十九姑娘就不再下楼了，霜玉见她难得地站在小径上，枯索的手指慢慢抚摸着庭中木槿的新叶。

过了几日，就有人找到郑宅敲门。来的人霜玉并不认识，却说自己是星探，找的就是她郑霜玉。十九姑娘此时已双鬓全白，却仍然要求霜玉给她施了厚厚的脂粉，在日光下微垂双目，朝来人颔首而笑。只是她不知道自己已多年没有做此姿态，在阳光底下，倒让客人十分局促不安。

“若不是眼睛生了病，倒也想跟先生去长长见识。”十九姑娘略带歉意地笑道。

客人只是觉得奇怪，忍不住又盯着霜玉看了一眼，确保这一家人并不都是神经错乱的。

“郑小姐，明天方便的话你可以来试镜，地点在……”客人将写了地点的字条递给霜玉，确保传话的过程没有半点纰漏。

1980年夏天，霜玉出演了人生中唯一一部电影。

这部电影并没有引起很大的反响，女主角除了美，似乎没有魂。然而美就够了，接二连三有导演找到霜玉。可霜玉在这时却莫名跑去了静山寺，不肯再接任何一部戏。

是她在拍戏时结识的富少宗琦，每日不辞辛劳地将她从下榻的酒店带到拍摄地，等她收工后又送她回酒店。微微一变天，宗琦的车上就会预备外套和姜糖水，从来没人对她这样好过。

霜玉不是没有心，只是待在十九姑娘身边，她把心都掩在了炉灰里，免得过于敏感会让它痛。

现在她坐在敞篷平治汽车里，眼角有意无意地扫过宗琦，男人的手指在轮盘上轻缓地转动。她很想把一生交付在这样可靠的手里，她小心翼翼了二十年，第一次在陌生人旁边有了可以松口气的感觉。

从木栅出来拍戏前，十九姑娘讲了许多匪夷所思的故事给她听。霜玉从不知道十九姑娘竟然知道这些事——她突然觉得脸红。可是宗琦不像是十九姑娘告诫里的那些负心汉，至少接送她这么久，他连手也没同她牵过。

等在十字路口时，霜玉觉得自己似乎看到了一个熟悉的身影，可那个影子匆匆一闪就消失了。天冷，微微有些云，沿街的槟榔树在海风里晃动着丝绦般的叶子，一招一招似无数双小手拂得人心痒。

宗琦对她很好，却从来没有对她说过什么，在这样的世道，是很难得的慎重。尤其像他这样一个体面标致的年轻人。

他从不开口对她说什么，她觉得好，夜深无人时，又疑心是自己的职业让宗琦有所顾虑。她能感觉到他是喜欢自己的，没有人会为另一个人事无巨细地花费时间和精力。

霜玉这样思虑着，连片场也不怎么顾了。演戏又算什么呢？要她穿几片衣服走秀参选台北小姐，在摄影机前同陌生人相爱拥抱，那是十九姑娘，不是她。她从不喜欢这样的人生，万众瞩目，无处遁身，她已经谨小慎微了前半生，不愿意再受拘束了。

世上最好的事，是可以坐在心爱之人的身边，哪怕他只是载着她在车河里兜一兜风，过几个红绿灯。

陆 · 1981

郑霜玉息影，在社会上并没有引起大的反响，报纸上快速地载过一条，一支香烟的长度。汪亥把新闻上这条“香烟”裁下来，贴在随身的笔记簿上。

他不是傻子，知道霜玉息影是为了谁。只是一想到这儿，他心里就空落落地疼。他没有办法出现在霜玉的片场，他太配不上她了，他这样的人去接送她，会让她被人耻笑吧？如果有记者偷拍到了，对她的名誉会是多么大的损失？汪亥用双手搓了搓脸，不敢想了。

他做什么都雷厉风行，当年作为搞笑艺人还红的时候，就将积蓄押在信义计划区的地皮上，如今财富已经翻滚到人生自由的程度。他汪亥再也不需要顶着个自贱的名字去承欢众生，只是他总舍不得改掉。像世上没了汪亥这个名字，他也就不知道自己从何处来，又要到哪里去一样。

从霜玉参选台北小姐时，精于收集资讯的汪亥就第一时间得到了消息。他担心她初入名利场会被宰割和欺骗，最后不得不让自己的司机小胡每日接送霜玉。

有一次小胡等在车库里，看老板将装着亲手熬的姜糖水的保温杯和崭新的羊绒披肩放进车里，忍不住道：“汪先生，谁要是跟您在一起，那真是享福了。”

汪亥听了，只是苦涩地一笑。

小胡不近女色，也因为这一点，汪亥才放心把霜玉交给他。本以为好好护送完霜玉拍片，将来的事等将来再说。哪料电影杀青小胡最后一次送霜玉回到酒店，这个女孩又雇了一辆计程车跟在小胡后面。

霜玉以为这里就是胡宗琦的家，特地将高层公寓的号码记下，第二天盛装来拜会长辈，只当朋友做客，一探虚实。她想不通宗琦为何到最后一次也不对自己挑明爱意，只甘心当个接送司机。最坏的情况，是对方已有家室，那么发乎情止乎礼，她做好了一切心理准备。

毫无防备的是，开门的人却是汪亥。

久别重逢，并没有彼此想象中那么感人。霜玉几乎在一瞬间恢复到少年时的模样，谨小慎微，连头也不曾抬起。

彼此寒暄了几句，心中的思路却已经分岔到不可挽回的层面。霜玉在安坐不动中已默默观察了整个起居室，这是单身男子的住处，是汪亥的住处。她盯着那些小小的、宛如孩童玩具的定制桌椅，心中突然有种被玩弄的凄楚感。

“所以，你就是要用这种方式带我走？”她站起来，单薄的双肩微微抖动，明明是哭泣，嘴角却含着笑，从郑宅出来的孩子连哭都没有眼泪。

“对不起，霜玉。”汪亥退后一步，转过身面对墙壁，“对不起，喜欢你的人是我，我从很小就喜欢你了。”他听见身后的脚步声远去，可他没有回头：“从第一次见你，就很喜欢很喜欢你了。”

男孩的声音渐渐被巨大的潮汐淹没，说出来的话都成了泡沫。

汪亥仰头，努力不让眼里的海水呛进喉咙。

一个卑微的人要如何捧出自己的心，恐怕连大海都没有答案。他第一次觉得，汪亥这个名字真是贴切，他连那些在书生面前表露真身的妖异都不如。他自以为的强大输给了懦弱和自卑，只剩下讽刺的、源自恶意的姓名。

柒 · 1991

十九姑娘死于一个秋天的上午。

霜玉和她像宅子里的两个幽灵，彼此数年没有交谈。

霜玉回到郑宅以后，十九姑娘并没有问她发生了什么。而在这个初秋的上午，已接近生命尾声的十九姑娘，脑海里又浮现年轻的女孩从中庭的枯山水小径中走过的画面。女孩绝美的脸上没有一丝表情，像很多年前，她最后一次从公署问过郑二少爷的船。接待她的办事员油汗从秃顶一直出到脖颈，天热，风扇坏了，他用手帕徒劳地擦着头说："小姐，你不要再过来了，都告诉你几十遍了，这艘船上没有登记这个名字。"

他说过要来的。

微微凉风中，只剩呼吸的残骸想起从前那个上海租界顶红的青衣小十九，和郑二公子私订终身。他一定会来找她，她在台湾等了他一生，用了他的姓氏一世。他说"一生一世一双人"，她就再没有想过别人。就连茂先生，原本一直讨好她的茂先生，一定也是因为得不到她的人，怀恨在心卷走了她的钱。她是美的，十九姑娘缓缓举起水袖，一生都好像是浮云一场梦，最后只剩了这件对襟帔衣——四十年等一个人，四十年没开口，她都不知道自己还能不能记得。

"呀——"

十九姑娘向后仰去，倒下的那一刻，她仍是微笑唱着的。

庭院荒芜于一场旷日持久的秋雨，连绵的雨水冲毁了矮墙，推走了枯山水庭院，雨停以后是冬天。

寒风瑟瑟，霜玉在十九姑娘旧日的梳妆镜前默默打扮。

胭脂水粉，黛眉口红，她不再记得自己的年龄。

十九姑娘去世后，被她葬在了庭院里。很快，蓬生的野茅草就将庭院遮蔽得不见。

"阿姊，将来我们长大了，一定要离开这儿。"

“好。”

童稚的声音，从野草苍苍的芒尖里传来。

十九姑娘握着竹筒，从苏州故里带来的卜筮铜板，排开在红木矮几上。

十九姑娘摸着铜板，念叨出三个人的命运。她说自己一世空茫，说霜玉有花无果，说汪亥是个鸱童——极美之人，极恶之鸟，两个女人的命运，靠近他就会折在他这里。

夜里入睡时，霜玉握着汪亥的手，要他别怕，说那个女人才是鸱鸟，疯疯癫癫，阿姊到最后都会陪着你。

六年以后，汪亥回到郑宅旧居。霜玉形容枯槁，故人相见不相识，汪亥自此领着霜玉四处奔波治病。

冬日的某一天，他们出海钓鱼，霜玉的白纱巾飘飞入海，汪亥从船上跳下去帮她捞，死于力竭。

他仿佛一生都随波逐流，越用力就离她越远。在最后的时光里，他恍惚如在梦境里，想起自己初到郑宅，对美人阿姊说，我会永远永远喜欢你。

“现在的你还是个小孩子，也许长大后你遇见别人，对我的感情就会变。不过我会一直记得那个小时候的你的。”

幼年的霜玉在想象中与时光重合，再度朝他俯身，他终于抓住了那朵漂浮在海上的白木槿。

这一年是1991年，六年后香港回归。

1999年澳门重光，人流来去，消失的台北地产商汪亥，过了一阵子也再没有人挂心。

已经双鬓微白的霜玉在木栅山中的森森老宅里，抬头看见远处城市上空的白色烟花，一瞬明灭，美得凄凉。那样的花似乎曾有人给她摘过，不过那时她还小，对方也是个孩子。

消失的魂灵在夜空中俯瞰大地。

她想起十二岁时遇见那个孩子的早晨，记忆里仿佛是个秋天，院子里的木槿花期将过，却额外开了一支雪白的异种。幼年的汪亥忽闪着眼睛，将花朵举过来，郑霜玉的手往空中伸了伸。

图书在版编目(CIP)数据

港岛旧梦 / 爱格著. -- 长沙 : 湖南文艺出版社,
2024.3
ISBN 978-7-5726-1657-0

Ⅰ. ①港… Ⅱ. ①爱… Ⅲ. ①短篇小说－小说集－中国－当代 Ⅳ. ①I247.7

中国国家版本馆CIP数据核字(2024)第043011号

港岛旧梦
GANGDAO JIUMENG

著　　者：爱　格
出 版 人：陈新文
责任编辑：李　阔
出版统筹：邓　理
选题策划：谌　俊
装帧设计：张娅君
内文设计：杨　露
出版发行：湖南文艺出版社
（长沙市雨花区东二环一段508号　邮编：410014）
网　　址：www.hnwy.net
印　　刷：湖南天闻新华印务有限公司
经　　销：新华书店
开　　本：880 mm×1230 mm　1/32
字　　数：224千字
印　　张：9
版　　次：2024年3月第1版
印　　次：2024年3月第1次印刷
书　　号：ISBN 978-7-5726-1657-0
定　　价：42.00元

本书个别作品因相关备注信息失效，未能联系上作者。我们深表歉意，请作者见书后，与我们联系，我们将及时向您支付相应稿费以及赠送样书。

联系方式：0731-82231353